이재중의 추억여행

이재중의 추억여행 (중국·일본·동남아시아 편)

2008년 5월 1일 초판 인쇄
2008년 5월 10일 초판 발행

지은이 이 재 중
펴낸이 한 봉 숙
펴낸곳 푸른사상사

인지
생략

등 록 제2－2876호
서울시 중구 을지로3가 296－10 장양B/D 701호
대표전화 02) 2268－8706~7 **팩시밀리** 02) 2268－8708
메일 prun21c@yahoo.co.kr / prun21c@hanmail.net
홈페이지 //www.prun21c.com
ⓒ 2008, 이재중

값 16,000원

이재중의
추억여행

중국 · 일본 · 동남아시아 편

푸른사상

■ 책머리에

이제 우리나라도 해외여행이 일상생활처럼 보편화되었다. 해외여행은 더 이상 특수계층만이 누릴 수 있는 전유물도, 사치도 아니다. 항공 교통의 급속한 발달로, 세계인들의 교류가 활발해졌고, 이에 따라 호기심을 가지고 동경해 오던 곳에 직접 찾아 가서 그곳 사람들의 살아가는 모습과 문화를 보고, 체험하고, 그들의 슬기를 배워 오는 것 외에 여행을 통해서 평소에 쌓였던 스트레스를 해소 시키는 방법으로도 활용되고 있는 것이다.

여행의 형태도 다양하다. 뜻을 같이 하는 동호인들과 어울려서, 혹은 혼자서 배낭을 메고 발길 닿는 대로 떠나는 '배낭여행'이 있는가 하면, 해외에 살고 있는 친지를 방문하는 형태의 '방문여행' '오지여행' 그리고 짜여진 스케줄에 의해 여행사에서 판매하는 '패키지여행' 등 여러 가지 방법이 있다.

이 중에서 나는 '패키지여행'을 주로 해왔다. 그것은 내가 여행하고자 하는 나라의 말言語이나, 지리 풍속들을 몰라도 상관이 없었고, 교통편이나 식사, 숙박 등을 걱정할 필요가 없었다. 그것은 여행사와 현지에 거주하고 있는 가이드들이 모두 해결해 주기 때문이었다.

뿐만 아니라 짧은 시간에 꼭 보아야 할 것들을 최대한으로 많이 볼 수 있었고, 체험하고 이해할 수 있는 장점이 있었기 때문이었다.

그러나 이런 '패키지여행'에도 문제는 있다. 짧은 시간에 많은 것을 보고 돌아오게 되니 얼마간의 시간이 지나고 나면 '추억'만 남고, 어디서 무엇을 보고 왔는지 '기억'은 사라지기 때문이다. 그래서 나는 여행 중에 느꼈던 기억들을 사실감이 느껴질 수 있도록 상세하게 기록해 놓았고, 이해가 되지 않거나 확실하지 않은 것은 참고 문헌을 찾아서 비교적 완벽한 기록을 만들기 위해 노력했다.

이번 이 기록들 중에서 중국, 일본, 동남아 여행편을 우선 정리해서 "추억여행" 제1편을 출판하게 되었다. 이 책을 통해서 과거에 그곳을 여행하셨던 분들에게는 추억 속의 소중한 기억을 되찾아 드리면서 기록으로 보관할 수 있도록 했고, 또한 주위에 있는 소중한 분들에게 선물해서 즐거움을 드릴 수 있도록 배려했으며, 앞으로 여행을 계획하시는 분들에게는 미리 정보를 드릴 수 있도록 생생한 내용으로 엮어 보았다.

이 기록들이 한 권의 책으로 출판되어 나오기까지 주위의 여러 어른들께서 자신감과 용기를 갖도록 격려해 주셨고, 바쁜 중에도 원고 정리와 교정 등 많은 분야에서 저를 도와주신 이계분 님을 비롯한 여러분께 진심으로 감사를 드립니다.

그리고 항상 내 옆에서 눈이 되고 발이 돼 주었으며, 힘과 용기를 준 아내 박명규가 금년에 고희을 맞게 되는 것과 때를 같이 해서 이 책을 출판하게 된 것을 더욱 뜻 깊게 생각하면서 모든 공을 아내에게 돌리고 싶습니다.

끝으로 열과 성을 다해서 훌륭한 책을 만들어 주신 푸른사상사 한봉숙 사장님께 감사를 드리면서 이 책을 읽어 주시는 독자 여러분께 꿈과 낭만과 행운이 함께 하시기를 바랍니다. 이제, 잃어버린 기억을 되찾기 위해 아름다웠던 추억 속으로 여행을 떠납시다.

저자 이재중 드림

____ 일본편

—— 동남아시아편

中 國

중국편

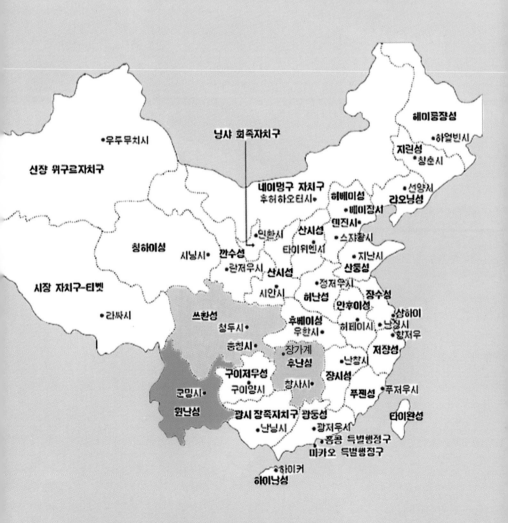

헤이룽장성
·하얼빈시
지린성
·창춘시
우두무치시·
·선양서
신장 위구르자치구
라오닝성
냥샤 회족자치구
내이멍구 자치구
허베이성
후허하오터시·
베이징서
·톈진시
·인촨시
산시성
·스자황시
타이위엔시·
칭하이성
·지난시
깐수성
·란저우시
시닝시·
산시성
산둥성
·정저우시
·시안시
허난성
안후이성
장수성
·상하이
·난징시
쓰촨성
후베이성
·허페이시
·항저우
·청두시
·우한시
저장성
충칭시·
장가계
·난창시
후난성
구이저우성
장시성
푸졘성
구이양시·
창사시·
·푸저우시
쿤밍시·
광시 장족자치구
광둥성
타이완성
윈난성
·난닝시
·광저우시
·홍콩 특별행정구
미카오 특별행정구
·하이커
하이난성

천봉호의 설경 (《하나투어》 2005. 5월호에서)

신선이 놀던 장가계張家界, 원가계袁家界

우리 일행을 태운 중국 동방항공 MU 5311호기가 장가계 연화 공항에 착륙한 것은 현지시간으로 저녁 9시 10분이었다. 비행기에 설치한 트랩을 내려서니 캄캄한 벌판인데 저 멀리 공항청사에 불 빛만 보이는 것이 어설프기 짝이 없는 시골공항의 모습이었다.

공항버스 편으로 이동하여 짐을 찾아들고 공항을 나서는데 비가 내리기 시작했다.

"먼 길에 오시느라고 수고 많으셨지요? 여기가 장가계입니다. 장가계 관광이 본격적으로 개발된 것은 1997년경부터였습니다. 이곳 관광을 '신선관광'이라고 부릅니다. 그만큼 경치가 좋은 곳 입니다. 오늘 비가 오고 있지만 내일은 여러분을 위해 비가 오지 말라고 기도 하겠습니다." 스스로를 연변에서 온 조선족 총각이라 고 투박하게 소개한 현지가이드 L군은 호텔로 향하는 버스에서 자기 소개와 인사를 겸해서 현지 실정을 다음과 같이 이야기했다.

"이곳은 개발된 것이 일천하기 때문에 모든 시설의 수준이 떨어지는게 사실입니다. 오늘 저녁에 여러분을 장가계에서 최고 가는 국제 관광호텔로 모십니다. 그러나 상해나 한국하고는 비교하지 말아 주시기를 바랍니다."

버스가 장가계 시내로 들어서면서 빗줄기는 점점 거세지고 캄캄한 거리는 군데군데 불빛이 보일 뿐이었다. 그러나 호텔에 들어 여장을 풀고 보니 상상 외로 아늑하고 깨끗한 것이 마음에 들었다.

짐들을 대충 정리하고 잠자리에 들었으나 밤새도록 천둥소리와 함께 번개가 번쩍이면서 많은 비가 내려 "제발 내일은 비가 그쳐 줘야 관광에 지장이 없을 텐데……" 걱정을 하면서 스르르 잠 속에 빠져들었다.

다음날 아침, 잠에서 깨어 창문을 열어보니 요란스럽게 내리던 큰 비는 이슬비로 변해 있었다. 이 정도면 그런대로 관광하는데 큰 지장은 없겠다고 안도하면서 2층에 있는 식당으로 내려가니 벌써 한국관광객들 몇몇이 식사를 하고 있었다. "니 하우?" 하고 얻어들은 중국말로 인사를 하니 식당 관리인도 "니 하우" 하면서 반갑다고 했다. 식단은 뷔페식이었는데 중국식으로, 야채볶음, 만두, 탕수육 비슷하게 생긴 것, 밀가루 찐빵 등이었다.

아침식사 후 버스에 올라 관광길에 나서니 이슬비는 안개비로 바뀌었다. 시내 도심을 지나면서 보니 이제 개발이 한참 시작된 것 같았다. 도로변으로는 7~8층 건물들이 늘어섰고 그 뒤로는 2~3층 옛 건물들이 개발을 기다리고 있었다.

고유의상을 입은 소수민족 처녀들과 함께

"안녕히 주무셨습니까? 제가 밤새도록 기도를 했더니 하느님께
서 제 기도를 들어주신 것 같습니다. 다행히 비가 개이면서 오늘
관광에 큰 차질은 없을 것 같습니다." L군은 버스 안에서 마이크
를 잡고 인사를 하면서 장가계 현황에 대해 설명을 해주었다.

"'사람이 태어나서 장가계에 가보지 않았다면 100살이 되어도
어찌 늙었다고 할 수 있겠는가?' 라는 말이 있습니다. 이 말은 장가
계가 얼마나 아름다운 곳인지를 잘 표현해줍니다. 장가계는 중국
호남성 서북부에 위치하고 있는 중국 제일의 국가삼림공원 및 여
행특정지역으로서 현재 계속해서 개발 중에 있습니다. 장가계의
총 인구는 약 150만 명이며 20개 소수민족이 살고 있는데 총 인구
의 69%가 토가족土家族, 백족, 묘족 등의 소수민족으로 구성되어
있습니다. 그 중 토가족이 93만 명으로 제일 많고, 다음으로 백족
이 10만 명, 묘족이 약 3만 명이 살고 있는데, 지금 이곳과 같은 4

개의 소도시에 60만 명이 살고 있고 나머지는 산중에서 사냥이나 농사에 종사하고 있습니다." L군의 설명은 이어졌다. "지금으로부터 약 3억 8천만 년 전, 이곳은 망망한 바다였으나 후에 지구의 지각운동으로 해저가 육지로 솟아 올라와 억만 년의 침수와 붕괴와 같은 자연적 영향으로 오늘의 깊은 협곡과 기이한 봉우리, 그리고 물 맑은 계곡의 자연 절경이 이루어졌다고 합니다. 이곳을 찾는 관광객들은 서양 사람들이나 일본인들은 별로 없고, 가까운 지역의 중국인들과 한국인이 대부분입니다. 현재 이곳에서 활동하는 조선족 현지가이드만도 약 300명에 이르고 있습니다."

L군의 설명을 들으면서 달리는 버스의 차창 너머로 멀리 보이는 기암괴석들과 절경들은 운해雲海 속에 신선이 노닐 것 같은 분위기였다. 넋을 잃고 경치를 바라보고 있는데 다시 L군의 장가계에 대한 설명이 이어졌다. "장가계의 관광지역을 무릉원이라고 부르는데, 장가계 시의 국가삼림공원, 츠리현의 삭계곡풍경구, 쌍즈현의 천자산풍경구 등 3개의 풍경구로 이루어졌으며 무릉원의 가장 높은 봉우리가 1,334m입니다."

"오늘 첫 번째 일정은 보봉호에서 유람선 타기입니다만은 지금 비가 내리고 있기 때문에 황룡동굴 관광으로 순서를 바꾸겠습니다." 양해를 구하는 말과 함께 행선지를 '황룡동굴'로 돌렸다.

● 황룡동굴

주차장에서 버스를 내려 동굴 입구로 걸어가는 동안 수많은 노점상들이 군고구마, 군밤, 감자, 옥수수 등을 바가지 같은 그릇에 담아 놓고 파는데 "천 원, 천 원, 무조건 한국 돈 천 원!"이라며 소리를 지르고 손짓을 하며 사라고 성화가 대단했다. 이들을 피하며 동굴 입구에 다다르니 빗줄기가 제법 굵어졌다.

황룡동굴은 지각운동으로 이루어진 석회암, 용암동굴로서 상·하 4층으로 되어있고 아래 2층에는 4개의 시냇물이 흘러내리고 있었으며 폭포가 3개, 호수 4개, 홀 13개, 그리고 헤아릴 수 없이 많은 석주들이 땅에서 솟아 높다란 동굴 천장을 뚫을 듯이 올라가 있다. 그 중에 '청해신침'이라는 석주는 높이가 19.2m에 이르며 100년에 1cm 가량 자란다고 하는데 '1억 인민폐'의 보험에 가입했다고 한다.

동굴의 최고 높이는 160여m이며 면적은 20헥타르에 달하는데 1만 명의 군대가 들어갈 수 있는 규모라고 한다. 동굴 속의 길들이 동굴의 아래, 위로 그리고 시냇물과 호수를 가로질러서 수많은 계단과 다리로 연결되어 있는데 조명시설과 안전시설들이 비교적 완벽하게 갖추어져 있었다. 특히 기이한 석순, 석주, 석화가 있는 곳에는 붉은색, 파란색, 노란색의 조명시설을 울긋불긋하게 해 놓아서 마치 한 폭의 그림을 감상하는 듯한 착각 속에 빠지게 했다. 시냇물 소리를 들으며 감탄과 감동 속에 동굴 맨 밑에 다다르니 문득 눈앞에 강江이 나타나는데 수심이 6~15m이고 길이가 800m라고 한다. 배를 타고 강을 따라 내려가 다시 계단을 타고 오르면서 밖의 세상과 완전히 단절된 동굴 속에 펼쳐지는 풍경에, 정말 그 옛날 황룡이 이곳에 은거하며 노닐다가 승천한 것 같은 착각을 하며 취한 듯, 어린 듯 한 계단 한 계단 조심하면서, 또 머리가 동굴 벽

천자산 자연보호구역, 무릉원의 서북쪽에 위치한 천자산 풍경

이나 천장에 부딪칠까 주의하면서 2시간여의 긴 여정을 마치고 동굴 입구를 빠져나오니 어느덧 내리던 비는 그쳐있었다.

● 원가계, 천자산

현지 식으로 점심식사를 마친 후 안개가 걷히자 "내일 또 다시 큰 비가 올지 모르니 원가계의 절경을 보시려면 여행 스케줄을 바꾸는게 좋겠다"며 L군은 세계에서 가장 높다는 '백룡엘리베이터' 가 설치된 '수요사문' 으로 우리 일행을 안내했다.

백룡엘리베이터는 깎아지른 듯한 수직 암벽에 설치되어 있었는데 높이가 335m, 운행고도가 326m이며, 그 중 156m는 암벽에 수직 동굴을 뚫어 안에 설치하였고, 170m는 암벽에 붙여서 철골 구조로 이루어져 있었다. 3대의 엘리베이터가 나란히 운행되는데 미모의 엘리베이터 걸이 안내를 하면서 고속으로 운행되고 있었다.

엘리베이터로 원가계에 올라 사방을 돌아본 우리 일행은 "와-" 하고 탄성을 지르는 수밖에 없었다. 얼마나 웅장하고 고고로운 자태인가! 이제까지 보아왔던 전통적인 산山의 개념이 완전히 깨어져 버렸다. 언뜻 보기에 도끼로 찍고 칼로 벤 듯한 거대한 돌기둥 같은 수천 개의 봉우리들이 하늘을 찌를 듯이 솟아있고 절벽 밑으로는 숲이 우거진 계곡이 끝없이 전개되고 있었다.

엘리베이터에서 내린 곳은 절벽 위에 평평한 평지가 형성되어 있었으며 그곳에서부터 절벽을 끼고 둘이서 나란히 이야기를 나누며 걸을 수 있을 정도의 좁은 길을 걸어갔다. 절벽 밑으로 까마득한 계곡과 눈앞에 전개되는 웅장한 비경들을 바라보면서 약 1시간여를 걸었는데 바닥은 돌과 같은 타일로 잘 포장되어 있었으며, 난간 등 안전시설도 잘 되어있는 국가삼림공원에서 최근에 개발한 코스라고 한다.

얼마쯤 걸었을까? 눈앞에 '천하제일교' 라는 다리가 나타나는데 이 다리는 기적 중의 기적으로 불리우는, 높이 300미터의 커다란 두 개의 바위를 폭 2미터, 길이 20미터의 커다란 석판이 자연으로 이어져 놓인 돌다리이다. 다리를 거닐다 보면 구름 위를 날아가는 것 같은 느낌이 신선이 산다는 하늘나라에 온 듯한 착각마저 일어나게 하였다.

원가계 관광을 끝낸 다음 버스를 타고 천자산 자연보호구로 이동했다. 해발 1,250미터의 주봉에 오르니 무릉원의 산봉우리와 계곡이 한눈에 들어왔다. 천자산 동·남·서 3면은 바위산이 수풀처럼 하늘을 받들고 있고, 그 사이로 깊은 계곡들이 끝없이 뻗

구름 속에 솟아 있는 기암괴석들

어 있어, 마치 천군만마가 포효하며 달려오는 것 같았다. 아! "신이 계신다 해도 어떻게 이런 웅장하고 거대한 자연현상을 연출해 낼 수 있단 말인가?" 우리는 놀랍고 어마어마한 광경을 보며 어디에 눈을 고정시키고 감상해야 할지 몰랐고 벌어진 입은 다물어지지 않았다.

이어서 '어필봉'(3개의 봉우리가 구름과 하늘을 가리키고 있으며 높고 낮음이 들쑥날쑥 하면서도 잘 어울리고, 흠이 없는 돌 봉우리 위에 푸른 소나무가 자라서 마치 붓을 거꾸로 꽂아 놓은 것 같은 형상이다. 전해지는 바에 의하면 전쟁에서 진 후 천자산을 향해 황제가 쓰던 붓을 던졌다고 해서 '어필봉'이라는 이름이 붙여졌다고 한다.), 또 선녀가 꽃을 바치기 위해 들고 서 있는 모양을 한 '선녀현화'를 보고 난 후 정상에서 무료버스를 타고 약 5분간 이동하니 '하룡공원'이 나타났다.

하룡공원은 중국의 10대 원수 중의 한 명인 하룡장군을 기념하기 위해 만들어진 곳이라고 하는데, 공원 내에서 가장 눈에 띄는 것은 하룡동상이며, 그 외에도 기념관, 하룡전시관 등이 있는데, 동상의 높이는 6.5미터이고 무게가 9톤으로 중국에서 가장 큰 동상이라고 한다. 또한 공원 입구에는 '하룡공원'이라는 네 글자의 휘호가 있는데 1995년 3월에 강택민 총서기가 직접 쓴 것이라고 한다.

하룡공원 관광을 마친 후 1997년에 완공되었다는 케이블카를 타고 하산했는데 총 길이가 자그마치 2,080m에 달한다고 한다. 발 아래로 까마득하게 펼쳐지는 산자락들과 계곡들이 현기증이 날 정도로 높은 고공高空이라 '혹시 사고라도 나면 어쩌나?' 하는 걱정으로 마음을 졸이기도 했다.

하산한 후 우리 일행은 버스에 올라 오늘 마지막 일정인 '발 마사지'를 받으러 시내로 향했다.

마사지 하우스에 도착하니 우리를 커다란 홀로 안내했다. 그 홀 안에는 반쯤 누운 채로 기대앉을 수 있는 긴 의자들이 놓여 있었는데 우리 일행 30명은 각기 한 명씩 앉았다. 잠시 후 줄무늬 남방셔츠로 된 유니폼을 입은 17~18세쯤 되어 보이는 처녀·총각들이 각기 약초를 끓인 물통을 하나씩 들고 열을 지어 들어오더니, 남자 손님에게는 처녀가, 여자 손님 앞에는 총각들이 앉아서 양말을 벗기고 발을 물통 속에 담그도록 했다. 하루 종일 걸어다니느라고 피곤했던 발을 따뜻한 물통에 담그자 그렇게 시원할 수가 없으면서

보봉호의 아름다운 경관

스르르 눈이 감겼다.

한 시간여 동안 발을 씻어 주고 마사지를 하는 동안 처녀·총각들은 저희들끼리 중국말로 지껄이며 떠들었는데 간혹 손님들이 얻어들은 중국말로 한두 마디 말을 걸면 반갑다고 응수를 하면서 손님과 대화를 하자고 했다. 마사지를 하는 동안 그들의 얼굴은 어두움이 없고 밝기만 했다. 그러나 나는 그들을 바라보면서 왜 그런지 마음이 편치 않았다.

이 다음 먼 훗날에, "우리의 아이들이 중국 사람들의 발을 이렇게 씻겨 주어야 하는 일이 생기면 어떻게 하나?" 하는 걱정은 나 하나만의 지나친 기우였을까?

● 보봉호의 유람선

다음날 아침, 다행히 비는 내리지 않았다. 우리는 유람선을 타기 위해 보봉호로 향했다. 보봉호는 산봉우리들 사이에 댐을 쌓아 만든 반자연, 반인공 호수인데 삭계 속 자연보호구 안에 위치하고 있으며 길이는 2.5Km이고, 수심이 70~120m라고 한다. 또 호수 안에는 작은 섬이 있는데, 아름다운 호수와 그윽한 주위환경이 어울려 무릉원의 대표적인 경치로 꼽힌다고 한다.

주차장에 버스를 세우고 내리자 L군은 모두 자기 곁으로 모이라고 한 후, 현지 상황을 설명했다. "이제 입장권을 내고 들어가시면 도로를 따라 올라가다 다시 계단으로 약 150m 올라간 후 댐 밑으로 70m쯤 내려가야 배를 타게 되는데 주위가 관광객들로 혼잡하니까 서로 떨어지지 말고 저를 따라 오시기 바랍니다"라고 했다.

가마를 메고 가는 가마꾼

　관광객들과 섞여 도로를 따라 올라가는데, 가마꾼들이 서로 가
마를 타라고 성화가 대단했다. 마침 아내가 무릎관절이 좋지 않아
걱정을 하던 터라 망설이고 서 있으려니까 눈치 빠른 가마꾼들은
가마를 들이대고 어느 결에 아내를 가마에 태워버렸다. "요금이
얼마냐?"고 물으니 "한국 돈으로 2만 원만 내라"고 했다.

　나는 한국에서 듣고 온 이야기가 있어서 "앞과 뒤에서 가마를 메
는 두 사람 품삯을 합쳐서 2만원이냐? 아니면 한 사람 앞에 2만
원씩이냐?"고 다짐을 해 물었더니 "전부 2만 원"이라고 했다. "좋
다"고 했더니 몸집이 작은 토가족土家族인 듯한 가마꾼들은 아내를
태운 가마를 들쳐메고는 거의 뛰다시피 달려갔다. 나도 그 뒤를 따
라 부지런히 쫓아갔으나 숨이 턱에 차고 허덕거릴 뿐 도저히 그들
을 따라갈 수가 없었다. 더구나 계단을 오를 때는 혼잡한 관광객들
에게 소리를 질러 길을 비키게 하면서 번개같이 가는 바람에 놓치

고 말았다. 할 수 없이 뒤에 처져서 "헉, 헉······"거리며 계단을 올라가 보니 아내는 가마에서 내려 댐 위에 서서 나를 기다리고 있었다. "왜 밑에까지 내려가지 않고 여기서 가마를 내렸느냐?"고 물으니 가마꾼들이 댐 위에 올라서자 "한 사람 앞에 2만 원씩 4만 원을 내라"고 하더란다. 그래 아내가 "아까 전부 2만 원이라고 했지 않느냐? 내가 지금 가진 것은 2만 원밖에 없다"고 했더니 "그럼, 여기서 내리라"고 하면서 가버렸다는 것이다.

하도 황당해서 현지가이드인 L군에게 말했더니 그는 "어쩔 수 없는 이곳 현실이 그렇다"면서 시내에 들어가면 '발 마사지, 한국 돈 만 원' 이라고 써 붙인 마사지점들이 있는데 잘못 들어가면, 마사지가 끝난 후 2만 원을 내라고 요구한단다. "그럼 왜, 만 원이라고 써 붙였느냐?" 항의를 하면 그들은 태연하게 "다리 하나에 만 원이라는 뜻이다"면서 2만 원을 받아낸다고 했다.

댐 밑으로 내려가 선착장에서 유람선에 승선했다. 유람선은 해발 600m 산 위에 만들어진 호수의 호심으로 미끄러지듯 선착장을 떠났다. 그리고 호수 안에 버티고 섰는 섬들과 주위 봉우리 사이의 호수 위를 천천히 빠져나갔다.

그때 L군이 핸드마이크를 잡더니 다음과 같이 말했다. "이곳에 사는 토가족은 돈은 없어도 노래만 잘 하면 장가를 들 수 있을 정도로 가무를 좋아하는 민족입니다. 저 산 기슭을 지날 때 이 배에 타고 있는 토가족 청년이 노래를 부르면 기슭에 정박해 있는 움막처럼 생긴 배에서 아름다운 토가족 처녀가 나와서 화답하는 노래를 부르게 됩니다."

노점에서 물건을 팔고 있는 현지 처녀들

그리고 잠시 후 배가 산기슭에 가까워졌을 때 배 안에 타고 있던 푸른색 전통 의상을 입은 토가족 청년이 나와 핸드마이크를 잡고 민속노래를 한 곡조 멋지게 불렀다. 그러자 기슭에 정박해 있는 배의 움막 속에서 붉은색 전통의상을 입은 토가족 처녀가 나와서 손을 흔들며 역시 민속노래 한 곡을 부르고는 움막 속으로 들어가 버렸다.

그때부터 우리 일행은 한 사람씩 돌아가며 노래자랑이 벌어졌고, 일행이 '소양강 처녀'를 합창할 때쯤, 배는 선착장에 도착해서 아쉬움 속에 유람선 수상 관광이 끝을 맺었다.

● 십리화랑, 금편계곡

십리화랑은 왕복 5킬로미터로 십리 구간이 전부 그림 같다고 해서 붙여진 이름이라고 한다.

우리 일행은 그 구간을 운행하는 모노레일(미니열차)을 타고 관광길에 나섰는데, 흰색과 푸른색으로 산뜻하게 단장한 모노레일을 천천히 타고 가면서, 마치 산수화의 절경 속을 노니는 듯했다.

모노레일이 운행하는 협곡의 양쪽으로는 수풀이 무성하게 자라 있고, 야생화의 향기가 코끝을 자극하며 날렸다. 그리고 각양각색의 형상을 하고 있는 기이한 봉우리와 거대한 암석은 한 폭의 산수화를 연상시키게 했다.

십리화랑 관광을 마치고 나서 버스에 올라 금편계곡으로 이동했다.

금편계곡은 중국에 단 하나밖에 없는, 유네스코에서 지정 받은 국립공원이라고 했다. 신선계곡이라고도 불리는 금편계곡은 노모완부터 수요사문까지의 총 길이가 7.5Km이다. 계곡에는 금편계가 졸졸 흐르고 양편으로는 웅장하고 수려한 기암괴석들이 하늘을 찌를 듯이 우뚝우뚝 솟아 있으며, 칼로 자른 듯한 암벽들이 병풍처럼 아득히 펼쳐져 있어 2시간 동안 산책하면서 신선이 된 기분을 느끼게 했다. 산책길은 평평한 평지였으며, 처음부터 끝까지 돌 같은 타일로 잘 포장되어 있었다. 길 양쪽으로는 원시림의 숲이 우거져 그곳에서 나오는 신선한 공기와 때로는 왼쪽으로, 혹은 오른쪽으로, 끝까지 계속해서 이어지는 계곡물 소리에 머리와 온몸이 맑아지는 느낌이었다.

초입에 들어서자 가마꾼들이 여러 채의 가마를 대어 놓고 타라고 성화를 댔다. 좋지 못한 아내의 무릎이 걱정 돼 "가마를 타라"고 했으나 오전에 '보봉호'에서 당한 일 때문인지 끝내 안 타겠다고 고집을 세웠다. 할 수 없이 그냥 길을 따라 걷기 시작했는데 영

금편계곡에 늘어선 기암괴석들

마음이 놓이지 않는다. 산책길은 수많은 관광객들의 무리가 끊임 없이 이어졌는데 거의가 중국인들이고 거기에 한국인들이 섞여 있 을 뿐 그 외의 외국인들은 보이지 않았다.

한참 동안을 걸어가다 가이드 L군은 우뚝 솟아 있는 기암괴석의 한 봉우리 밑에서 걸음을 멈췄다. 그리고 길가에 서 있는 바윗돌을 가리켰다. 거기에는 '장량묘張良墓'라고 새겨져 있었다. L군이 말 해준 그 바윗돌의 사연은 대략 다음과 같다.

시황제始皇帝의 진秦나라를 멸망시킨 초패왕 항우와 한漢나라 유 방은 중국 천하를 놓고 끊임없는 전쟁을 계속했는데, 초패왕 항우 는 힘이 장사였고 무예에 출중했으나 한나라 유방은 별로 내세울 만한 것이 없는 인물이었다. 그러나 유방의 휘하에는 백만대군을 능히 부릴 수 있는 명장 한신 장군과 신출귀몰한 전략을 구사하는 장량, 그리고 내치內治와 나라 살림을 도맡아 하는 소하, 이 세 사

장량張良 묘석

람이 기둥이 되어 한나라를 받치고 있었다. 끝내 항우는 사면초가四面楚歌 속에 무너져버리고 중국 천하를 통일한 유방은 한나라를 세우고 한고조漢高祖가 된다. 나라를 창업한 한고조는 "혹시 누가 이 나라를 빼앗으려고 하지는 않겠나?" 하는 근심에 잠기게 되고, 그 유력한 첫 번째 용의자로 한신 장군을 지목해서 그와 그를 따르는 무리들을 죽여버리고 만다. 이것을 지켜본 장량張良은 다음은 자기 차례일 것이라고 판단하고, "나는 신선이 되기 위해 산으로 가겠다"고 몸을 숨긴 곳이 바로 그의 스승인 황석공이 도를 닦았던 이곳 장가계라는 것이다. 그 후 한나라 군사들이 그를 잡으러 이곳까지 와서 산봉우리 위에 올라가 앉아 있는 장량의 식량이 떨어지기를 바라고 석 달 열흘간을 포위하고 기다렸으나 장량이 매일 손에 잉어 한 마리씩을 들고 먹고 있는 것을 보고는 "하늘이 시키는 일"이라 포기하고 돌아갔다는 이야기가 있다면서 그 후 장량의 후예들인 장가張家 일족이 정착해 살았기 때문에 이곳을 장가계張家界라고 한다는 것이다.

물론 이 이야기는 전해져 내려오는 전설 같은 이야기일 것이다. 이곳까지 쫓아왔던 군사들이, 천군만마가 들끓는 것 같은 천해요지인데다 신출귀몰한 전략가인 장량을 겁내고 철수해버렸는지도 모른다.

나는 이 말을 들으면서 인생무상과 정치무상의 허무함을 느끼지 않을 수 없었다. 한漢나라의 창업공신인 그들 앞에 기다리고 있던 것은 영화榮華가 아닌 죽음이었던 것이다. 그 중에서도 현실을 정확하게 판단하고 처신을 한 장량은 목숨이라도 건질 수 있지 않았는가?

거리의 중간 지점을 지나서 얼마쯤이나 갔을까? 이제 종착점이 얼마 안 남았다고 생각되는데 아내가 다리를 절기 시작했다. 고통스러움이 얼굴에 역력했다. 산책길 바닥에 깔아 놓은 '타일로 된 포장길'이 다리를 더욱 피곤하게 했고 자연과도 어울리지 않았다. 가마를 타려해도, 소리를 지르며 씽- 씽- 내달리는 것들은 전부 사람을 태운 것뿐이고 빈 가마는 없었다. "진작 가마를 탈걸 그랬잖아?" 후회해 봐도 때는 이미 늦었다.

할 수 없이 아픈 다리를 끌며 쉬엄쉬엄 걸어서 얼마쯤 갔을까? 드디어 종착점에서 우리를 기다리는 일행을 만나니 안도감이 들면서 온몸에 맥이 탁 풀렸다.

버스에 올라 상해로 가기 위해 공항으로 향하면서 신선들이 사는 선계仙界를 떠나 속세로 돌아가는 듯한 아쉬움을 느꼈다. 장가계! 다시 한 번 가보고 싶은 곳이다.

기괴한 돌기둥의 모습

구름 저 남쪽에 알려지지 않은 땅 운남성雲南省

● 곤명昆明

6월 26일 저녁 7시 20분 인천국제공항을 이륙한 대한항공 KE 885편은 곤명昆明까지 4시간 10분을 비행하는 동안 기류가 나빠서 기체가 심하게 흔들렸다. 그 때마다 안전벨트 경고등이 켜지면서 "비행기가 많이 흔들리니 안전벨트를 꼭 매십시오"라는 경고 방송이 계속되었다. 현지 시간으로 오후 10시 30분경, 곤명에 도착해 비행기 트랩을 내려 공항청사로 걸어가는 동안 숨이 차고 다리가 무거우며 약간의 어지러움증을 느껴 직감적으로 '고도高度가 꽤 높은 곳인가 보다'라고 생각되었다.

입국수속을 마친 후 짐을 찾아 청사 밖으로 나오니 기다리고 있던 H여행사의 L씨가 반갑게 우리를 맞아 주었다. L씨는 우리를 버스로 안내하더니 장미꽃 한 송이씩을 선물로 주었다. 그리고 나서 "여러분, 이곳까지 오시느라고 고생하셨습니다. 이곳은 외부 세계에 아직까지 잘 알려지지 않았던 아름다운 땅이었는데 큰 지진이 발생한 후부터 세상에 알려지기 시작했습니다. 운남雲南이라 불리는 이곳은 중국 23개 성省 중의 하나로 중국 대륙에서 가장 아래쪽에 있기 때문에 예로부터 북쪽 사람들이 이곳을 '구름이 머무는 산의 남쪽'이라 여겼고, 이에 연유해서 운남성雲南省이라는 이름이 붙여졌다고 합니다. 또 이곳은 히말라야 산맥 끝자락에 위치해 있으며 서쪽으로는 '티베트' 남쪽으로는 '미얀마', '라오스', '베트남'과 경계를 이루고 있는 아열대성 기후지만 성省 전체가 고원산지高原山地로 평균고도가 해발 2,000m이기 때문에 일 년 내내 8°C 이하로 내려가지 않는 기온 덕분에 사계절 꽃이 피어있는 곳이기도 합니다. 그래서 오늘 여러분께 장미 한 송이씩을 환영의 선물로 드리게 된 것입니다."라고 인사했다.

설명을 하고 난 L씨는 이어서 "곤명은 운남의 성도省都로서 소수민족 중에서 '이족'이 주류를 이루어 살고 있으며 세계 10대 골프장도 있습니다. 참고로 운남성의 면적은 남한 땅 면적의 약 4배 정도이고 인구는 4천3백만 명입니다. 그리고 곤명시의 인구는 약 300만 명인데 차량이 6십4만여 대로 교통 혼잡이 심한 편입니다." 설명을 듣는 동안 버스는 숙소인 '쿤밍가화 프라자'에 도착했다. 호텔은 5성星급 호텔이었는데 37층의 철골조로서 지진대에 속하는 이곳에서는 그 이상의 높은 집을 지을 수 없기 때문에 곤명에서 가장 높은 건물이라고 했다. 우리가 차에서 내리기 전에 L씨는 "이곳은 높고 건조한 곳이기 때문에 주무시기 전에 반드시 욕조에

기암괴석이 늘어선 석림의 모습

물을 가득 받아놓고 화장실 문을 열어 놓은 채 주무십시오"라고
당부를 했다.

석림공원(바위로 숲을 이룬 환상적인 경관)

이튿날 아침, 호텔 식당과 로비는 마치 호떡집에 불이 난 것 같
이 시끄러웠다. 이제까지 보아오던 관광지의 풍경은 한국인들이
호텔을 거의 차지하다시피 하고 왁자지껄 떠들어대는 모습이었는
데 이곳은 한국인이라고는 우리 일행 몇 사람뿐이고 대부분이 국
내에서 여행을 온 중국인이었다. 한국인들이 관광으로 이곳에 들
어오기 시작한 것은 불과 1년이 조금 넘었다고 한다.

오늘따라 날씨는 잔뜩 흐려 있어 비가 내릴 것 같았다. L씨는
"아무래도 오후에 비가 올 것 같으니 스케줄을 바꿔서 오전에 '석

림石林'을 관광하고 오후에 '구향동굴'을 보기로 하겠습니다." 하
고 양해를 구했다.

　호텔을 떠난 우리 일행은 잠시 후 곤명 시가지를 벗어나 해발
2,000m 고원지대에 건설된 도로를 따라 달렸다. 좌우 차창 밖으
로 전개되는 풍경들은 워낙 높은 지대이기 때문에 동네 뒷동산같
이 보이는 산과 봉우리에 나무가 자라지 못해 황량하기 짝이 없는
모습이었는데 간혹 가다 밭을 일구어 채소밭으로 개간해 놓은 모
습들이 눈에 띄었고 어쩌다 발 아래로 아득히 내려다보이는 들판
에는 숲이 우거져 펼쳐진 풍경들이 시야에 들어왔다. 이렇게 한참
을 달린 끝에 '석림石林공원' 입구에 다다랐다. 그곳에서 하차한
우리 일행은 매표소에서 입장권을 구입해온 L씨를 따라 공원 안으
로 들어가 4명씩 탈 수 있는 객차客車 4량輛이 연결된 전동차(電動
車:배터리로 동작함)를 타고 잠시 후 대석림大石林 앞에서 하차했다.

　석림공원은 대석림大石林과 소석림小石林으로 이루어져 있는데,
2억 7천만 년 전에는 바다 속에 있던 석회암들이 지각변동으로 솟
아오른 후 오랜 세월 동안 풍화 작용에 의해서 거대한 수석水石같
이 검은색의 바위들이 숲을 이룬 갖가지 모양의 기암괴석들이 30
여만 평은 됨직한 넓은 들판에 그 수를 헤아릴 수 없을 만큼 널려
있는 것을 보고 새삼스럽게 대자연의 위대한 모습에 경외감을 갖
지 않을 수 없었다. 전동차를 내린 곳에서 조금 걸어가니 하늘을
찌를 듯 거대한 병풍처럼 앞을 막고 서 있는 검은색 바위 군群의
웅대한 모습이 나타났다. 그 바위 중앙에는 '석림石林'이라고 붉은
글씨가 새겨져 있었는데 많은 관광객들이 그곳에서 추억 만들기의

셔터를 눌러대느라고 법석들을 떨고 있었다.

석림 앞에는 수십 명에 달하는 '샤니족' 여인들이 형형색색의 화려한 전통의상을 차려 입은 채 군데군데 앉아 있었고, 우리나라 돈 천 원씩을 받고 기념촬영에 입을 전통 의상을 빌려주고 있었다. 나도 샤니족의 전통의상을 빌려 입고 장식용 칼을 어깨에 맨 채 마치 샤니족 용사라도 된 듯한 기분으로 기념촬영을 했다. 촬영을 마친 후 말로는 표현할 길이 없는 수백 가지 형태로 솟아있는 석림石林 무더기와 돌기둥, 기암괴석 사이로 미로迷路처럼 얽히고 설킨 길을 따라 걸었는데 좁은 돌틈 사이로 빠져 나가고, 계단을 따라 오르고 내리기를 반복해서 안내인이 없으면 길을 잃고 헤맬 것만 같았다. 가이드를 맡은 L씨는 "이곳이 바로 중국 후삼국 시대에 제갈공명이 남만을 정벌할 때 '맹획'을 다섯 번째 잡았다 놓아준 곳"이라고 설명해주었다.

석림 중에는 아름다운 사랑 이야기가 전해져 오는 '아스미바위'가 있는데 그 내용은 다음과 같다. "그 옛날 아름다운 샤니족 아가씨 아스미와 용감한 아헤이가 사랑을 했다. 그들은 산다화山茶花를 예물로 삼고 푸른 하늘과 흰 구름이 보는 앞에서 정혼을 했는데 그 지역 재력가인 러푸바라의 아들 아즈가 아스미를 좋아해 결혼을 강요했다. 아스미는 단호하게 거절했지만 이에 아즈는 화가 나서 아헤이가 양을 방목하러 간 사이에 사람을 시켜 아스마를 강제로 데려오게 했다. 끌려가는 동안 아스미는 정혼의 증표인 산다화山茶花를 물에 떠내려 보냈고, 이 소식을 접한 아헤이가 밤새도록 말을 달려 아즈를 만나 아스미를 놓아준다는 조건으로 노래 시합을 제안했다. 3일 간의 시합에서 아즈가 졌으나 약속은 지켜지지 않았고 아헤이는 참을 수 없어 3발의 화살을 쏘았는데 한 발은 집 대문에, 한 발은 집 기둥에, 그리고 마지막 한 발은 위패에 적중하자 러푸바라는 아스미를 풀어줬다. 그러나 아스미와 아헤이가 즐거운 마음으로 작은 계곡을 건널 때 아즈는 아헤이의 신궁을 빼앗고 아름다운 아스미를 물에 밀어 넣어 죽여버렸다. 비통과 절망에 빠진 아헤이가 물가에 앉아 울부짖고 있을 때 물 속에서 이미 화석으로 변한 아스미가 서서히 나타났다."는 것이다. 석림에는 이런 사연들을 가지고 있는 봉우리와 바위들이 그 수를 헤아릴 수 없을 만큼 많은데, 예를 들면 '코끼리바위' '낙타바위'를 비롯해서 남성의 심볼을 우뚝 세워놓은 듯한 바위와 사랑을 위해 칼을 빼어들고 불로 뛰어드는 모양을 한 바위에 이르기까지 다양하기가 이를 데 없었다. 이렇게 장엄한 돌石들의 경관에 감탄하면서 대석림을 벗어나니 넓은 호수와 아름다운 꽃밭, 그리고 푸른 잔디밭이 하나의 그림 같은 풍경

돌계단을 오르고

나룻배를 타고 동굴 입구로

으로 어우러져 있는데 호숫가에는 아름다운 정자가 있고, 호수 건너편으로 또 다시 무리지어 늘어선 석림들이 시야에 들어왔다. 바로 여기가 소석림小石林이라고 했다.

소석림의 규모도 만만치 않아서 그곳을 통과하고 나니 또 다른 호수가 나타나고, 넓은 잔디 위에 펼쳐지는 돌石들의 축제는 가히 상상을 초월했다. 소석림은 대석림에 비해서 바위와 돌기둥의 기묘함이 떨어지는 감이 있고 규모도 적지만 조경과 좋은 기석들을 설치하고 꾸며 놓아서 큰 정원 같은 느낌을 주었는데 이곳을 주마간산 격으로 관람하는데도 2시간 반이 넘게 걸렸다.

구향동굴(굉음을 내며 물이 흐르는 동굴 속의 웅장함)

소석림小石林에서 점심 식사를 마친 우리 일행은 날씨 때문에 일정을 바꾸었던 '구향동굴'로 향했다. 차로 2시간 가까이 달려서 동굴에 도착했는데 아침부터 꾸물거리던 하늘에 시커먼 먹장구름이 몰려오더니 뇌성벽력이 요란스럽게 치면서 장대비가 쏟아지기 시작했다. 입장권을 사가지고 온 L씨의 뒤를 따라 조금 걸어가니 바로 앞에 협곡이 가로 막는다. 그리고 까마득히 내려다보이는 절벽 아래로 황토물이 도도하게 협곡 사이를 흐르고 있는데 배를 타고 협곡을 건너야 동굴 속으로 들어갈 수 있다고 했다. 그곳에서

계곡 밑에 도도히 물이 흐르고

동굴 안에는 자웅폭포가
굉음을 내며 쏟아져 내렸다.

엘리베이터를 타고 협곡 밑으로 내려가니 구명조끼를 한 개씩 주면서 지붕도 없는 나룻배를 타라고 했다. 비가 쏟아지는 가운데 우산을 쓰고 배에 오르니 뒤에서 사공이 노를 젓기 시작했다. 그러나 배는 동굴 입구로 바로 건너가는 것이 아니라 탁류를 따라 하류로 흘러갔다. 잠시 후 배는 180도로 뱃머리를 돌리더니 물길을 다시 거슬러 올라와 선착장 반대편에 배를 대어주었다.

배에서 내린 후 동굴 입구로 들어갔는데 동굴 안에서 흘러나오는 물이 꽝음을 내면서 흘러가고, 높다란 동굴 천정과 시커먼 입구가 으스스한 느낌을 주었다. 컴컴한 길을 조심조심 한참을 돌아나가니 100여 평 정도 돼 보임직한 크기의 광장이 나타났고 그 광장 주위로 수석水石을 진열해 놓고 팔고 있었다. 특이한 것은 한편에 유리로 된 어항이 있고 그 안에서 물고기가 헤엄을 치고 있었는데 그 물고기들은 눈이 없었다. 수많은 세월을 깜깜한 동굴 안에서 살다보니 눈이 퇴화되어서 없어져버렸다고 한다.

까마득한 계단을 따라 수없이 올라가고 또 내려가기를 반복하면서 비경秘景을 관람했는데 우리나라 종유석 동굴과 달리 거의 3층 정도 높이의 웅장한 규모의 종유석이 있었다. 까마득한 천장에서 내려온 거대한 종유석 석주들이 기둥처럼 버티어 섰고 그 옆에서 오색의 스포트라이트를 비추어 현란한 동굴의 경치를 만들어 놓았다. 이런 광경들은 중국 대개의 유명 동굴에서 흔히 볼 수 있는 것이지만 이 동굴의 특이한 점은 코스의 중간마다 동굴 밖으로 빠져나와 산을 기어오르기도 하고 내려가기도 하다가 다시 동굴 속으로 들어가 코스가 계속 연결되는 점이었다. 한 곳에 이르니 좌·우

타이족의 소수민족촌 입구

에서 자(30m 높이) 웅(20m 높이) 두 개의 폭포가 엄청난 굉음을 내며 떨어져 내렸는데 그 웅장한 광경은 동굴 관광에서 좀처럼 볼 수 없던 장관이었다.

이 동굴의 넓은 광장에서 300개의 계단을 오르며 땀에 흠뻑 젖어 동굴 밖으로 나오니 '리프트 승강장'이 있었다. 그곳에서 공중에 매달려 가는 리프트에 올라앉아 몇 개의 능선과 협곡을 오르내리면서 웅장한 경치를 감상했는데 쏟아지던 빗줄기가 그치고 언제 그랬냐는 듯이 햇빛이 쨍쨍 내려쬐고 있었다.

운남 소수민족촌

구향동굴 관광을 끝낸 후 우리 일행은 곤명으로 다시 돌아와 서산西山 밑에 자리 잡고 있는 소수민족촌으로 향했다. 넓은 부지 위에 곤명호昆明湖의 물을 끌어들여 아름다운 호수와 다리를 만들어 놓고 훌륭한 조경과 함께 보도블럭과 포장도로로 말끔하게 단장해

타이족들이 관광객을 환영하고 있다.

놓은 민족촌 경내에는 운남성 14개 소수민족의 촌락을 민족별로 재현해 놓고 그들의 풍속 및 전통놀이와 음식문화를 체험케 함으로써 소수민족들의 삶과 문화를 이해할 수 있었다. 또한 그들의 전통의상과 더불어 각종 이벤트를 벌이는 등 볼거리가 많기 때문에 관람하는 방법과 내용에 따라 소요되는 시간의 차이가 크다. 그들의 독특한 풍속 몇 가지를 소개하고자 한다.

　모계사회母系社會인 '나시족'은 가사家事일부터 육아育兒, 경제 · 사회적인 일에 이르기까지 모든 일을 여자가 맡아 하고, 그에 따라서 그 가정을 대표하는 가장家長도 당연히 여자이며 성姓과 혈통도 여자를 따르게 돼 있는데 결혼제도의 필요성을 느끼지 못하고 여자가 임신만 하게 해주면 되는 남자들에게는 그 외에 할 일도 책임도 없다고 한다.

　'이족'의 한 갈래인 '샤니족' 여인들은 머리에 아름다운 둥근테 모자를 쓰고 있는데 그 모자에는 삼각형 뿔이 달려있다. 뿔이 2개면

소수민족촌 이벤트

처녀, 1개면 결혼을 앞둔 신부를 뜻하고 아예 뿔이 없는 것은 기혼
자를 의미한다고 하는데, 처녀가 쓴 모자의 뿔에 손을 대는 것은 곧
청혼으로 받아들여지기 때문에 그 처녀와 결혼을 하지 않으면 처녀
집에 가서 3년 동안 머슴살이를 해 주는 것이 전통이라고 한다.

다부다처제족多夫多妻制族이 있다. 예를 들어 아들 3형제가 있는
집으로 시집을 간 신부는 그 형제를 모두 남편으로 맞아야 하고 반
대로 딸 3자매가 있는 집으로 장가를 드는 신랑은 3자매를 모두
신부로 맞아야 한다.

여자가 결혼 전에 10명의 남자와 살아보고 나서 그 중 가장 좋은
남자를 택해서 결혼을 한다는 믿기 어려운 풍습을 가진 소수 민족
도 있었다.

이 밖에도 민족에 따라 그들 특유의 고유한 풍속과 전통을 가지
고 있으며 중국 정부는 그들의 관습을 인정해주고 있다 한다. 그러
나 그들이 집단을 이루어 살고 있는 주거지에서 10Km 밖으로 벗

어나면 중국 국법의 적용을 받아야 한다는 것이다. 하지만 문명의 이기利器인 TV와 컴퓨터가 그들 주거지에 보급되면서 젊은 사람들은 다 밖으로 빠져나오고 늙은이들만 남아 있기 때문에 얼마쯤 세월이 지난 후에는 자연스럽게 이런 풍속도 없어져버리고 말 것이라고 한다. 강압적인 방법으로 소수민족의 풍속을 개조하려 하지 않고 자연스럽게 해결될 수 있도록 때를 기다리는 대륙大陸 사람 특유의 여유 있는 기질을 엿볼 수 있는 것 같다.

● 창산蒼山이 의연하게 솟아있는 백족白族의 고도 대리大理

6월 28일 아침 5시 50분, 호텔을 출발해 국내선공항으로 향했다. 곤명에서 대리까지 비행시간은 30분이었다. 7시 10분에 곤명을 출발한 비행기가 7시 40분 대리공항에 도착했으니 비행기가 이륙하자 바로 착륙한 느낌이었다. 공항에서 현지가이드인 K씨를 만나 아침식사를 한 후 바로 관광길에 나섰다.

대리大理는 높이 1,900m의 고원지대에 위치해 있고, 뒤쪽으로는 4,000m 높이의 창산蒼山이 의연하게 솟아있다. 이 지역의 주요 주민은 백족白族으로 그 수가 150만 명에 이른다고 하는데 흰색을 좋아해서 흰색 계통의 옷을 많이 입고 있으며 건물 외벽의 색깔도 흰색으로 치장한다고 한다. "대리시의 인구는 330만 명이고 고원지대이기 때문에 고산증세에 민감한 사람은 물을 많이 마시고 천천히 걸어야 한다."고 K씨는 말해주었다.

백족白族이 이곳에 뿌리를 내린 것은 약 3천 년 전부터인 것으로 알려져 있다. 8세기 초엽에 그들은 통일을 이루어 당나라의 군대

대리시大理市 '이해호' 의 유람선들

를 격파했으며 이어 남조국(南詔國:난자오궈)을 건설했고 송나라 때
대리국大理國으로 불리었던 이 왕국은 중국의 남서부 일대에 큰 영
향력을 행사하며 9세기에는 오랫동안 미얀마 북부를 장악해서 남
서 아시아에까지 그 세력을 뻗칠 정도가 되었다. 그러나 13세기 중
엽에 이르러 이 왕국은 '쿠빌라이칸' 이 이끄는 몽골 군대에 의해
무너지고 지금은 '운남성 백족 자치구' 로 되었다.

　이해호 유람

　대리에는 바다가 없고 해발 2천 미터의 고원지대에 담수호가 남
북으로 길게 뻗쳐있는데 "사람의 귀耳같이 생겼고 바다같이 넓다"
고 해서 '이해호耳海湖' 라 불리고 있다 한다. 호수에는 각종 유람선
들이 운항하고 있었는데 큰 배를 타고 호수를 한 바퀴 도는 데에 4
시간이 걸린다고 했다. 어족魚族이 풍부하다고 하는데 물은 그리

맑지 않은 것이 담수호이기 때문에 수질관리가 어려운 것 같았다.

선착장에는 크고 작은 유람선들이 즐비하게 늘어서서 관광객들을 태우고 떠날 준비를 분주하게 하고 있는 모습이 여느 포구의 모습과 다를 바 없었다. 선착장을 배경으로 '찰칵', 기념촬영을 하고 배에 오르니 '부르릉', 시동을 걸고 배는 호심을 향해 미끄러지듯 나아갔다. 물결은 잔잔하고 호수에서 불어오는 바람은 시원했다. 마침 호수를 한 바퀴 돌고 선착장으로 돌아오는지 대형 유람선 한 척이 우리가 탄 배의 옆을 스쳐 지나갔다. 유람선에 타고 있던 관광객들이 우리를 보고 반갑다고 손을 흔들며 소리를 질렀다. 우리도 손을 흔들어 주었는데 배를 타고 호수 위를 달린다는 사실 자체가 가슴 설레고 동심으로 돌아간 것 같은 기분이었다. 우리는 30여 분 만에 선착장으로 돌아왔는데 2천 미터 높이에 있는 호수에서의 뱃놀이는 여행의 또 다른 느낌으로 추억 속에 각인되었다.

웅장한 규모의 '대리3탑'과 '숭성사崇聖寺'

히말라야 산맥 끝자락에 자리 잡은 창산蒼山 아래에다 남조국(중국 당나라 때) 시대에 높이 69.3m의 중앙 탑을 세웠고, 그 후 대리왕국(중국 송나라 때) 때에 2개의 좌·우의 양兩탑을(높이 49.19m) 세웠는데 중앙탑인 천신탑은 그간 30여 회의 지진과 지각 변동으로 탑에 균열이 생겼으나 세월이 지남에 따라 저절로 원상복구 되었고 좌·우의 양탑은 400년 전부터 안쪽으로 약간씩 기울었으나 지진 등의 피해가 전혀 없었다고 한다. 천신탑을 중심으로 거대한 '대리3탑'이 서 있는 모습은 가히 대리의 명물이라고 감탄할만 했다.

창산 밑에 있는 대리3탑

대리 숭성사

'대리3탑'을 지나 창산쪽으로 올라가니 '이해호'를 바라보면서 완만한 산자락을 비스듬히 깎아 만든 70여만 평의 광대한 단지에 건립한 숭성사崇聖寺의 모습이 나타나는데, 맨 처음 눈을 부라리면서 잡귀의 출입을 막고 서 있는 사천왕의 전각을 지나 안으로 들어가면 지장보살을 모신 전각이 나타나고, 그곳을 통과해 한참을 가다보면 대리석을 깎아 만든 계단을 올라가게 되는데 그 위에 문수보살을 모신 전각을 지나게 된다. 이런식으로 여남은 개의 전각을 통과해야 본존불의 전각이 나오는데 북경 자금성의 구조와 흡사했다.

거기에다 승려들의 숙소와 교육장, 사무소, 식당, 취사장, 창고 등 사찰운영에 필요한 부속건물인 기와집 수백 동棟이 한 군데에 집단을 이루고 있었다.

본래 숭성사崇聖寺는 '남조국南詔國'과 '대리국大理國' 때 9대의 왕들이 출가하여 수도修道하던 사찰이었는데 그동안 수많은 지진과 지각변동으로 모두 없어져버린 것을 역사적 고증 자료에 의해 재

대리 고성古城의 성문(정문)

대리 고성古城의 성문(후문)

건한 것으로 오는 7월에 개원식을 가질 예정이라고 했다.

원래는 밑에서부터 차례 차례 전각들을 거쳐서 위로 올라가야 하는데, 아직 개원하기 전이라 우리들은 배터리로 움직이는 전동차電動車를 타고 바른쪽 담장을 따라 만들어진 포장도로로 사찰 단지團地의 맨 윗부분까지 올라간 후 그곳으로부터 아래로 걸어 내려오면서 경내를 관람했는데, 꽤 많은 시간이 걸렸고 옷은 땀에 흠뻑 젖어 버렸다. 앞으로 이 사찰이 개원하면 운남성에서만이 아니라 중국의 또 하나의 명소名所로 등장할 것이다.

대리大理의 고성古城

대리 구 시가지를 감싸고 있는 성벽과 성문은 중국 송나라 때 대리국이 건설한 것을 명나라 시대에 와서 복원했다고 하는데 꽤 견고하고 튼튼해 보였다. 성루에는 영화에 등장하는 고성古城처럼 깃발들이 바람에 펄럭이는 것이 타임머신을 타고 대리국 시대로 돌아가 성문 앞에 서 있는 기분이었다.

성문을 들어서니 곧게 뻗은 도로를 중심으로 좌·우 양편에 송나라 시대 건축양식으로 지은 2층 목조 건물들이 고색창연하게 서 있는데 아래층은 거의가 관광객들을 상대로 한 기념품 판매점이었다. 오랜 세월동안 수많은 사람들이 밟고 다녀서 반들반들하게 닳아있는 도로바닥의 포장용 돌石들이 이 성의 오랜 역사를 증명해 주는 것 같았다.

관광상품으로는 은銀으로 만든 장신구와 세공품들이 주종을 이루고 있었으며 직접 가공하는 모습을 보여주었는데 여러 가지 아름다운 문양을 새겨 넣는 숙련된 기술을 보면서 기념품으로 한 개쯤 사고 싶다는 생각이 들었다. 일행 중 박방화 사장은 재빨리 팔찌 한 개를 구입해서 부인의 손목에 채워주면서 애정표현을 했다.

좌·우의 상점들을 구경하면서 도로를 따라 잠시 걸어가다 보니 눈앞에 높다란 성루가 나타났는데, 이곳까지가 구 시가지의 끝인 것 같았다. 지금으로부터 천년 전에 건설된 시가지이니 규모가 작을 수밖에 없는 것 같았다.

우리들 일행은 다시 성문을 돌아 나와 '백족 민속 마을'로 향해서 '전통삼도차傳統三道茶'를 마시면서 민속쇼를 관람했다. 전통삼도차는 백족白族이 손님을 접대할 때 내놓는 독특한 차인데 세 번에 걸쳐 다른 맛의 차를 대접한다고 한다. 마시는 방법도 독특하다. 첫 번째로(제1도), 쓴 맛을 내는 운남성에서 생산하는 녹차의 일종인 차를 주는데 인생의 고통을 상징한다고 한다. 두 번째로(제2도) 단 맛이 나도록 녹차에 백설탕, 흑설탕, 크림, 치즈 등을 넣었는데 인생의 행복을 표현하고, 세 번째 맛(제3도)은 표현할 수 없는 맛으로, 녹차에 생강, 참깨, 흑설탕, 꿀 등을 탔는데 실타래 처럼 얽힌 인생사를 뜻하는 것이라고 했다.

그들은, 그들만의 언어와 문화를 가지고 있었는데 비록 규모는 작았지만 화려한 의상과 노래, 춤으로 특유의 민족 문화를 보여주는 쇼였다. 그중에서 한 가지 독특했던 것은 결혼 풍습 장면이었다. 축하연에 참석해 춤을 추던 하객들이 신부를 꼬집는 것이었다. 신부가 미인일수록 더 많이 꼬집힌다고 했다. 그것을 보고, 나는 "앞으로 살아가면서 신부가 꼬집히는 것만큼 아프고 힘든 일이 있

백족白族의 민속춤

어도 참고 살라는 뜻인가 보다” 하고 혼자 답을 내었다.

민속쇼 관람을 마치고 우리들은 마지막 목적지인 ‘여강(麗江 : 리장)’ 으로 이동했는데 2,000m 가 넘는 높이의 고원지대에 건설된 황량한 도로를 버스로 3시간 이상 달려서 저녁 7시 무렵 ‘여강’ 에 도착해 저녁 식사를 한 후 5성급 호텔인 ‘궁방宮房’ 호텔에 투숙했다.

차멀미 예방을 위해 붙인 멀미약 때문에 황당했던 일

여강에 도착하기까지 여행 중에 생긴 일로 한 가지 에피소드가 있었다. 대리大理를 출발하면서, “고도高度가 2,000m를 넘는 높은 지대를 3시간 이상 버스로 가야한다”는 K씨의 말을 듣고 차멀미를 예방하기 위해 한국에서 준비해온 붙이는 멀미약을 아내에게 붙여 주었다. 버스가 고원지대를 두 시간가량 달리는 동안 차창 밖으로 전개되는 단조로운 풍경을 바라보던 일행들은 거의가 고개를 숙이고 자고 있었는데, “자! 드디어 휴게소에 도착했습니다. 이곳은 여강까지 가는 길에 하나밖에 없는 휴게소입니다. 내리셔서 볼일들을 보고 가십시오.”하는 서울서부터 따라온 인솔자의 안내 방송을 들고 잠에서 깨어 모두 버스에서 내렸다.

화장실은 편의점 안의 상품 진열대 사이를 지나 안쪽으로 들어가 있었는데 화장실을 다녀온 아내가 중간에서 나를 기다리고 있다가 진열장 안을 가리키며 "돋보기가 없어 잘 보이지 않으니 당신이 좀 읽어보라"고 했다. 그래서 들여다보니 그것은 물건에 대한 설명서인 것 같았는데 나도 모르는 한자漢字들로 적혀 있어서 읽을 수가 없었다. 그래서 "전부 한문으로 씌어 있어 나도 잘 모르겠다. 아마 물건에 대한 설명서 같은데 왜 읽어보라고 그러느냐?"고 물었더니 아내는 정색을 하고 "서울 집 재건축 사업에 대해 구청에서 온 공문"이라면서 빨리 읽어 보란다. 황당해진 나는 아내를 달래서 버스에 올랐다. 잠시 후 버스는 다시 움직이기 시작했고 아내는 곧 잠이 든 것 같았는데 놀란 가슴이 콩닥콩닥 뛰고 불안한 마음에 난감하기 짝이 없었다.

그 날 저녁 '여강'에 도착해 식당에서 저녁식사를 한 후 숙소로 배정받은 호텔 20층 객실로 올라갔는데, 엘리베이터 안에서 P씨가 몸살기가 있다면서 "혹시 약을 가지고 있으면 조금 줬으면 좋겠다."고 했다. 객실로 들어와 짐 속에서 약을 찾아 가지고 아내와 함께 P씨 방으로 갔는데 "샤워 중이니 잠시 후 사장님 방으로 약을 가지러 가겠다."고 했다. 그래서 우리 방으로 돌아가는 길에 마침 엘리베이터 앞을 지나게 되었다. 그러자 아내는 "엘리베이터를 타고 1층 식당으로 가자"고 했다. 나는 "식당에는 왜 가자고 하느냐?"고 물었더니 "저녁식사를 하러 가야 하지 않느냐?"면서 정색을 하고 엘리베이터를 타자고 했다. 나는 "저녁식사를 하고 호텔

나시족의 상형문자

로 오지 않았느냐?"며 간신히 아내를 달래서 객실로 돌아왔으나 놀란 가슴을 진정시킬 수가 없었다. 그런 불안함 속에서 여행을 마치고 귀국해 집으로 돌아온 후 아내는 지극히 정상으로 되돌아가 '언제 그런 일이 있었느냐'는 의심이 들 정도였다.

후일, 어느 저녁 모임이 있던 자리에서 당시 황당했던 이야기를 했더니 K교수 부인과 몇 사람도 같은 경험을 했다면서 "뇌와 가까운 귀 밑에 붙이는 멀미약은 침투력이 빨라 효과가 속히 나타나지만, 위치가 높은 곳에서는 환각작용을 일으키는 일이 있다"고 각자의 경험담을 이야기했다.

● 운남성의 진주 '여강(麗江)'

'여강'은 운남성 서북부에 위치하며 옥룡설산玉龍雪山을 뒤로 하고 있는 나시족의 거주지다.

나시족은 모계 사회족으로 알려진 중국의 소수민족 중 하나로 그 숫자가 줄어들고 있어 그들의 문화도 사라지고 있는 추세라고

흑룡담공원의 호수와 아름다운 다리

한다. 그러나 도시의 면적은 대리보다도 크며 뒤에 둘러서 있는 설산과 그 뒤를 흐르는 금사강(金沙江 : 양자강의 상류) 때문에 알프스산록의 스위스를 연상시키는 해발 2,400m에 건설된 도시이다.

흑룡담공원

다음날 아침 8시 30분 호텔을 출발하여 중국인들이 택견 등 아침운동을 하는 활기찬 풍경을 볼 수 있다는 '흑룡담' 공원으로 향했다. 그러나 우리가 도착했을 때는 해가 하늘 높이 떠 있는 늦은 시각이었기 때문에 아침 운동을 하고 있는 중국인들의 모습은 볼 수가 없었고, 공원 안은 고요 속에 잠겨 있었는데 명나라 때 건립한 아름다운 누각 '오봉루'와 맑은 호수가 잘 가꾸어진 조경과 함께 신선이 산다는 선계仙界에 와 있는 것 같은 착각이 들게 하였다.

이곳은 옛날 기우제를 지내던 곳이라고 하는데 더불어 나시족의 동파문화東巴文化를 꽃 피웠던 발원지라고도 했다. 동파문화는 나시족의 독특한 문화로서 교리는 "자연과 조상을 숭배하라"는 것이란다. 또한 나시족은 세계 유일한 그들만의 상형문자인 동파를 사용했는데 지금까지도 그 습성이 남아 있다고 한다. 흑룡담공원 안에 있는 동파문화관에는 그 상형문자들이 전시되어 있었고 수염을 길게 기른 동파인간문화재라는 사람이 단정하게 앉아서 가화만사성家和萬事成등의 글귀를 동파상형문자로 써주고 있었다.

유네스코 '세계문화유산'으로 지정된 '여강 고성古城'

중국 남송시대에 티베트 북동부 유목민으로 생각되는 나시족이 이곳으로 옮겨와 정착했다. 그 후 쿠빌라이칸의 몽골군이 대리국을 정벌하는데 협조해서 공을 세운 대가로 원나라로 부터 토사土司라는 벼슬을 받고 고성古城을 건설했는데 특이한 것은 성문과 성벽城壁이 없다. 나시족 족장의 성姓이 木氏였기 때문에 이 木字 위에 □형의 성곽을 씌우면 困(곤궁할 곤)字가 되므로 성곽을 세우지 않았다고 한다. 고성古城은 사방가四方街 거리를 중심으로 가로 및 세로가 각각 2Km로 면적은 3.8Km²라고 한다. 현재는 그 안에 3만여 명의 주민들이 상가를 형성하고 살고 있다. 그 안에 만들어진 수백 개의 미로迷路는 이곳에 들어온 침략군이 밖으로 나가는 출구出口를 찾지 못해 헤매게 되는데, 이때 각 출구를 봉쇄하

유네스코에서 '세계문화유산'으로 지정한 기념물

고 침략군을 궤멸시켰다고 한다.

고성古城 안에는 곳곳에 맑은 물이 흐르는 실개천들이 수없이 많이 있는데 옛날에는 시간을 정해서 식수食水로 사용하는 물을 긷고, 빨래를 하는 등 주민들 생활에 없어서는 안 될 존재였다고 한다. 지금도 맑은 물이 흐르는 이 실개천은 주민들에게 삶의 일부라고 한다.

한참동안 골목길을 헤매면서 기념품과 상품들을 구경하던 우리 일행은 어느 찻집 앞, 실개천가 노상路上에 차려 놓은 나무탁자에 아픈 다리를 쉴 겸 주저앉아 차를 시켜 마셨는데 맑은 물이 흐르는 개울가에서 마신 '장미꽃차'는 그 분위기와 어울려서 그런지 향기가 더할 데 없이 그윽했다.

현지가이드인 K씨를 따라 다시 한참동안 골목길을 걷다 보니 앞에 꽤 넓은 광장이 나타났는데, 이곳이 고성古城의 중심이 되는 사방가四方街라고 했다. 바닥에는 역시 돌石들을 박아서 포장을 해 놓았는데 오랜 세월을 말해주듯 반들반들했다. 바로 이 때, 광장

고성古城의 미로, 지금은 기념품 판매점으로 변했다.

한가운데에서 흰색의 행주치마 같은 의상을 차려 입고 흰색과 파란색의 모자를 맞춰 쓴 일단의 남녀들이 노래를 부르며 마치 기차놀이를 하듯 둥글게 원을 그리며 돌아가다가 원형으로 둘러서서 노래와 율동을 하는 모습이 보였는데, 그렇게 평화롭고 인상적일 수가 없었다.

　이 때 가이드 K씨가 말했다. "저것은 주민들이 관광객들에게 고성古城 특유의 인상을 심어주기 위해 하는 이벤트 중 하나인데, 밤에는 이곳이 그렇게 환상적인 분위기로 바뀔 수가 없습니다. 그 때는 주민들과 관광객들이 함께 어우러져 춤을 추는데, 간혹 눈이 맞으면 남·녀 간의 사이로 발전하는 경우도 있습니다. 그러나 좀도둑들이 있고 안전상의 문제 때문에 되도록 야간 관광은 삼가고 있습니다." 성곽이 없는 이 오래된 성城은 세계문화유산으로 지정돼 있다고 하는데 참으로 신비하고 평화스러운 곳으로 깊이 인상에 남았다.

　옥玉으로 용을 깎아 놓은 듯한 '옥룡설산'

　'여강고성'의 관광을 마치고 여강 뒤편에 자리 잡고 있는 '옥룡

사방가에서 벌이는 주민들의 이벤트

설산'으로 향했다. 운남성에는 히말라야 산맥의 만년설을 이고 있는 5,000m가 넘는 봉우리가 13개 있는데 그 중 여강에 있는 '옥룡설산'은 산세山勢가 옥으로 용을 깎아 놓은 듯하다고 해서 붙여진 이름이라고 한다. 정상은 항상 구름으로 덮여 있어서 자태를 잘 드러내지 않는다고 했다.

도중에 해발 2,800m에 있는 식당에서 점심식사를 한 후 산 밑에 다다르니 날씨는 구름이 껴서 잔뜩 흐려 있는데, 기념품 등의 물건을 파는 상점들이 즐비하게 늘어서 있어 꽤 높은 곳까지 올라와 있다는 실감이 나지 않았다.

그곳 리프트 승강장에서 리프트에 몸을 싣고 두둥실 산 정상을 향해 올라가기 시작했다. 발 밑으로 키 작은 소나무와 이름 모를 나무들의 숲이 천천히 지나갔는데 찔레꽃과 철쭉꽃들이 한참 때를 만난 듯 흐드러지게 피어 있었다. 나뭇가지에 소원을 비는 빨간 리본을 매어놓아 마치 나무마다 빨간 꽃이 피어 만발한 것처럼 보이는 것이 굉장히 인상적이었다. 때마침 검은 구름이 하늘을 가리더니 느닷없이 비가 쏟아지기 시작해서 준비했던 우산을 꺼내 썼다. 이곳 날씨는 도저히 예측할 수가 없다고 한다. 리프트가 정상頂上 옆 봉우리인 3,300m 지점에 설치된 승강장에 도착하자 비가 그쳤다.

리프트를 내려 원시림 속을 약 15분 간 걸어가니 정상 밑에 꽤 규모가 큰 광장 같은 잔디밭이 나타났다. 그곳이 바로 '운삼평'이었다. 운삼평에서 관광객들은 구름에 가린 정상을 배경으로 기념 촬영을 한 다음 다시 리프트 승강장으로 되돌아갔다. 운이 좋으면 구름 걷힌 정상을 보게 되는 경우가 간혹 있는데 얼음과 만년설로 덮인 정상부분은 옥으로 만든 용을 보듯 아름답기 이를 데 없는 장관이라고 했다. 그날따라 구름이 가려서 정상을 보지 못하고 리프트 승강장으로 돌아가는데 다리가 무겁고 숨이 찬 것이 고도高度가 꽤 높다는 것을 느끼게 했다.

리프트를 타고 하산하면서 아득히 먼 곳에 마치 병풍처럼 둘러 서 있는 산봉우리들과 발 아래로 전개되는 숲들을 내려다보면서 자연의 웅대함을 새삼스럽게 느낄 수 있었다. "도대체 이렇게 웅대한 자연에 도전하고 정복하려 애쓰는 인간이란 존재는 과연 무엇일까?"

● 운남성 여행을 마치며

운남성은 참으로 신비로운 곳이었다. 1933년 영국 소설가 제임스 힐튼은 소설 『잃어버린 지평선』에서 "……설산에 금빛 찬란한 절이 있다. 신비하다. 빙하와 숲과 호수와 대초원이 있다. 초원에는 소와 양이 떼지어 다닌다. 미려하고 고요하고 여유가 넘친다. 세상과 동떨어진 곳이다……"라고 썼다. 힐튼은 이런 지상 낙원이며 꿈에 그리는 이상향이 히말라야 동쪽에 있다면서 '샹그릴라'라고 불렀다. 그 후 많은 사람들이 '샹그릴라'를 찾아 히말라야로 떠났다고 한다. 그러나 소설에서 그린 이상향은 운남성 성도省都인 곤명에서 비행기로 50분 거리에 실재實在하고 있었다. 그리고 2003년 유네스코는 '샹그릴라'를 세계자연유산으로 지정했다고 한다.

운남성은 지금 변화하고 있었다. 화장실은 문짝이 없고 대변실 칸막이는 흉내만 냈을 뿐 전체가 터져 있는 곳도 있다. 그러나 그동안 중국 동부東部에 집중했던 발전 계획과 자금들을 서부西部로 돌려 산업과 생활환경을 개선하기 시작했다고 한다.

운남성을 여행하면서 이곳이 공산주의 국가인가? 하고 의심할 정도였다. 대리시大理市에는 세계에서 가장 규모가 큰 사찰인 숭성사崇聖寺를 복원하고 있었고 그만큼 불교 신자가 많다고 했다.

그러나 무엇보다 놀라웠던 것은 젊은이들의 의식이 변화하고 있는 것을 본 것이다. 한국에서 인기를 모았던 드라마나 영화, 노래는 물론 여기 등장하는 탤런트와 배우, 가수에 이르기까지 모든 것을 나보다 더 잘 알고 있을 뿐 아니라 비평 또한 날카로웠다.

중국인들의 의식 역시 자유분방하게 변화하고 있다 한다. 하루는 곤명에서 시민들의 휴식처인 '취호공원'을 관광하러 가는 길이었다. 운전을 하고 있던 중국인 운전기사가 핸드폰으로 전화를 받았다. 그러나 중국어였기 때문에 우리는 알 길이 없었다. 그때, 자못 감동 어린 표정으로 통화 내용을 듣고 있던 L씨가 그 내용을 말해주었다.

지금 전화를 걸어온 것은 운전기사의 부인인데, 우리나라 같으면 대부분이 "나야! 왜?" 하거나 "나요! 무슨 일인데?" 하고 전화를 받는 것이 보통 있는 일이지만 저 운전기사는 먼저 "자기야? 나, 당신 사랑해!" 하고 나서 통화를 하는데 애정 어린 내용과 목소리로 사랑의 표현을 하고 있다는 것이다.

60년 전, 중국에 공산 혁명이 이루어졌을 때는 부부 간에도 "동무"로 호칭했다고 한다. "공산혁명의 완수만이 살 길이라고 외치던 중국이 변해도 너무 변하는 것 같다"고 L씨는 말했다.

오채지

그림같은 자연과 물의 향연 황룡黃龍 풍경구

5월 17일 이른 새벽, 아침 7시 20분에 '구황공항'으로 출발하는 여객기에 탑승하기 위해서는 6시 20분까지 성도국내선공항에 도착해야 하기 때문에, 어젯밤 늦게 도착해서 1박을 한 중국 사천성 성도의 호텔을 새벽 같이 떠나 공항으로 향했다.

달리는 버스 차창 밖으로 전개되는 거리풍경은 아직 이른 아침이라 그런지 매우 한산한 편이었는데 2천 년이란 역사를 지닌 도시 답지 않게 도로며 건물들이 현대화되어 있었고 깨끗한 인상을 주었다. 성도는 주위가 높은 산들로 둘러싸인 분지 지형으로 해발 200~500미터 내외이기 때문에 사계절 온화한 기후가 계속된다고 하는데 이날은 초여름 같은 다소 더운 날씨였다.

현지가이드인 C씨는 버스 안에서 마이크를 잡고 "오늘의 목적지인 '구황공항'은 해발 3천 미터가 넘는 높은 지대에 있기 때문

구황공항에
착륙한 여객기

비행기 날개 밑으로
눈 덮힌 고봉들이 끝없이 이어졌다.

에 그곳 날씨는 변화가 심해서 아무도 예측할 수가 없습니다. 따라
서 일기관계로 몇 시간씩 비행기가 딜레이 되거나 변경되는 경우
가 많기 때문에 정시에 운항하는 예가 거의 없다"면서 "미리 이해
를 바란다"고 양해를 구하며 걱정을 했다.

● 해발 3,500미터 위에 산허리를 깎아 만든 구황공항

성도공항에 도착해서 각자가 가진 짐 중에서 큰 것은 화물로 탁
송하고 비행기 탑승 티켓을 받은 후 바로 탑승구가 있는 대기실로
들어갔다. 우리들의 운이 좋았는지 이날 비행기는 정시각에 성도
공항을 이륙했다. 비행기 내에는 빈 좌석이 더러 눈에 띄었고 승객
들은 거의가 내국인인 중국인들이었다. 어젯밤 인천공항에서 성도
까지 타고 온 아시아나 여객기는 한국인들로 만석을 이루었었고
기내 방송도 한국어, 영어, 중국어 순서로 3개 국어를 사용했는데

오늘은 그 많던 한국인들이 별로 눈에 띄지 않았고 여객기도 중국 국적기라서 그런지 중국어와 영어로만 기내 방송을 했다.

이륙한 후 40여 분을 비행하고 나서부터는 비행기 밑으로 아득하게 보이던 초원의 풍경이 사라지고 3천 미터가 넘는 고봉들이 만년설을 이고 줄지어 서 있는 '천산산맥' 산봉우리들이 손에 잡힐 듯이 끊임없이 이어져 있었다.

잠시 후 착륙한다는 기내방송이 나오고 난 후 고봉高峰 위를 날던 비행기가 고도를 낮추지도 않은 채 갑자기 어느 산봉우리 위에 내리면서 활주로를 구르기 시작했다. '구황공항'에 착륙한 것이다. '구황공항'은 '성도'에서 460Km 떨어져 있는 창족·장족 자치구에 최근 건설된 공항으로 해발 3,500미터 위의 산봉우리를 깎아내고 활주로를 건설한 국내선용 공항이다. 최근 활기를 띠기 시작한 '구채구' 관광을 하려면 성도에서 버스로 10여 시간 이상을 험준한 산길을 달려야 하는데, 이러한 교통 문제를 해결하기 위해 엄청난 투자와 난공사를 해서 건설한 공항이라고 한다.

비행기 트랩을 내려 공항청사로 걸어가는 동안 날씨가 춥다는 것을 느꼈다. 성도를 떠날 때에는 소매 긴 남방셔츠가 다소 덥다는 느낌이 들었는데 날씨가 갑자기 추워진 것이다. 주변을 돌아보니 공항의 근무자들이 겨울 외투를 입고 근무하는 모습들이 보였다. 해발 3,500미터의 높은 지대이기 때문에 날씨가 이렇게 변한 것이었다. 공항청사 안으로 들어가니 그곳에는 두꺼운 옷으로 갈아입는 갱의실이 "남자"와 "여자"용으로 구분되어 설치돼 있었다. 탁송한 짐을 찾아 옷들을 갈아입고 마중 나온 버스를 향해 걸어가는데 숨이 차고 다리가 무거운 것이 고산병高山病 증세가 나타나는 것 같았다.

인천공항을 출발하기 전 여행사 인솔자인 K씨가 "'구채구' 일대는 높은 지대이기 때문에 고산병 약을 사가지고 가시는 것이 좋겠다"는 말에 공항구내 약국에서 한 병에 5천 원씩 하는 약을 8병 샀다. 성도에 도착해서 현지가이드인 C씨가 "고산병 약은 미리 복용하는 것이 좋다"고 가르쳐준 요령에 따라 어젯밤 잠자리에 들기 전에 우리 내외가 한 병씩을 먹었고, 오늘 아침 호텔을 출발하기 전에 또 한 병씩을 먹었는데도 약간의 고산병 증세를 느끼게 되자 앞으로의 일정이 불안해졌다.

● 황룡풍경구로 가는 길

버스는 3천 미터가 넘는 능선을 깎아 최근에 건설한 2차선 아스팔트 도로를 따라 '황룡풍경구'로 달리기 시작했다. '구황공항'은 삼각형의 꼭짓점에 해당하는 지점으로, 오른편으로 가면 '황룡풍경구'이고 왼쪽으로 가면 '구채구풍경구'이다. C씨는 버스의 마이크를 꺼내들고 몇 가지 주의사항을 일러주었다. "이곳은 3천 미터가 넘는 고산 지대이기 때문에 고산병에 특히 주의를 해야 합니다. 말을 크게 하거나 음주 및 빠른 동작을 하는 것은 금물입니다. 심지어는 쓰러지는 경우까지 있기 때문에 되도록 행동을 천천히 하고 물을 많이 들도록 하십시오."

잠시 후, 달리던 버스가 자그마한 마을 입구에 멈추어 서면서 C씨는 "이곳에서 산소통을 구입해 가지고 가겠습니다. 1인당 1개씩을 일괄해서 제가 사 가지고 오겠습니다. 금액은 1개에 만 원씩입니다." 일행들은 그의 말에 묵시적으로 동의를 했기 때문에 버스를 내려 마을로 들어간 C씨와 인솔자 K씨는 잠시 후 스프레이 모기약통(길이가 40cm쯤 되는)같이 생긴 산소통을 한 아름씩 안고 올라와 한 개씩 나누어 주었는데 매우 가벼웠다.

다시 마을을 출발한 버스는 협곡과 능선, 그리고 마을이 있는 들판을 한 시간 정도 달려갔다. 그 사이 좌·우로 많은 산山들이 스쳐 지나갔는데 나무가 없고 초원으로 이루어져 있는 곳에 양羊과 뿔이 크고 검은 털이 유달리 긴 '야크소'를 방목하고 있는 모습을 많이 볼 수 있었다. 어느 마을에서는 도로 양쪽으로 펜스(철망으로 된 담장)를 꽤 긴 거리에 걸쳐 설치해 놓은 것이 보였다. 그 이유를 물었더니 C씨는 "방목 중인 양이나 야크소가 도로로 뛰어들어 관광버스에 희생되는 경우가 가끔 있었는데 그때마다 마을 사람들이 모두 나와 길을 막고 보상을 요구하기 때문에 관광회사에서 위험지역에 설치해 놓은 것"이라고 말해 주었다.

버스는 마을 지역을 벗어나 다시 높은 능선 위를 달리기 시작할 때 C씨가 말했다. "이곳은 기압이 낮기 때문에 전기밥솥을 사용할 수가 없습니다. 100℃가 돼야 물이 끓는데 80℃까지밖에 올라가지 않기 때문에 밥이 될 수가 없지요. 그래서 이곳에서는 나무나 쇠똥 말린 것을 연료로 사용하고 있습니다."

● 산소통 들고 '황룡' 정상을 오르다

점심때가 되어 '황룡' 입구에 있는 식당 앞에 도착해서 안으로 들어갔다. 식당 안은 손님들로 한참 붐비고 있었는데 거의가 중국인들이었다. 따라서 "이곳에서 제공되는 음식들은 중국 사람들의 기호에 맞게 향료를 많이 넣어 만들었기 때문에 한국인들의 입맛에는 맞지 않을 수도 있으니 밑반찬이나 고추장을 가지고 온 것이 있으면 같이 들도록 하십시오."라고 C씨가 말했다. 여러 가지 요리가 식탁 위에 차려졌는데, 해군장교 출신이라는 L씨는 "비위에 맞지 않는다."면서 잘 먹지를 못했다. 그 옆에 앉은 나는 여행을 많이 다녀본 사람이라는 것을 과시라도 하듯 여러 가지 음식을 맛있게 많이 먹었다. L씨는 그런 나의 모습을 보면서 꽤나 부러워했다.

식사가 끝나자 C씨는 "이제부터 케이블카 승강장으로 이동하겠습니다. 웬만한 짐들은 모두 버스 안에 두시고 산소통과 생수 한 개씩만 가지고 오십시오."라고 했다. 우리들은 산소통을 들고 C씨를 따라 150여 미터쯤 떨어져 있는 케이블카 승강장으로 갔다. 케이블카는 2006년 8월, 새롭게 오픈한 것으로 '황룡' 입구에서 탑승해 '황룡' 내까지 2,000미터(운행시간 5분) 정도를 운행한다고 했다.

전前에는 황룡 정상(오채지)까지 도보로 2시간이 걸렸으나 케이

등산길은 나무를 깔아 놓아 편리했다.

황룡에 자리한 두 번째 황룡고사 ▲
황룡계곡 ▶

블카를 이용하면서부터 도보로 걷는 거리가 약 5천 미터이고, 시간이 1시간 정도 단축되어서 보다 편안하게 황룡 정상까지 오를 수 있게 되었다는 것이다. 케이블카는 급격한 경사를 오르더니 황룡구내에 있는 승강장에 도착했다. 케이블카에서 내려 '오채지'가 있는 정상까지 가는 길은 경사가 완만하고 등산길에는 나무로 된 판자를 깔아 놓아서 걷기에 편하도록 해 놓았다. 산에는 원시림이 울창하게 우거져 있었으며 공기가 맑고, 주위환경은 깨끗했다.

이 때 C씨가 우리들에게 또 주의를 줬다. "이곳은 해발 4,000미터가 되는 곳입니다. 기압이 낮고 산소가 60%밖에 없습니다. 천천히 행동하시고 숨이 차면 이렇게 산소통을 열어서 들이마시고 나서 닫아 놓았다가 또 마시면서 힘들면 쉬었다 가세요." 평시 같았으면 힘들 것 하나도 없을 것 같은 지형이었는데, 몇 걸음 떼어 놓자 헐떡거리며 숨이 찬 것이 가슴이 메어지는 것 같고 다리는 천근이었다. 등산로에는 앉아서 쉴 수 있는 벤치를 일정한 간격으로 설치해 놓았고, 구토와 설사증세를 동반한다는 고산병에 대비하기 위해서인지 간이용 화장실도 많이 설치돼 있었다. 벤치에 앉아 쉴 때마다 산소통을 열어 마시다 보니 산소가 다 떨어져 빈 통은 쓰레기통에 버렸다. 이렇게 한 시간여를 걸으니 머리가 아파오기 시작하고 가슴은 메어지는 것만 같은데 다리는 풀려서 여기 놓이고 저기 놓이는 것이 나의 의지대로 되지를 않았다.

연신 생수를 마셔 가면서 쉬다가는 걷고, 걷다가는 쉬고 하는 사이 드디어 눈앞에 황룡풍경구의 중심 사원이라는 첫 번째 '황룡고사'가 보였다. 그 앞에는 많은 중국인들이 몰려서서 관광에 열을

물도 산도 하늘도 푸른 영변채지

올리고 있었는데 그럴 기력이 없는 우리는 그 사원을 지나서 뒤로 올라가니 멀리 만년설을 이고 있는 설산雪山이 앞을 가로막고 있어 사람이 올라갈 수 있는 곳은 그곳까지인 것 같았다. 조금 더 올라가니 천수답天水畓처럼 계단 형으로 물에 잠긴 꽤 넓은 호수가 눈앞에 나타났다. 그 바닥에는 오랜 세월을 두고 설산雪山에서 녹아내린 맑은 물이 특수한 토질과 어울려 침전된 듯 하늘색, 녹색, 노랑, 핑크색 등 다양한 색상의 석회석이 깔려 있는데 그 위에 차 있는 물과 조화를 이루어 영롱한 색채를 내고 있는 것이 말로 형언할 길이 없었다. 바로 '오채지'였다.

우리는 오채지를 끼고 돌면서 그 신비한 모습을 카메라에 담으려고 정신없이 셔터를 눌러댔다. 그곳에서부터는 하산길이었는데 '오채지'를 돌아서 올라오던 코스에서 반대편에 있는 골짜기로 내려가도록 돼 있었다. 이번에는 케이블카를 타지 않는 등산로로 2시간이 걸리는 코스였다. 경사는 올라오던 코스와 마찬가지로 완만했고 등산로는 작은 돌맹이 하나 없는 곱고 부드러운 흙으로 깔아 놓아 잘 다듬어져 있었다. 그러나 고산병에 적응하지 못한 우리들은 온 몸과 다리가 풀려서 몸을 지탱하기조차 힘들었다. 그런데 등산로로는 수많은 중국인들이 무리를 지어서 끊임없이 산을 올라오고 있었다. 저희들끼리 웃고 떠드는 것이 직장이나 마을 동창회, 기타 모임별로 온 것 같았으나 알 수가 없었다. 그들은 고산병에 적응을 잘하는 체질인 듯 조금도 지친 기색이 없는 것이 부럽기 한이 없다.

'황룡풍경구'는 민산岷山산맥의 자락에 있으며 '황룡'이라는 이름이 붙은 것은 물이 흐르는 골짜기를 위에서 내려다보면 마치 황룡이 움직이는 것 같이 구불구불하게 보여서 그렇게 불렀다고 한다. 등산로를 내려가면서 군데군데 옆 골짜기로 흘러내리는 물의 향연을 감상하도록 조망대를 설치해 놓았는데, 비록 가물었다고는 하나 계곡에는 옥구슬같이 맑은 물이 흘러내리고 있었다.

잠시 더 내려가다 보니 석회석이 냇바닥에 누렇게 들러붙어서 마치 금을 붙여 놓은 것 같은 '금사포지金沙鋪地'가 나오는데 그 위로 흘러가는 물의 물방울이 마치 금물이 튀어오르는 것 같았다. 그 밑으로는 하얀 물이 쏟아져 내리는 세심동洗心洞 폭포가 나타나는데 폭포가 쏟아져 내려 밑에 고인 물웅덩이의 빛은 연한 초록색이었다. 어떻게 이런 오묘한 자연의 색상이 생겨날 수 있는 것인지 감탄을 금할 수가 없었다.

가슴까지 시원한 세심동 폭포

얼마쯤 더 내려가면서 보니, 논물을 막아 놓은 것 같은 물웅덩이가 여러 개 보였는데 이곳에 연한 녹색의 물이 채워져 있고, 푸른 하늘과 흰구름을 그 안에 담았는데, 저 멀리 보이는 산 또한 녹색 군단을 이루어 "물도 푸르고 산도 푸른" '영빈채지'였다.

같이 산을 내려오던 C씨가 말했다. "원래 황룡풍경구는 그림 같은 자연과 에메랄드빛 물의 향연을 만끽할 수 있는 곳이고 이 등산로를 따라 옆 골짜기로 흘러내리는 물과 폭포는 가슴속까지 시원하게 해주는 것이 좀처럼 보기 힘든 절경인데, 금년은 가뭄이 심해서 그 장관을 보여드리지 못 하는 것이 안타깝다.”면서 “이곳 관광의 적기는 7~8월, 우기가 지난 9월”이라고 설명해주었다.

정상까지 올라가는데 1시간, 하산 길 2시간 합해서 3시간을 고산병에 시달리며 산을 내려와 대기 중인 버스에 오르고 나서야 “이제 살았구나.” 싶은 생각이 들었다.

‘황룡풍경구’ 관광을 마친 우리들은 숙소로 지정된 파라다이스 호텔로 이동했는데 도중에 머리가 깨지는 것 같이 아파서 인솔자인 K씨에게서 진통제 한 알을 얻어먹었다.

후일담이지만 그 다음날 저녁 C씨는 “오늘 황룡풍경구를 올라가던 팀 중에서 3명이 병원으로 실려갔다는 이야기를 들었다.”면서 어제 별다른 사고 없이 관광을 끝내준 우리 일행에게 감사한다면서 중국산 배를 한 개씩 나누어 주었다.

앞으로 이 코스는 노약자를 비롯한 심장질환자들에게는 산행을 제외시키는 등의 사고 예방을 위한 대책을 세우는 것이 필요하겠다는 생각이 들었다.

아름다운 구채골 풍경에 "와" 하는 탄성들을 질렀다.

산과 물이 빚어내는 대자연의 서사시 구채구

5월 18일 아침. 이번 여행의 하이라이트인 '구채구' 관광을 위해 호텔을 출발했다. 이날따라 날씨는 구름 한 점 없이 맑고 상쾌했다. 한 시간 가까이 달려가는 버스 안에서 현지가이드인 C씨는 '구채구'에 대한 사전 지식으로 다음과 같이 설명해 주었다.

"황산을 보고 나면 다른 산을 보지 않고, 구채구의 물을 보고나면 다른 물을 보지 않는 다는 말이 있다"면서 시작한 그의 말을 요약 하면 대략 다음과 같다.

'구채골'은 주위에 설산들이 우뚝 서 있고, 면적이 $720Km^2$인데, 그 중 52%가 빽빽한 원시림이다. 그 안에 수많은 산봉우리와 골짜기, 그리고 그 사이를 흐르는 시냇물과 호수, 폭포 같은 물이 비취색, 쪽빛, 초록, 파란색, 녹색 등 수많은 빛을 띠고 있어 신비스러운 동화 같은 세계를 이루어내고 있는 곳이다. 이곳 아홉 골짜

물속에 드리운 아름다운 산 그림자

기 안에 9개의 장족 마을이 있는데 '구채구'라는 이름은 여기서 유래하게 되었다고 한다. 이중에 현재 관광을 할 수 있는 골은 3개 풍경구로 'Y'자 모양을 띠고 있는데 중앙에 3개 골로 갈라지는 지점이 '락일랑(티베트말로 크다는 뜻)'이라고 불리는 구채골의 중심점이다. 3개 풍경구는 이 '락일랑'을 중심으로 이루어지는데, 락일랑에서 처음 관광이 시작되는 계곡 입구까지의 약 13.8Km가 '수정풍경구'이고, '락일랑'에서 오른쪽으로 원시삼림까지 올라가는 사이의 약 18Km가 '일칙풍경구'이며, '락일랑'에서 좌측으로 구채구의 가장 높은 호수인 '장해長海'까지 17.8Km를 '측사와풍경구'로 구분하고 있다. 이곳은 연중 언제라도 여행을 하기엔 좋은 날씨이지만 많은 사람들이 수량水量이 풍부한 가을에 이곳을 많이 찾는다. 약 4억 년 전에 구채골 일대는 바다였던 것이 제4기 초경 신생기부터 히말라야 조산운동의 영향으로 그 지각이 급격한 변화를 시작해서 빠르게 융기했는데 그 후 빙하와 하류의 침식작용에 의해 높은 산봉우리가 솟고, 깊은 골짜기가 만들어졌다. 그 외에 지진으로 인한 붕괴, 물로 인한 산사태 등의 지질 작용으로 많은 호수와 폭포가 생기게 되었다. 오랜 세월동안 침묵 속에 감추어져 있던 선경仙景이 발견된 것은 1970년대 몇 명의 벌목공들에 의해서였다. 그 후 1978년에 정부의 엄격한 보호를 받는 관광 명소가 되었으며, 1992년에는 유엔 세계자연유산위원회(WHC)에 의해 세계자연유산목록에 수록되었다. 구채구는 최근에 교통사정이 좋아지고, 이곳을 찾는 이들에 의해 소문이 퍼지면서 관광객들이 첫 손으로 꼽는 유명한 관광지가 되고 있으며, 관광에 필요한 시설들이 한참 개발 중에 있는 곳이다.

C씨의 이야기가 계속 되는 동안 버스는 어느덧 구채구 일반버스 주차장에 도착했다. 버스에서 내린 우리들은 C씨를 따라 10~15분 거리에 있는 계곡입구 매표소로 걸어서 이동했다. 그곳에서 C씨가 단체로 입장권을 구입해서 계곡 안으로 들어가니 '구채골' 내에서만 운행하는 셔틀버스의 정류장이 있었다. 이 버스들은 구채골 구내를 끊임없이 순환 운행하면서 볼거리가 있는 곳마다 정차하기 때문에 관광객들은 원하는 곳에 내려서 관광을 한 후에 정류장에서 다음 버스를 기다려 타게 되는데 운행 간격이 아주 짧아서 편리하게 관광을 즐길 수 있다.

셔틀 버스에 탑승하고 계곡 안으로 들어가는데 좌·우로 푸른 원시삼림과 거산巨山들이 겹겹이 들어서 있는 모습은 보는 사람에게 가슴속까지 시원한 느낌을 주었다. 그때 "와~"하는 탄성들이 버스 안을 뒤흔들어 문득 왼쪽으로 고개를 돌려보니 산 밑으로 커다란 비취색 호수가 있는데, 호수 속에 산이 잠긴 듯, 수정 같은 수면 위에 푸른 산과 푸른 하늘과 흰 구름 같은 모든 경치를 거꾸로 비춰주어서, 물고기가 구름 위에서 헤엄을 치고 새들이 물속에서 날아다니는 듯한 장관을 연출하고 있었다. 이때 C씨가 버스 안에 있는 마이크를 잡더니 다음과 같은 이야기를 해주었다.

"여러분! 이 구채골 안에는 저와 같이 크고 작은 호수가 114개가 있습니다. 옛날부터 전해져 오는 전설에 의하면 '다거'라는 남자 신神이 '오로색모'라는 여신을 사랑하고 있었는데, 아주 진귀한 보물 거울을 여신에게 선물로 주었다고 합니다. 그런데 이것을 탐낸 마귀가 여신에게 달려들어 거울을 빼앗으려 하자 안 빼앗기려고 피하던 여신이 잘못해서 그만 보물 거울을 깨뜨리고 말았답니다. 그 거울 조각들이 인간 세상으로 떨어져 내려와 114개의 눈부신 호수로 변해서 보석처럼 심산유곡에 박히게 되었고, 그것이 꿈의 선경仙景인 '구채골'로 되었다고 합니다."

버스가 계곡 안을 달리는 동안 수없이 서서 사람들을 내려놓고, 또 태우곤 했지만 C씨는 우리들에게 내리라는 말이 없었다. 한참 후 구채골의 중심지인 '락일랑'에 다달은 버스는 우측으로 방향을 틀어 '일칙풍경구'로 올라갔다.

● 일칙풍경구

그 후로도 한참을 올라 가서야 "이곳에서 내리겠습니다." 하는 C씨의 말에 따라 우리들은 버스에서 내렸다. 그곳에서 아스팔트

설산雪山이 보이는 정해

도로를 버리고 삼림이 우거진 샛길을 따라 내려가니 초록색에 가까운 비취색의 커다란 호수가 눈앞에 나타났다. 그곳이 해발 2,390미터에 자리잡고 있는 '정해' 호수였다. 평균 깊이 11미터, 최대 깊이가 24미터이며, 면적은 19만 평에 달한다고 한다. 저 멀리 해발 4,200미터의 '색모' 여신산이 '다거' 남신산과 마주보고 서 있는데 주봉主峰은 항상 두터운 만년설이 덮여 있어 청결하고 깨끗한 여신의 화신인듯했다. '정해' 호수에 비친 주변 경치의 그림자는 구채골에서도 특히 뛰어나다고 하는데, 호수 밑에 잠겨 있는 죽은 고목古木들이 깨끗하고도 투명한 물 속에서 마치 살아있는 나무처럼 싱싱하게 느껴지는 것은 왜 그럴까? '정해'를 떠나 다시 버스로 한 정거장을 가서 내리니 산으로 둘러싸인 도로 옆에 각종 나무들이 울창하게 자라고 있는 들판에 시냇물같이 얕고 넓은 강이 흐르고 있고, 그 강을 가로질러 잔교가 놓여 있는데 그 잔교 밑

물방울이 진주알 같은 진주폭포

을 급류가 흐르고 있었다. 그리고 강바닥에 울퉁불퉁한 유황색 돌
들이 널려 있었는데, 세찬 물결이 돌에 부딪치면서 생기는 물보라
의 물방울들이 마치 진주처럼 생겼다고 해서 '진주탄'이라는 이름
으로 불린다고 했다. 우리들은 그 잔교 위를 걸어서 강을 건너갔는
데 잔교에 들어서기 전에 C씨는 이곳에 전해오는 두 가지 이야기
를 해주었다 "이 잔교에 들어서면 절대로 뒤를 돌아보지 말고 끝
까지 건너가야 하는데, 이렇게 하면 여행길이 아주 순조롭게 이루
어진다는 말이 전해져 오고 있습니다. 그리고 이 잔교 위에서 소원
을 빌면 절반 이상은 이루어지는데, 그 때 꼭 여기에 다시 찾아와
감사를 드려야 한다고 합니다." 강을 건너가 조금 아래쪽으로 내
려가니 '진주탄'에서 흘러나온 물이 벼랑 아래로 쏟아져 내리면서
폭포를 형성하고 있는데, 해발 2,433미터에 있고 맨 위의 폭포의
너비가 310미터에 달하며 낙차가 40미터인 '진주폭포'다. 계곡

밑으로 귀청이 떨어져 나가는듯한 웅장한 소리를 내며 떨어져내리는 이 폭포는 '구채골'에서 가장 아름다운 폭포라고 한다. 또한 이 진주탄과 폭포는 손오공이 출연하는 드라마 서유기의 첫 장면을 촬영한 촬영지로 유명하다고 한다. 이 웅장한 폭포를 배경으로 여러 곳을 옮겨 다니며 각도를 달리해 사진을 찍고 나니 어느덧 점심 때가 되었다.

● 락일랑 유람식당

버스로 '구채골'의 중심지라는 '락일랑'으로 내려오니 길이가 200미터나 된다는 2층 대형 식당이 있었다. C씨는 "이 식당은 구채골에 하나밖에 없는 국가에서 운영하는 식당입니다. 점심시간이라 매우 혼잡하기 때문에 일행을 잃어버릴 염려가 있으니 되도록이면 같은 장소에서 함께 식사를 하도록 하시고 일행을 잃어버렸을 때에는 입구에서 1시까지 만나도록 하겠습니다." 그리고는 이어서 "이곳 관광객의 대부분이 중국인들이기 때문에 음식이 한국인들의 입맛에 안 맞을지 모르니 준비해 오신 밑반찬이나 김, 고추장을 가지고 가시면 도움이 되겠습니다."

식당 문 앞에서 줄을 서 기다리다 순서대로 안으로 들어가니 그 넓은 면적에도 자리가 없어 2층으로 올라갔다. 다행히 한 군데 우리 일행들이 앉을 만한 장소가 있어서 한 사람은 남아서 자리를 지키고 나머지 인원들은 뷔페식으로 준비되어 있는 음식을 가지러 나갔다. 접시 대신 비치돼 있는 스테인리스 식판을 들고 다니며 먹을 만한 음식을 대충 담아 자리로 가지고 갔다. 자리에 앉으면서 아내에게 "준비해온 고추장을 좀 꺼내달라."고 했다. 여행 안내서에 '구채구의 경우, 지역 특성상 관광지가 개발 중에 있어 식사나 여러가지 시설들이 미비하니 밑반찬들을 준비하는 것이 좋다.'는 설명이 있어서 자그마한 고추장을 한 통 사서 짐에 넣었는데 그것을 달라는 말이었다. 그러나 아내의 말은 "안 가져 왔다"는 것이다. 그러면서 "여행을 다니면서 그곳 음식을 먹어보지 않고 밑반찬을 싸가지고 다니려면 무슨 의미가 있느냐?"고 핀잔을 준다. 그래서 고추장을 꺼내놓고 안 가져 왔다는 것이다. 하는 수 없이 식판에 담아온 음식을 먹었는데 그런대로 먹을 만한 것이 맛도 있었다.

● 측사와 풍경구

점심식사를 마친 후 식당을 나와 '락일랑'에서 좌측으로 올라가는 버스를 타고 '측사와 풍경구' 맨 위에 있는 '장해長海'에서 내렸다. '장해'는 측사와 풍경구 맨 끝에 자리잡고 있는데 호수깊이가 100여 미터에 달하며 S형을 이루고 있다. 해발 3,060미터로 구채골에서 가장 높은 곳에 있는 호수인데, 호수면은 너비가 600미터, 길이 5킬로미터, 면적은 3만여 평에 달한다고 한다. 호수면은 짙은 남색을 띠고 있으며 주위의 산봉우리들은 1년 내내 눈으로 덮여 있고, 삼림은 울창하고 푸른데 호수의 물은 주위에 있는 고산高山에서 빙하가 녹아내리는 것이라고 한다. 그래서 갈수기에도 호수의 물이 줄지 않고 아래로 흘러내리며 여러 개의 호수와 폭포에 물을 공급하기 때문에 일명 '어머니 호수'라고 부른다. 겨울철이 되면 수면에 두께가 60cm나 되는 얼음이 어는데 얼음 밑에

구채구에서 가장 높은 위치에 있는 장해

서 "둥–둥" 하는 소리가 자주 들려와 사람들은 신비하고도 깊은 호수 속에 살고 있는 '용龍의 울음소리' 라고 말한다고 했다. 이상한 것은 이렇게 큰 '장해' 에 물고기가 살고 있지 않다는 점이다.

'장해' 에서 조금 밑으로 걸어 내려가니 해발 2,955미터에 자리하고 있으며 면적은 1,700여 평으로 구채골의 많은 호수 중에서 규모가 작고 수려하며 채색 찬란한 '오채지' 가 나타났다. 호수의 물은 맑고 투명해서 물밑 바닥에 깔린 자갈과 암석의 무늬, 식물들의 색채까지도 확실하게 구별해낼 수 있는 정도였다. 햇빛 아래 푸른 호수의 금빛 물결이 일면서 청조하고도 아름다운 모습을 보여주고 있었다. 이렇게 아름다운 오채지에는 다음과 같은 전설이 전해져 내려오고 있다한다.

'오채지는 '색모' 여신女神이 머리를 빗고 목욕하는 곳이었다고 하는데 남신男神인 '다거'가 매일 장해長海 호수에서 그를 위해 물을 길어다 주었다고 한다. 오랜 세월이 흘러 '다거'의 발자국으로 인해 산벼랑에 189개의 계단이 만들어졌으며 '색모'가 씻어낸 연지가 사람들이 감탄하는 오채지로 변했다고 한다. 연인들이 이 계단으로 오채지에 내려 와서 소원을 빌고 다시 189개의 계단을 따라 올라가면 그들의 사랑이 영원토록 이루어진다고 한다.'

신기한 점은 오채지가 계절이나 우기, 건기와 상관없이 항상 일정한 양의 물을 유지하고 있으며 마르지도, 넘치지도 않는다고 한

'색모여신'이 목욕하던 곳이라는 전설이 있는 오채지

낙일랑 폭포

다. 또한 해발 3천 미터의 고지대에 있으면서 부근에 있는 '장해'
는 두껍게 얼어붙지만 오채지만은 푸른 물결이 일면서 주변에 서
있는 상록수들이 호수 위에 거꾸로 서 있는 물그림자를 볼 수 있다
고 한다. '측사와 풍경구' 는 높은 산들이 첩첩이 겹쳐 있고 산세가
가파로우며 멀리 바라보면 하얀 설봉雪峰을 한눈에 볼 수 있는 곳
이다.

● 수정풍경구

우리들은 다시 버스를 타고 '락일랑' 으로 내려왔다. 그곳에서
계곡입구까지 이어지는 '수정풍경구' 를 관광하기 위해서였다. '수
정풍경구' 는 구채골의 축소판이라고 할 수 있을 만큼 신기하고 이
상야릇한 호수, 여러가지의 시냇물 및 원시적인 물방앗간과 잔교

가 설치되어 있는 호수군群, 폭포군群 그리고 기세등등한 폭포가 대 자연의 솜씨를 찬탄하게 하고 있다.

'락일랑폭포'는 해발 2,365미터에 있는 너비 320미터, 낙차높이 25미터의 대형폭포이다. '락일랑'이란 '장족' 언어로 남신男神을 말하며 '웅장하고 크다'는 뜻도 있다고 한다. 도도한 물결이 '락일랑군해'에서 내려와 폭포 위의 수림樹林 속에서 쏟아져 내리는 정경이 마치 은하가 쏟아져 내려 오는 듯하며 그 기세 또한 웅장하여 천둥소리같이 산곡山谷을 흔든다. 이른 아침에 햇빛이 비치면 폭포 위에서 오색영롱한 무지개가 산 위에 걸려있는 것을 자주 볼 수 있다고 하는데 이것이 폭포의 아름다운 모습을 더 한층 돋보이게 해준다고 한다. 겨울에는 폭포가 얼어붙어 거대한 얼음 기둥이 벼랑에 걸려있는 장관을 연출해내기도 한다고 했다.

그곳에서 조금 밑으로 내려오니 '노호해(일명 범해자)'가 있었다. 노호해는 깊고 조용한 호수였는데 이 호수가 이렇게 불리어 지게 된 데에는 다음과 같은 유례가 있다고 한다. 첫째, 옆에 있는 수

노호해

넓은 갈대숲을 맑고 투명한 물이 굽이 돌며 흐르고 있는 갈대해

정폭포의 소리가 꼭 호랑이가 울부짖는 소리와 같다. 둘째, 깊은 가을철에 들어서면 각양각색의 단풍으로 물든 주변 산들의 모습이 수면 위에 비치는데 그 모양이 꼭 호랑이 몸의 무늬 같기도 하다. 셋째, 산 속의 호랑이가 이 호수에 와서 자주 물을 마신다고 한다. 다시 버스를 타고 한 정거장쯤 가서 내리니 2만여 평쯤되는 푸른 호수가 나타나는데 그 속에 용龍이 엎드려 있는 것 같다고 해서 '와룡해' 라 부른다고 한다. 와룡해 밑에는 유황색의 탄산칼슘 침식 물이 있어 꼭 물속에 큰 용이 엎드려 잠을 자고 있는 것 같은데

미풍이 불 때는 용이 살아 움직이는 것 같으며 좀 더 세찬 바람이 불 때는 용이 소스라쳐 깨어나 머리와 꼬리를 움직이는 것 같아 사람들에게 신비로운 느낌을 준다고 한다.

와룡해의 바로 밑에 1만여 평쯤 되는 '화화해'가 있다. '화화해'의 수면은 짙푸른색의 거울 같은데, 주위에 울창하게 들어선 나무들의 푸르름들이 겹겹으로 투명한 호수면에 들어차서 마치 빛나는 푸른색의 비취같이 느껴진다. 아침 햇살이 이 호수면을 비칠 때마다 수면 위에 일어나는 잔잔한 물결들이 마치 수많은 불꽃들이 물 위에서 춤을 추고 있는 듯, 아름답다고 해서 붙여진 이름이라고 한다.

이 밖에도 아늑히 깊은 호수 밑에 두 마리의 용이 몸을 숨기고 있다가 푸른 하늘로 훨훨 날아오를 것 같다는 '쌍룡해', 19개의 크기가 다른 호수들이 계단식 모양으로 구성되어 있는 '수정군해',

19개의 크고 작은 호수로 구성된 수정군해

반 소택지형태의 호수로 넓은 갈대숲을 맑고 투명한 물이 굽이돌며 흐르고 있는 '갈대해' 등을 관광하고 버스에 올라 계곡 입구에서 내리는 것으로 '구채구'의 관광을 마쳤다.

● '장족'의 의식儀式과 풍속

구채골 관광을 마치고 호텔로 돌아가는 버스 안에서 C씨는 이곳 구채구에 거주하는 소수민족인 '장족'의 의식儀式과 풍속 등 문화에 대해서 대략 다음과 같은 이야기를 해 주었다.

○ 종교 : 구채골의 '장족'들은 본교를 신앙하고 있다. AD 2세기에 서장의 본교가 구채골에 전해져왔는데 당시 원시적인 토속신앙과 결합하여 정착되었다. 그 후 6세기쯤 본교는 융성기를 맞이했는데 7세기에 들어서면서 역시 서장을 거쳐 불교가 전해져 오면서 갈등을 겪게 되었다. 그러나 본교는 많은 신자들을 바탕으로 한 견고한 토대로 인하여 한 개 교파로서 독립해 활동을 계속하고 있다. 오늘까지 '장족, 창족, 자차주'에는 여전히 60여 개의 본교 사찰이 있다.

○ 결혼 : 장족은 여자에게 남자를 선택할 수 있는 권리를 준다. 적령기에 달한 여성이 마음에 드는 남자의 발을 밟으면 그 남자는 그 여자와 결혼을 해야 한다. 결혼을 못하게 될 때에는 그 여자의 집에 가서 3년 동안 머슴살이를 해야 한다고 한다. 반면에 남자의 발등을 밟아놓고, 그 남자가 마음에 들지 않아 결혼을 하지 않을 때에는 남자의 집에 가서 3년 동안 식모살이를 해야 한다.

결혼의식은 우리의 전통의식과 흡사해서 마을 사람들이 모두 참석한 가운데 신랑, 신부가 조촐한 술상을 앞에 놓고 마주서서 절을 하며, 의식이 끝난 후 마을 잔치를 벌인다.

○ 장례葬禮 문화 : '장족'의 장례에는 천장天葬, 수장水葬, 화장火葬, 토장土葬 등

장족의 전통의상

네 가지가 있다고 한다.

• 천장 : 고산高山지대이기 때문에 시신屍身을 산 정상頂上으로 메고 올라가 큰 바위 위에 놓고 새들이 쪼아 먹기 편하도록 칼로 토막을 낸 후 배를 갈라 장기를 드러내고 두개골을 쪼개 놓으면 까마귀, 독수리들이 날아와 순식간에 먹어 치운다고 하는데 이 천장은 상류계급에 한해서 치루어진다고 한다.

• 수장水葬 : 시신을 물에 띄워 보내, 물고기들이 뜯어 먹게 하는 방식이다.

• 화장火葬 : 나무나 쇠똥 말린 것으로 불에 태워 치르는 장례이다.

• 토장土葬 : 자기 집 뒤꼍에 묻어 놓고 만장같이 생긴 깃발을 세우는데 자기 집을 수호해주는 신神이 되었다는 뜻이라고 한다.

○ 춘절春節 : 구채골에서 가장 성대한 기념일이 바로 음력 설날인 춘절이다. 설날 며칠 전부터 주부들은 매우 바쁘다. 집안을 깨끗하게 치우고, '팔도길상도'와 '수호신'을 붙여놓고 식구들이 새해에 건강하고 행복하기를 기원한다. 정월 초하루, 초이튿날부터 모든 집안 식구들이 다 모여서 초사흘날 축제를 하는데 용춤, 사자춤을 추면서 명절을 즐긴다.

○ 새해 물 긷기 : 그믐날 밤, 구채골의 장족들은 호숫가에 가서 물을 긷는다. 물 긷는 시간은 동네의 첫 닭 울음소리를 기준으로 한다. 첫 닭 울음소리가 들릴 때 동네 사람들이 앞 다투어 호숫가에 향을 피우고 물을 뿌린 후 물을 길어가지고 집으로 가 온 가족들이 마시게 한다.

○ 술 권하기 : 구채골에 온 손님들은 자주 술 권하는 일을 만나게 된다. 장족은 집마다 농도가 낮고, 향기롭고, 단맛이 나는 과실주를 준비한다. 술을 마실 때 주인이 가득 따른 술을 들고 중지로 술을 찍어 위로, 아래로, 중간으로 뿌리고 "원샷"을 한다. 손님이 지나치게 사양하며 마시지 않거나 적게 마실 경우 주인은 컵을 들고 술 권하는 노래를 부르기 시작한다.

● 중국의 변화를 실감하다

우리가 2일간 숙박했던 '파라다이스' 호텔은 주위를 3천 미터 급의 거봉들이 둘러싸고 있는 산 아래 원시림 속에 자리잡고 있었다.

파라다이스 극장의 민속쇼 공연

부지 면적만도 어림잡아 몇만 평쯤 돼 보이는 넓은 공간이기 때문에 고층화를 피하고 되도록 자연환경을 살리는 쪽으로 설계되어 있는 것 같았다. 식당동과 거리를 두고 떨어져서 객실동과 부속 건물들이 들어서 있었고 그 사이 공간을 자연 정원처럼 가꾸어 놓았는데, 비가 오더라도 지장이 없도록 지붕을 유리처럼 투명한 프라스틱 재료로 덮어 놓았다.

　호텔 규모는 꽤 크고 시설도 좋은 편이었으며 구채구 내에서 최대라는 실내 온천을 비롯해, 수영장, 안마 시설 등을 갖추고 있는 현대식 호텔이었는데, 처음에는 이 호텔을 지어놓고 한동안 적자 경영을 했었지만 이제는 흑자로 돌아섰다고 한다. 요즘 관광객이 늘어나면서 주변에도 개발붐이 한참 일어나고 있었다. 저녁식사를 마친 후에 C씨는 자기 옆으로 잠깐 모이라고 한 후 "어제 말씀 드렸던 민속쇼를 보러 가실 분들은 6시 30분까지 이곳에 모여 주시기 바랍니다. 극장은 이 호텔에서 경영하고 있는 '파라다이스' 극장인데 버스로 10분 거리에 있습니다. 7시부터 공연이 시작되니까 늦지 않도록 부탁드립니다."

어제 C씨가 민속쇼에 대한 소개를 하면서 관람료가 1인당 한국 돈으로 2만 5천원씩이라고 하기에 "이런 산골에 그렇게 비싼 쇼가 있나?" 하고 심드렁하게 생각했었는데, 일행들이 전원 가겠다고 하고, 쇼를 관람하는 문화 체험도 관광 코스의 필수라는 생각이 들어 나도 따라 나섰다. 버스를 타고 10여 분만에 도착한 곳은 제법 규모가 큰 마을이었는데 대부분이 관광객을 상대로 한 숙박시설이나 음식점, 주점들이었다. 그 한가운데에 자리 잡은 극장은 생각했던 것보다는 꽤나 규모가 큰 극장이었다. C씨가 매표소에서 단체로 입장권을 구입한 후 우리는 정문으로 들어갔다. 정문 입구에는 제복을 단정하게 갖춰 입은 직원들 6명이 늘어서서 입장하는 관람객들에게 허리 굽혀 인사를 하면서 흰색의 실크 목도리를 걸어 주었다. 환영과 축복의 뜻이 담겨 있는 것이라고 했다. 좌석 번호를 확인한 직원들의 안내로 계단을 통해 3층으로 올라갔다. 그곳에서 관람장 안으로 들어가니 객석 끝부분이 우리들의 자리였다. 관람장의 좌석수는 천여 명 이상을 수용할 수 있는 규모였는데 좌, 우 양쪽 가장자리를 제외하고는 거의 만석이었다. 이 산골짜기 안에서 이렇게 많은 관객들이 어디서 왔을까? 하는 의문이 들지 않을 수가 없었다. 드디어 막이 오르고 공연이 시작되었는데, 야크소와 양을 기르며 살아가는 '장족'들의 애환을 뮤지컬 형식으로 엮은 것이었다. 130여 명의 인원들이 넓은 무대에 나와 노래와 춤, 율동으로 진행한 이날의 공연은 빠른 템포와 화려한 의상, 국제수준급의 안무와 더불어 특수효과와 음향, 조명 기술과 함께 경쾌하고도 웅장한 무대를 연출해냈다.

이날의 공연은 언어로 전달할 필요가 없었다. 이들의 동작, 노래, 춤 등 율동만으로도 그들이 전달하고자 하는 스토리가 관객들의 가슴에 그대로 감동으로 다가왔고, 공연을 진행하는 도중에 주몽이 전쟁터에서 말을 타고 달리듯, 서너 명의 기사가 말을 타고 무대를 가로질러 질주하는 넓은 무대, 공연 중에 무대 위로 비가 쏟아지는 최신 기법의 무대 설비 등 1시간 30분의 공연이 눈 깜짝할 사이에 끝나 버렸다. "참, 오기를 잘했어" 이때, 옆자리의 해군 장교 출신 L씨가 혼자 말처럼 중얼거렸다.

막이 내리고 조명이 장내를 밝혔다. 가벼운 흥분 속에 들뜬 관객들은 목에 걸었던 흰색 실크 목도리를 길게 느려서 앞사람과 뒷사람이 한 끝씩을 쥐고 열을 지어 무대 쪽으로 내려갔다. 3층에서 1층까지는 층별 구분없이 경사로 연결되어 있었다. 통로의 계단을 거의 다 내려가니 무대 위로 건너가도록 통로가 연결되어 있어서 사람들에 의해 저절로 무대 위로 밀려갔다. 무대 위에서는 관객들이 출연자들과 기념 촬영을 하느라고 어수선한 가운데, 무대 뒤편에 드리워졌던 무대 막들이 모두 위로 올라가고 무대 뒤의 벽면壁面 전체가 미닫이 문처럼 양쪽으로 갈라지면서 열려 벽이 없어져 버렸다. 그리고 사람들은 그곳을 통해 밖으로 나갔다. 우리도 사람들에 밀려 밖으로 나갔는데 그곳은 극장 뒷편의 넓은 공터였다. 깊은 산골마을에 밤이 깊어 사방은 캄캄한데 한 곳에 장작을 쌓아놓고 불을 지핀 화톳불이 벌겋게 춤을 추며 타오르고 있었고 그 앞에 사람들이 일렬로 줄을 서서 춤을 추고 있었는데 그 주위에는 많은 사람들이 둘러서서 분위기를 맞추며 구경을 하고 있었다.

춤추는 사람들의 선두에는 방금 공연을 끝낸 출연자들이 섰고, 그 뒤를 이어 일반 관객들이 늘어서서 함께 노래를 부르며 춤을 추는데 그 노래에 맞춰 왼쪽다리를 들었다 바른쪽 다리를 들고, 왼팔과 바른팔을 번갈아 올려서 춤사위를 이루면서 서너 걸음을 앞으로 갔다가 뒤로 물러서고 하는 것이 보는 사람에게도 흥겹기 한이 없으면서 같이 합류하고 싶은 충동을 느끼게 했다. 눈을 질끈 감고 춤에 취해 버린 그들의 모습은 꼭 신들린 것 같았으며 타오르는 화톳불의 붉은 불빛이 그들의 얼굴위에 일렁이는 모습은 환상적이였다. 이런 공연의 '뒷풀이' 행사가 20여 분에 걸쳐 진행되었다.

지금 중국은 변하고 있다. 파리가 들끓었던 중국 음식점은 옛날 이야기로 사라졌다. 3,500미터 산 정상 위에 비행장을 건설하고 해발 3천 미터의 능선을 따라 도로를 건설하는가 하면, 첩첩산중에 세계를 향한 관광지를 개발하고 있다. 그리고 이 산골마을에 세계수준급의 문화를 창조하고 있는 현장을 보고, 착잡하고도 부러운 마음을 감출 수 없었다.

"산山이 부처요. 부처가 곧 산山이다"라는 낙산대불

유비현덕이 도읍지로 삼았던 성도成都

아침에 '구황공항'을 출발한 비행기는 9시 40분경 '성도국내선 공항'에 예정대로 도착했다. 비행기에서 내리니 날씨가 더워 점퍼를 벗어서 배낭 속에 챙겨 넣었다.

'성도'는 비옥한 토지와 풍부한 천연자원 및 식량을 소유한 성도평원중부成都平源中部에 위치한 사천성四川省의 성도省都이고 인구는 1000만 명이다. 사계절이 온화한 기후로 겨울에도 따뜻하고 강우량이 풍부해서 2모작이 가능하다고 한다. 또한 전국시대부터 있어온 2,000년 역사의 문화도시로서 삼국시대 때는 촉한을 통일한 유비현덕이 수도首都로 삼았던 곳이다. 이렇게 많은 역사를 겪어온 도시인 만큼 많은 사적과 유적지가 있는 곳이기도 했다.

● 낙산대불樂山大佛

우리는 먼저 중국 최대의 석불石佛이라는 '낙산대불'을 보러 가기 위해 낙산시樂山市로 가는 고속도로로 들어섰다. 고속도로는 왕복 6차선이었는데 차량이 많지 않아 통행은 한가한 편이었으며 고속도로를 달리는 2시간 동안 대기오염으로 인해 마치 안개가 낀 것처럼 뿌옇게 시야를 가렸다.

낙산시에 도착하니 점심때가 되어 바로 식당으로 가 점심식사를 한 후 낙산대불을 관광하기 위해 식당 앞에 민장강 선착장에서 유람선에 올랐다. 배를 타고 강물을 따라 잠시 내려가다 보니 건너편 강기슭에 있는 랑윈산을 통째로 잘라내서 절벽을 만들고 그 가운데에 조각한 마애석불이 자리하고 있다. 마애석불은 서기 713년 창건된 랑윈사의 본존 미륵보살인데, 절벽에 등을 대고 마치 의자에 앉은 것처럼 꼿꼿하게 앉아있는 모습이었다. 불상의 규모는 높이 71미터 머리 너비 10미터, 어깨너비 28미터로 발톱 위에 사람이 앉아도 자리가 남을 정도로 거대한 규모이다. 그래서 이 지역에서는 예로부터 "산이 부처요. 부처가 곧 산이다"라는 말로 그 규모의 거대함을 말해왔다고 한다.

낙산대불은 비와 안개가 많은 지역에 있기 때문에 피해에 대비해서 건립 당시부터 배수장치에 신경을 썼다고 한다. 부처의 모발 부분에 배수구를 내어 귀耳의 뒷면으로 물이 흐르도록 했고, 정면 가슴 우측에도 배수구를 내어 물이 몸통 안으로 흐르지 않도록 했다. 건립 당시에는 부처의 보호를 위해 13층 누각을 세워 대불의 얼굴만 보이도록 했으나 명나라 때 화재로 소실되었고, 조각 당시에는

낙산대불을 가까이 보기 위해
절벽을 타고 내려가는 관광객들

금빛과 화려한 빛깔로 장식하였으나 천년이 넘는 세월을 견뎌온 대불은 현재 자연 침식에 의해 빠르게 훼손이 진행되고 있다고 한다. 산 옆 절벽에 만들어 놓은 계단을 따라 내려와 부처의 발밑에 마련된 공터에서 예불을 드리는 사람들이 혼잡을 이루고 있었으나 불상의 규모가 너무 커서 가까이에서 전체 모습을 조망하기가 어렵기 때문에 머리부터 발끝까지 한눈에 볼 수 있도록 산 아래 민장강을 따라 유람선을 운영하고 있다고 한다. 우리를 태운 유람선은 '낙산대불' 앞에서 U턴을 해서 잠시 배를 멈추고 우리들에게 관람할 수 있는 배려를 해주었으나 곧바로 뒤에 따라오는 배의 독촉에 밀려 그 자리를 떠나 선착장으로 돌아오고 말았다. '낙산대불'을 관람하는 동안 C씨는 대불을 제작하게 된 유래에 대해 설명을 해주었는데, 그 요지를 정리하면 다음과 같다.

'낙산대불'은 칭하강, 다두하大渡河, 민강岷江등 3개의 강이 만나는 지점에 위치하고 있는데 지역사람들은 해마다 이어지는 홍수와 짙은 안개로 고통을 받고 있었다. 그 때 아미산으로 가던 '하이퉁

海通'이라는 법명만 알려진 당나라 스님이 "이곳에 산을 깎아 부처를 만들면 재난을 피할 수 있으리라"는 종교적인 신념을 가지고 아미산으로 가려던 것을 포기한 채 불상건립에 나섰다고 한다.

건립 작업은 서기 713년에 시작해서 90년이 지난 서기 803년에 완성되었다고 하는데 이 공사에 투입된 연인원이 1억 명에 달했다고 한다. 공사를 시작한 지 2년이 지났을 때 이 지역에 새로 부임해온 절도사가 공사금액 중에서 자기에게 재물을 바치라고 하이퉁 스님을 괴롭혔는데 "차라리 두 눈을 줄지언정 한 푼도 못 주겠다"고 버티던 그는 끝내 두 눈을 잃고 제자들을 시켜 공사를 진행하다가 입적하고 말았다고 한다. 그 후, 새로 온 절도사가 자기의 사재私財를 털어 공사를 진행했으며 끝으로 지엔난劍南의 절도사 '위고'가 국가의 보조를 받아 완성했다고 한다. 이 낙산대불이 완성된 후 이 지역에 홍수로 인한 피해가 사라졌다고 하는데 대불의 발등이 물에 잠기면 낙산시 전체가 잠기게 된다는 말이 있다고 한다. 1994년 유네스코에서 세계문화유산으로 지정하였다.

● 제갈량을 모신 '무후사武候祠'

낙산대불의 관광을 마치고 다시 성도로 돌아오니 오후 3시가 훨씬 넘었다. 우리들은 AD 3세기경 중국 후 삼국시대를 풍미한 전설의 전략가 제갈량을 기리기 위해 만들어진 '무후사武候祠'로 갔다. '무후사'는 6세기경인 서진西晉, 영안永安 원년元年에 만들어진 사당으로 이름은 제갈량이 죽은 후의 시호인 '충무후忠武候'에서 유래되었다고 알려져 있는데, 현재 존재하는 '무후사'는 1672년,

明良千古(명군名君인 유비가 제갈량을 발탁했으니
영원토록 변심하지 않았더라)의 현판이 있는 문

옛 터전 위에 중건된 것이라고 한다.

제갈량은 본래 산둥성의 낭아군 양도현 출생으로 자字는 공명孔明이다. 후한 말, 관직에 오르지 않았을 때도 명성이 높아 와룡臥龍 선생이라 일컬어졌고, 207년 유비로부터 삼고초려의 예로 초빙되자 천하를 위와 오나라 그리고 촉으로 3분分하는 "천하삼분지계天下三分之計"를 진언하고 군신君臣의 관계를 맺었다. 이듬해 오吳의 손권과 연합해서 남하하는 조조를 대패시키는 등의 수많은 전공을 세워 221년 한漢의 멸망을 계기로 유비가 촉나라를 건립하고 제위에 오르자 재상이 되었다. 유비가 죽은 후에는 어린 후주後主 유선을 보필하여 재차 오吳와 연합, 위나라와 항쟁하였으며 그의 뛰어난 용병用兵 용인用人술과 더불어 위나라와 싸우기 위해 출진할 때 올린 출사표는 그의 변함없는 충절을 잘 말해주고 있다.

경내의 정문으로 들어가 제일 처음 만나는 건물이 '유비관'이었

이
재
중
의

추
억
여
행

다. 황금빛 유비상이 안치되어 있는데 인자하고 덕德이 있어 보이는 상에 크고 잘생긴 귀는 가히 제왕의 모습이었고 벽에는 공명의 정치, 군사상의 전략 사항으로 유명한 융중대의 액자가 걸려 있었다. 유비관 옆에는 고리눈을 부릅뜬 장비와 장판교에서 아두를 품에 안고 칼 한 자루로 십만 대병 속을 무인지경으로 누비며 구출한 조자룡, 도원결의로 유비와 형제지의를 맺은 관우와 황충, 위연 등 오호대장군五虎大將軍들이 평복차림으로 단정하게 앉아있는데 유독 관우만은 임금들이 쓰는 면류관을 쓰고 있었다. 사연인즉 후대後代에 와서 그가 가진 덕德과 의리, 뛰어난 지모와 무예를 숭배한 나머지 그를 왕王의 반열에 봉했기 때문이라고 했다.

오후 늦은 시간이라 그런지 관람객은 우리들 뿐으로 사당 안은 조용하기 그지없었다. 우리들이 제갈량전諸葛亮殿으로 들어가니 학창의에 윤건을 쓰고 가슴에 부채를 들고 있는 귀공자 타입의 제갈량상이 턱에 긴 수염을 늘이고 단아하게 앉아 있었다. 그 모습을 보면서 '세속의 때가 묻지 않고 저렇게 신선처럼 생긴 사람이 어떻게 오호대장군을 비롯한 촉한의 군사를 지휘하는 총사령관으로서 적벽대전에서 조조가 수염을 깎고 혼쭐이 나서 도망을 치도록 신출귀몰한 전술을 구사 할 수 있었을까?' 하고 혼자 생각에 잠겨있다가 C씨의 설명하는 소리에 퍼뜩 정신을 차렸다. "이 제갈량 상을 보시면 부채를 가슴에 대고 있다가 옆으로 부치는 것이 아니라 앞, 뒤로 부친

학창의에 윤건을 쓰고 단아하게
앉아있는 제갈량

제갈량이 후주 유선에게 바친 출사표의 일부

다고 합니다. 그 이유에 대해서 여러 가지 설들이 있는데, 일설에 의하면 제갈량의 부인이 아주 못생긴 박색이었다고 합니다. 그러나 그 부인은 아주 영특하고 학문이 높아서 천문과 지리에 능통한 전략가였다고 하는데 그때그때 대응할 내용을 부채에 써놓고 제갈량은 부채를 부치는 척 하면서 읽었다고 합니다. 이 이야기는 믿거나 말거나입니다." 그러고 보니 언젠가 어느 책에서 읽은 적이 있는 것도 같았다.

다음에는 관우 장비를 비롯한 무관과 문관 28인의 상을 안치한 옆의 동棟으로 이동했는데 유리로 칸막이를 한 진열대 안에는 무관은 갑옷에 투구를 썼고, 문관은 화려한 관복차림으로 단정하게 열을 지어 앉아 있었다. 그리고 뒷벽에는 그들의 문장과 업적을 기리는 액자가 전시되어 있었다. 그러나 '무후사' 안에 유비의 아들이며 대를 이어 제위에 올랐던 후주後主 유선의 상은 어디에도 없었는데 방탕하고 어리석은 그가 국사를 그르쳐 촉한을 멸망케 한 군주라 해서 제외시켰다고 한다.

다음 전각과 연결된 복도로 들어서는 전각 벽에 그 유명한 제갈

문무 28인상

공명의 출사표가 전시되어 있었다. 제갈량의 출사표는 전前, 후後 2편인데 위나라 토벌을 위한 출전 때 후주 유선에게 바친 상소문이다. 제갈량은 군사를 이끌고 위나라를 치기 위해 떠나던 날 아침, 황제인 유선에게 나아가 무릎을 꿇고 눈물을 흘리면서 이 출사표를 올렸는데 이 글에서 제갈량은 "신臣이 본래 미천한 백성으로 남양에서 몸소 밭 갈며 구차히 어지러운 세상에서 생명을 보존하고, 제후에게 알려져서 출세할 것을 구하지 않았더니, 선제께선 신을 미천하다 여기지 않으시고 외람되게도 스스로 몸을 낮추시어 세 번이나 신을 초옥 안으로 찾으시어, 신에게 당세의 일을 물으시니 이로 말미암아 감격하여 마침내 선제께 함께 일할 것을 허락하였더니……"로 시작해서 각 분야에 뛰어난 사람을 추천함과 동시에 유선에게도 간곡한 당부 말씀을 드리는데, 구구절절 나라와 임금과 백성을 걱정하는 제갈량의 뜻이 아주 잘 나타나 있고, 충언으로 가득 찬 이 글은 "이것을 읽고 울지 않는 자는 사람이 아니다"

109
...
중국편

유비 · 관우 · 장비 3인이 도원결의를 맺었다는 三義廟

라고까지 일컬어질 정도로 천고千古의 명문으로 여겨지고 있다.

경내를 돌아본 후 '무후사' 뒤편으로 가니 유비의 묘가 있는데 '촉한소열황제유비지능'이라는 현판이 담장에 붙어있고 산소를 대리석으로 축대 쌓듯 둘러 쌓았는데 그 안에 무엇이 있는지 아는 사람이 아무도 없다고 한다.

C씨는 자기도 들은 이야기라고 전제를 한 다음 "전해져 내려오는 말에 의하면 한번은 도굴꾼이 구멍을 파고 묘안으로 들어갔더랍니다. 그런데 그 안에서 황제인 유비와 제갈량이 마주앉아 바둑을 두고 있더랍니다. 깜짝 놀란 그가 그만 도망쳐 나오려고 하는데 유비가 불러 세우더니 "이 사람아 내 집에 왔으면 술이라도 한잔 먹고 가야지 그냥 가면 쓰나?" 하면서 술 한 잔을 따라주어 받아먹고 나왔는데 집에서 시름시름 앓다가 죽고 말았답니다. 그 후로는 그 안에 무엇이 있는지 알려고 하는 사람이 아무도 없었다고 합니다."

유비의 묘를 관람하는 것을 끝으로 '무후사' 관광을 마쳤는데,

유비의 묘

신의를 존중하고 의리를 하늘같이 아는 영웅호걸들이 때로는 가슴 벅찬 희열이 느껴지도록 통쾌한 승리를 하는가 하면 가슴 졸이는 음모에 걸려들기도 하고, 비와 바람을 부르는 귀신같은 작전을 해 가면서 드넓은 중국대륙을 종횡으로 누비며 전쟁하는 모습을 그린 소설 삼국지三國志를 밤새워 읽으면서 흥분하던 본고장을 실재로 돌아볼 수 있는 날이 있으리라고 생각이나 해 보았겠나? 하니 오늘 '무후사' 관광은 꿈을 꾸는 것만 같은 일이었다.

● 2천년의 역사를 가진 도시 성도의 밤

'무후사' 의 관광을 마치고 나서 바로 옆에 붙어있는 '금리거리' 로 이동했다. '금리거리' 는 후삼국 시대의 모습을 그대로 재현해놓은 거리라고 해서 호기심을 가지고, 많은 기대를 했다. 그곳에 가면 그 시대의 건물 및 도로의 모습과 그 시대의 복장을 하고 살아가는 사람들의 생활상, 말을 타고 늠름하게 거리를 순찰하는 무장들을 만나

후 삼국시대의 거리 모습을 재현한 금리거리

볼 수 있을 것이라고 나름대로 상상의 나래를 펴 보기도 했다. 그러나 정작 찾아간 금리거리를 보고는 실망을 금할 수 없었다. 규모도 작았지만 U자후형의 단조롭고 좁은 거리 양편에, 고증을 거쳤는지는 알 수 없지만 단층, 또는 2층의 중국식 건물들이 들어서 있는데 전부가 점포였다. 뿐만 아니라 거리를 메운 젊은 세대들은 미니스커트에 블라우스를 입었거나 티셔츠에 바지를 입은 발랄한 모습들이었고 대개는 먹거리를 취급하는 점포의 종업원들도 티셔츠차림이었다.

금리거리를 나온 우리들은 저녁 식사를 하기 위해 근처에 있는 사천요리 전문점으로 안내되었다. '사천요리'는 중국의 광동요리, 호남요리, 산동요리 등과 더불어 중국에서 가장 잘나가는 대표적 요리다. 지금이야 중국전역이나 한국에서까지도 사천요리를 맛볼 수 있지만 정말 사천요리의 진수를 맛보고 싶다면 반드시 사천성四川省의 성도省都인 성도成都를 찾아야 할 정도로 성도 도시 전체가 사천요리의 맛과 향으로 가득 차 있다고 한다.

이재중의 추억여행

특히 이날 저녁 메뉴로 정해져 있는 것은 사천요리 중에서도 '약선요리'였다. 예로부터 중국의 약선요리는 황제들에게 올리는 특식으로 일반적인 요리의 재료를 한약재와 각종 몸에 좋은 재료로 만들어 더욱 유명하다고 한다. 그래서 약선요리는 혈액순환과 미용, 감기 등에 효력이 있는 요리로 널리 알려졌다고 한다.

사천고추의 매운 맛과 독특한 향신료가 어우러져서 잊지 못할 자극적인 맛을 내는데다, 쉬지 않고 날라다 식탁 위에 놓아주는 푸짐한 저녁상은 우리들을 마냥 즐겁게 했다. '언제 이런 요리를 또다시 먹어 볼 때가 있겠나?' 하는 생각에 이날 저녁 모처럼 포식을 했다.

저녁식사를 마치고 식당을 나온 우리들은 이번 여행의 마지막 코스인 천극川劇을 보러 가기 위해 버스에 올랐다. 밖은 벌써 어둠이 깔렸는데, 2천 년의 역사를 간직한 고도古都답지 않게 거리는 현대식 빌딩들이 가득 늘어서 있었고, 러시아워의 차량들은 꼬리를 물고 거리를 메웠다. 모든 도시가 활기에 넘쳐있었다. 공연장인 극장 안으로 들어가니 천여 명 안팎을 수용할 수 있는 객석은 벌써 관객들로 차 있었다. 천극川劇은 중국 사천성에서 이루어진 중국의 대표적인 지방극으로 북경에 경극京劇이 있다면 사천성에는 천극이 있다고 할 정도이다. 천극은 고정화되고 스토리가 있는 공연 양식이 아니라 서민문화가 발달한 사천에서 서민들이 즐겨 볼 수 있게 만들어진 공연전체를 통 털어 '천극'이라 부른다고 한다.

사천에 거주하고 있는 한족漢族을 비롯한 장족, 묘족, 회족回族들의 애환이 담긴 춤과 노래, 인형극, 만담, 마술 그리고 순식간에 가면을 바꾸는 묘기인 '변검술' 등으로 진행되었다. 하나의 장면

▲ 변검술
▶ 천극川劇의 민속춤

이 끝날 때마다 사회자가 나와서 소개와 설명을 해주는데 중국어
로만 해주었다. 천극 중에서 하이라이트는 역시 '변검쇼'인데 아
무리 봐도 신기하기 짝이 없다. 순식간에 가면이 바뀌는데, 하나하
나씩 바뀌다가 맨 마지막에는 변검술사의 맨 얼굴이 나타난다. 그
래서 "가면을 여러 개 쓰고 있다가 하나씩 벗기는가 보다"하고 생
각했는데 맨얼굴에 획 하고 순식간에 가면이 씌워지는 것을 보고
는 놀라지 않을 수가 없었다.

　C씨의 말에 의하면 홍콩의 어떤 유명한 배우가 이 신기神技에 가
까운 변검술을 배우기 위해 5천만 위안을 주고 몇 년을 배우다가
포기하고 말았다고 한다. 어려서부터 유연한 손재주로 배우지 않
으면 불가능하기 때문이라고 했다.

　극장 밖을 나서니 밤이 꽤 깊었다. 이제 성도成都와 작별할 시간
이 다가온 것이다. 우리들은 남은 미련을 가슴에 안고 버스에 올라
성도국제공항으로 향했다.

日 本

일본편

홋카이도 (北海道)

오타루
· 삿포로

도호쿠 북부

도호쿠 남부

호쿠리쿠

조신에쓰

후지산 · 도쿄
요코하마

히가시니카 시코쿠

교토 · 나고야

하코네

히로시마

고베 · 나라
오사카

도카이 후지/하코네/이즈

후쿠오카

벳부
세토우치

간사이

혼슈 (本州)

사세모

· 아소

루스텐보스

나가사키
운젠
구마모토

미야자키

가고시마 규슈 (九州)

이브스키

도야 호수의 전경

마음까지 포근하게 안아주는 홋카이도北海道

2004년 9월 3일 오전 10시 30분, '써클탑스 북해도 방문단' 23명을 태운 대한항공 KE 765편은 인천국제공항을 이륙했다. 홋카이도 치토세 공항까지는 한국에서 일본에 이르는 항공로 중에서 가장 먼 거리라고 했다.

아직까지 홋카이도 관광에 대한 홍보 부족 탓인지 비행기 안에는 군데군데 빈 좌석이 눈에 띄었다. 인천국제공항을 이륙한 비행기는 고도 1만m를 유지한 채 시속 980Km로 날아 2시간 20분 만인 12시 50분에 치토세공항에 착륙했다.

공항 밖으로 나오니 파란 하늘에 솜털 구름이 높이 떠있는 맑은 날씨에 20℃ 내외의 기분 좋은 기온, 그리고 싱그러운 맑은 공기가 우리들을 기다리고 있었다.

마중 나온 전용버스에 올라 첫 번째 목적지인 '무로란' 으로 향했다. 고속도로는 왕복 4차선인데 차량은 좌측통행이었다. 끝도 없이 이어지는 야트막한 야산과 구릉들에는 자작나무와 키 작은 대나무들이 숲을 이루고 있었고, 군데군데 도로 왼편으로 푸르다 못해 짙푸른 태평양의 바다와 수평선이 나타났다가는 야산 뒤로 숨어 버리곤 했다.

이렇게 1시간 반을 달리는 동안 마주치는 차량은 손가락으로 셀 수 있을 만큼 한산해서, 마치 우리가 고속도로를 전세낸 것 같은 착각 속에 빠질 정도였다.

홋카이도는 4개의 섬으로 구성되어 있는 일본 국토의 가장 북쪽에 위치한 섬으로 면적은 한반도의 남한만한 크기에서 경상북도를 뺀 만큼의 넓이인데 600만 명밖에 안 되는 인구가 살고 있기 때문에 모든 환경이 넉넉하고 여유가 있는 곳이라고 했다.

● 보리밭이었던 곳이 갑자기 산으로 변해버린 소화신산

'무로란' 이란 뜻은 일본 말로 '부드러운 언덕이 많은 곳' 이라고 한다. 시골에 있는 작은 공업도시로, 인구는 11만 명이라고 했다. 2~3층 목조건물들이 줄지어 서 있는 도로는 좁은 편이었으나, 깨끗하고 잘 정돈되어 있었다.

버스가 시내로 들어서자 12시 전에 비행기에서 제공하는 기내식으로 점심을 대신했기 때문에 일행 중에서 "배가 고프니 내려서 간식이라도 좀 먹고 가자"는 의견들이 있어 L회장은 어느 편의점 앞에 버스를 세우게 하고 "빵이나 우유, 그리고 간식이 될 만한 것 중에서 각자의 취향대로 골라 먹으라"고 했다. 나는 매점 안을 살피다가

지금도 화산활동이 계속되고 있는 소화신산 앞에서

일본어로 씌어진 컵라면 한 개를 골라잡았다. 뜨거운 물을 부어 먹어보니 한국에서 먹던 것보다 훨씬 맛이 좋은 것 같았다. 맛있게 먹고 나서 컵의 윗부분을 보니 '농심'이라는 한글이 씌어져 있었다.

간식을 먹고 다시 버스에 올라 홋카이도에서 가장 긴 다리라는 지큐미사키의 백조대교(길이 1,380m의 현수교)를 건너 기암괴석과 해안절벽 등 비경을 감상할 수 있다는 전망대로 향했다. 전망대의 계단을 올라가니 눈앞에는 절벽 밑으로 넓고 검푸른 바다, 태평양의 수평선이 끝도 없이 펼쳐져 있었다. 게다가 전망대의 위치가 바다 쪽으로 돌출되어 있었기 때문에 시야가 넓게 트인 수평선은 직선이 아니라 활[⌒]모양으로 둥글게 휘어져 있어 지구가 둥글다는 것을 실감할 수 있었다. 우리 일행은 바다를 배경삼아 제각기 사진 촬영을 한 후에 몇 계단을 더 올라가니 행운을 가져다준다는 종鐘이 매달려 있어, 돌아가며 한 번씩 종을 치면서 마음속으로 각자의 행운을 빈 다음 그 자리를 떠났다.

그곳을 떠난 우리들은 지금으로부터 60여 년 전에 갑자기 솟아 올랐다는 소화신산昭和新山 앞에 도착했다. 이 산은 1943년 12월에 화산폭발로 9만여 평의 밭이었던 곳이 1년에 17번이나 폭발하면서 408m 높이의 산이 되었는데 하루에 50m를 융기한 일도 있었다고 한다. 현재는 대머리처럼 산 밑부분에만 잔디와 나무가 무성할 뿐 거의 대부분이 검붉은색이 도는 화강암으로 되어있으며 지금도 뿌연 분연과 매캐한 유황 냄새를 내뿜으며 화산활동을 계속하고 있는데, 이런 종류의 화산을 '베로니테형 화산'이라 분류하고, 히로히토 천황 재위시 연호年號로 사용하던 소화昭和년호에 새로 생겨난 산이라 해서 '소화신산'으로 불리워진다고 한다.

한국과 시차時差는 없으나 이곳은 한국보다 해가 1시간 일찍 뜨고, 1시간 일찍 진다고 한다. 그래서인지 5시를 조금 넘었는데 해가 뉘엿뉘엿 지려고 하면서 수많은 무리의 까마귀들이 잔디밭에, 그리고 나뭇가지에 몰려앉아 "까—악, 까—악" 짖어댔다. 사람들이 다가가도 쉽게 날아가지 않는다.

우리 일행은 화산을 배경으로 기념촬영을 한 후 오늘 숙소로 지정돼 있는 썬팔레스 호텔로 향했다.

● 하룻밤 사이에 남탕과 여탕이 바뀌는 온천탕

호텔로 향하는 버스 안에서 가이드인 J씨가 온천욕에 대해서 설명해 주었다. "이곳은 온천이 많기로 유명한데 온천을 뜻하는 ♨ 표시 중에서, ∫∫∫은 아침 잠자리에서 일어나 상쾌한 하루를 시작

창문을 통해 보이는 도야 호수의 아름다운 풍경이 한 폭의 자연화 같다.

하기 위해 한 번, 저녁 먹기 전에 몸을 깨끗이 씻으러 또 한 번, 그리고 저녁 식사 후 잠자리에 들기 전에 한 번, 이렇게 하루 세 번 온천욕을 하라는 의미이며, 새벽 3시부터 4시 사이에 욕탕 안의 청소를 끝낸 다음 '남탕'과 '여탕'의 표지를 바꾸어 놓기 때문에 정신 차리지 않고 어제 들어갔던 탕으로 가면 남탕과 여탕을 잘못 들어가는 수가 있으니 특히 주의하라"고 하면서 매일 남, 여탕을 바꿔놓는 이유는 음陰과 양陽의 조화를 이루어 욕탕에서 생기는 악취를 방지하고, 하루 저녁을 유숙하면서 남탕과 여탕을 두루 경험할 수 있는 기회를 주기 위해서라고 했다.

　호텔 앞에서 버스를 내려 현관을 들어서니 지배인을 비롯한 직원들이 두 줄로 늘어서서 "이랏샤이 마세!(어서 오십시오)"를 큰 소리로 외치며 허리를 90°로 굽혀 우리들을 맞았다. 객실은 6조 다다미방이었는데 호수에 면한 벽에 한 폭의 그림을 걸어 놓은 것 같이 굵은 테를 두른 창틀에 통유리가 붙박이로 설치되어 있었고 그 유리창을 통해 '도야 호수'의 잔잔하고도 푸른 물과 건너편 산

도야 호수의 아름다운 경치

들의 아름다운 모습들이 한 폭의 자연화自然畵처럼 환상적인 분위기를 연출해내고 있었다. 그리고 방 한편의 나즈막한 상 위에는 과자 2개, 차茶 2잔, 그리고 "천 개를 접으면 소원이 이루어진다"는 종이학 한 마리가 쟁반에 받쳐져 놓여 있었다. 이것을 보고 일본인들의 살가운 정을 느낄 수 있는 것 같았다.

저녁 식사 후에 방 안에 단정하게 개어 놓은 '유카타(일본 온천장에서 입는 욕의浴衣'를 걸쳐입고 욕실로 내려가려다 보니 상床위에 '온천욕을 할 때의 주의사항'이 적힌 인쇄물이 눈에 띄었다. 그 내용은 다음과 같았다.

① 탕 안에 들어가기 전에 비누칠로 몸을 깨끗이 씻을 것.

② 수건은 탕 안에 가지고 들어가지 말 것.

③ 탈의실에서 탕에 들어갈 때는 수건으로 아래를 가릴 것. 여자는 위, 아래를 가릴 것.

④ 타인에게 폐가 되는 일을 하지 말 것.

⑤ 탕에 몸을 담갔다 나온 후에는 비누칠을 하지 말고 물을 끼얹

호반에 줄지어 서 있는 숙박시설

어 몸을 헹군 후 수건으로 물기를 닦아 몸을 말린다.

대략 내용을 훑어본 후에 지하층에 있는 온천탕으로 내려갔다. 탈의실 옷바구니에 유카타를 벗어 놓은 후 욕실 안으로 들어가 보니 500여 평은 돼 보임직한 넓은 욕실 안에 10여 개의 갖가지 욕조가 설치되어 있었는데 바닥부터 욕조까지 전체가 천연석天然石으로 이루어져 있었다. 호텔 정문 앞에 '우주 제일의 온천장'이라고 크게 써 붙여놓은 간판이 '허풍은 아니었구나' 하는 생각을 하면서 욕탕 안에 몸을 담그니 하루의 피로가 스르르 풀리는 것 같았다.

● 도야 호수의 불꽃놀이

식당에 들러 저녁식사를 한 후 객실로 올라오니 "저녁 8시 30분부터 호수 위에서 불꽃놀이를 하니 호숫가로 나오라"는 전갈이 와서 유카타를 입은 채 호숫가로 나갔다.

이미 우리 일행들이 나와 있었는데, 앞이마가 훤칠하게 벗어지고 일본말을 유창하게 하는 K사장이 유카타를 입고 하는 행동은

영락없는 일본사람이었다.

사방은 칠흑같이 캄캄한데 저 멀리 호수 끝에서 "땅, 따땅" 하는 폭음이 들려오면서 불꽃이 하늘 높이 올라가 흩어져 밤 하늘을 수놓았다.

폭음이 점점 가까이 들려오면서 불꽃의 크기도 크고, 화려하게 변해갔다. 알고 보니 호수 위에 배를 띄우고 그 배 위에서 폭죽을 쏘아 올리는데 그 배가 우리들 앞으로 가까이 다가올수록 불꽃의 현란한 모습은 그 장관을 더해가는 것이었다.

드디어 배가 우리들 앞에 다다랐을 때 "따, 땅" 하고 천지를 진동하는 폭음과 함께 "와—!"하는 우리들의 함성이 터져 나왔고 밤 하늘 높이 올라간 불꽃들은 여러 개의 국화꽃 모양으로 퍼져나가기도 하고, 혹은 머리를 산발한 버드나무 줄기들처럼 쏟아져 내리기도 했고, 어쩌다가는 마치 태양이 작열하듯이 대낮같이 밤하늘을 밝히면서 호수 위에 흩어져 내리는 불꽃들과 그 모습들이 호수 위를 밝히면서 수놓는 장면은 내가 이제까지 보아왔던 불꽃놀이 중에서 가장 낭만적이고 아름다운 장면으로 추억 속에 각인되었다.

호숫가에 러브호텔을 지어 놓고 손님들이 찾아오기만을 기다리고 있는 우리들에 비해 이곳을 찾아온 관광객들에게 '추억만들기' 이벤트를 연출하고 있는 그들의 상혼을 우리도 하루속히 배워야만 할 것 같았다.

● 계수나무에 얽힌 전설

"까악—까악" 고요한 아침의 적막을 깨고 울어대는 까마귀 울음소리에 잠을 깼다. 시계를 보니 아침 5시 반이었다. 유카타를 걸

웅쿠르와 세또나의 사랑이야기 전설을 간직한 계수나무

쳐 입고 지하층에 있는 온천탕으로 내려갔다. 탕 안으로 들어가려
다 보니 어제 저녁에 들어갔던 탕은 '여탕'으로 간판이 바뀌어져
있었다.

나는 어제 '여탕'이었던 남탕으로 들어갔다. 욕실 안에 들어가
보니 어제의 남탕보다는 규모가 조금 작았으나 바닥이나 벽, 천장
이 모두 타일로 마감돼 있었고 호수에 면한 벽은 전체가 유리창으

로 되어 있어 이제 막 붉게 떠오르기 시작한 태양의 싱그러운 햇살이 욕실 안으로 가득히 쏟아져 들어오고 있는데, 호수와 건너편의 아름다운 산들의 모습이 한 폭의 그림처럼 유리창을 통해 투영되었다.

욕조에 들어가 몸을 담그니 그 상쾌한 기분이란 이루 형언할 수 없었고, 활력이 저절로 샘솟는 것 같았다.

아침식사를 마친 후 버스에 올라 도야 호수의 유람선을 타기 위해 호텔을 떠났는데 현관 앞에 호텔 직원들이 도열해서 떠나는 버스를 향해 손을 흔들며 작별을 아쉬워하듯 인사를 했다. 그들은 버스가 보이지 않을 때까지 그 자리에 서서 손을 흔들고 서 있었다.

잠시 후 버스는 도야 호수 선착장에 도착했다. 도야 호수는 둘레가 43Km, 깊이가 가장 깊은 곳은 170m라고 하는데, 원래는 평지였던 곳이 소화신 화산의 폭발과 함께 지진과 지각운동이 일어나면서 함몰되어 생겨난 호수라고 한다. 호수는 잔잔하고 물은 너무 맑고 깨끗해서 호숫가에는 물 속의 모래알까지 투명하게 들여다보여 손으로 떠서 한 모금 먹어보고 싶은 충동을 느끼게 했다.

선착장에서 유람선으로 승선했는데 선착장과 유람선의 간격은 1cm도 되지 않을 정도로 밀착돼 있어 배에 옮겨 탄다는 느낌이 없이 평지를 걸어가듯 안전하게 승선할 수 있었다. 이런 데까지 신경을 쓰는 그들의 장인 정신이 오히려 얄미울 정도로 느껴졌다.

호수 가운데에 있는 제일 큰 섬인 '오시마大島'까지 20여 분이 걸려서 도착했다. 그곳에는 자그마한 사슴 목장이 하나 있을 뿐 조용하다 못해 적막감까지 드는 그런 섬이었다. 선착장에서 배를 내려 사슴목장 쪽으로 조금 올라가니 커다란 계수나무가 한 그루 서 있었는데 그 옆에는 계수나무에 얽힌 애틋한 사랑 이야기가 씌어진 게시판이 설치돼 있었다. 그 내용을 옮겨보면 대략 다음과 같다.

옛날 이곳에는 아이누족의 청년인 '웅쿠르'와 '세또나'라는 처녀가 살고 있었는데, 아이누족과 혼슈 막부정권 사이에 벌어진 마쯔마에번松前番 전투에서 웅쿠르가 전사했다는 비보를 전해들은 세또나는 호수에 몸을 던져 자결해 버리고 말았다.

그 후 호숫가에서는 이상한 울음소리가 나서 살펴보니 평소 세또나가 애용하던 장신구들이 물 속에 떨어져 있는 것을 발견하고 이것들을 수습해서 묻어주었더니 그곳에 계수나무 한 그루가 자라나서 오늘과 같은 큰 계수나무가 되었다는 애달픈 이야기였다.

● 운하의 도시 오타루

다시 버스에 올라 2시간여 만에 운하의 도시라는 '오타루'에 도착했다. 운하라고는 하지만 나즈막한 옛날 집들이 줄지어 서 있는 옆에 도로를 따라 폭이 약 10m쯤 돼 보이는 개천에 썩은 물이 고여있을 뿐이었고, 큰 차도의 건너편에는 옛날 목조 창고가 줄지어 서 있었다. "자, 이곳에 정차할테니 버스에서 내리셔서 오타루의 멋진 장면들을 카메라에 담아 보십시오."

J씨의 말에 따라 버스에서 내린 나는 실망이 앞섰다. "이런 곳에 뭐 볼 것이 있다고 내리라는 거야? 이런 구정물을 보려고 여기까지 왔단 말인가?" 하고 혼자 투덜거렸다. 그러나 그것은 착각이었다는 것을 곧 느낄 수 있었다. 운하를 따라 조금 내려가다 보니 운

오타루의 증기시계

하와 차도車道 사이에 잔디밭을 만들고 보행자를 위한 보도가 설치되어 있었는데, 유럽의 오래된 도시에서 본 것처럼 바닥에 돌石들을 박아 깔아 놓은 것이 꽤나 역사가 오래된 것처럼 고풍스러워 보였다.

그 보도步道를 따라 길가에는 거리의 화가들이 화판을 받쳐 놓고 앉아서 풍경화를 그리고 있었다. 그 화판 위에는 운하와 고색창연한 집들과 그리고 운하를 따라 늘어서 있는 가스등, 운하를 가로질러 놓여진 석조石造로 된 다리, 길가의 가로수들이 하나로 조화調和를 이루어 멋진 풍경화가 그려지고 있었는데, 그 솜씨는 파리의 몽마르뜨 언덕 위에서 본 화가들에 비해 조금도 손색이 없어 보이는 데다가 열심히 그림을 그리고 있는 화가들의 모습은 주위의 분위기와 어울려서 더욱 낭만적으로 보였다.

게다가 이 운하를 따라 설치돼 있는 가스등에 불이 밝혀지는 '오타루의 밤 풍경' 은 가히 일품이라고 했다.

이곳 오타루는 1900년대 초까지만 해도 북해도의 금융도시이며 수산물 물류 중심지로서 한국과 마주보고 있는 동해東海 상의 항구에서 물류창고까지 수산물을 운반하기 위해 파놓은 운하와 창고들이 그대로 보존되어 있어, 영화 〈러브레터〉의 배경이 된 곳으로서 오래된 역사의 흔적을 찾아볼 수 있는 지역이기도 했다.

점심식사 후 시가지 관광에 나섰다. 시내중심지 구거리에는 캐나다 밴쿠버의 '개스타운'에서 본 것과 같은 증기시계가 서 있었는데, 시간을 알리는 소리와 함께 시계 위로 수증기가 솟아올랐다.

도로가에 즐비하게 늘어서 있는 옛날 수산물 물류창고로 사용했던 건물들은 내부구조를 약간씩 개조해서 음식점으로 사용하거나 청아하고 아름다운 음악소리를 내는 아기자기한 "오르골"과 다양한 기념품 등을 전시, 판매하고 있었다. 10만 종류가 넘는 화려하고 색다른 유리공예품들을 한꺼번에 관람할 수 있는 오타루는 여성들에게 인기가 있는 곳으로 일본 속에서 또다른 이국적인 모습을 발견할 수 있었으며, 전통과 낭만이 살아 숨쉬고 있는 곳이었다.

● 홋카이도의 도청 소재지인 삿포로

고속도로를 달리는 버스의 차창 밖으로 꽤나 규모가 커 보이는 도시의 모습들이 전개되었다. 고층건물은 비교적 눈에 띄지 않고 저층 건물들이 잘 정돈된 거리와 함께 깨끗한 인상을 주었다. 오늘 저녁 우리가 숙박할 '삿포로' 시였다.

'삿포로'는 옛날 이 땅에 살고 있던 아이누족의 언어로 '건조하고 광대한 땅'이라는 뜻이다. 일본 최북단의 섬인 홋카이도의 도청 소재지이고, 면적은 도쿄東京의 2배이나 인구는 167만 명이 살고 있는 일본 5대 도시의 하나로, 1867년 정부의 개척사開拓使가 설치되면서 대규모 황무지 개발에 착수한 이래 오늘날과 같은 눈

오오도리공원에 있는 삿포로 방송탑

부신 발전을 거듭해 왔다고 한다.

특히 많은 공원과 녹지대를 가지고 있으며 바둑판 모양으로 정비된 거리는 일본의 다른 도시와 구별될 수 있을 만큼 독특한 도시계획으로 개발되었다.

홋카이도 지방은 특히 눈이 많기로 유명하며 삿포로 역시 마찬가지이다. 그래서 삿포로에서는 이 눈을 이용해 세계적인 '눈 축제'를 개최하는데, 전쟁의 상처와 폐허를 조금이나마 잊기 위해 시작했던 눈 축제가 오늘날에는 어둠을 밝히는 32만여 개의 등불과 함께 삿포로의 최대 행사가 되었다고 한다.

● 오오도리공원 大通公園

삿포로 시내로 들어선 버스는 '오오도리공원' 방송탑 앞에 정차했다. 삿포로 시내도로는 좁은 편이었으나 에펠탑이나 도쿄 타워를 모방한 삿포로 방송탑(147.2m)을 중심으로 넓은 도로가 공원으로 조성되어 동 · 서東西로 길게 뻗어 있었는데 남 · 북南北 간의 화재 차단 지역으로서의 역할을 할 수 있도록 만들어진 것이라고 한다.

해가 뉘엿뉘엿 질 무렵, 방송탑은 조명이 밝혀져 화려한 자태를 자랑하고 있는 가운데 공원 산책길에 나섰다. 군데군데 거리의 악사들이 음악을 연주하고 있고, 그 주위를 빙 둘러서서 구경하고 있는 시민들의 모습은 여유롭고 평화로운 풍경이었다.

또한 오오도리공원 부근에는 저렴하게 이용할 수 있는 노점 스낵코너가 많이 있어 산책 나온 젊은이들이 이용하고 있다.

이곳 오오도리공원에서는 매년 2월 초, 1주일에 걸쳐 세계 3대 눈雪 축제 중의 하나인 '삿포로 눈 축제'가 펼쳐지는데, 방송탑 바로 아래인 서西 1정목丁目에서 12정목丁目에 이르는 11블럭에, 높이 10m 이상 되는 대형 작품에서 1~2m 정도의 작은 것까지 다양하게 200개가 넘는 눈 동상과 눈 조각이 세워진다고 한다.

대형 눈 조각 테마는 시민들에게 공모해서 채택하는 것이 관례화되어 있는데, 동화나 만화의 주인공이나 세계의 유명한 건축물, 그해에 화제가 되었던 인물과 사건 등이 눈동상으로 재현된다고 한다.

매년 눈 축제 기간에는 일본 국내는 물론 약 200만 명의 관광객들이 이곳으로 몰려들어 눈 조각의 장관을 만끽한다고 한다. 또 이 기간 동안에는 스키쇼나 패션쇼, 레이저광선쇼, 외국인 가라오케 콘테스트 등 다채로운 행사가 펼쳐지는데, 이들은 대설로 인한 피해를 극복하여 오히려 관광자원화 함으로써 막대한 수입을 올리고 있는 것이다.

● 해프닝 끝에 아침식사를 하다

해가 지고 나니 주위는 어두워지기 시작했다. 우리는 '스즈키로'에 있는 게 전문 요리점에 들러 한 마리에 10만 원씩 하는 홋카이도산 킹크랩 요리로 저녁식사를 하고 오늘 숙소인 아트 삿포로 호텔로 향했다. 스스키로는 번화하고 화려한 네온사인의 간판과 함께 활기가 넘치는 삿포로의 대표적 환락가였다.

호텔에서 하룻밤을 보내고 아침에 일어나 3층 식당으로 내려갔다. 전날 가이드인 J씨가 아침 식사에 대해 설명해 주기를 "이 호텔에는 식당이 3개가 있는데, 1층에는 양식 뷔페로 빵과 소세지, 쥬스, 커피 같은 것이 있고, 3층에는 밥과 국이 나오는 일본식 식당 과 양식, 일본식을 겸비한 '포풀러 뷔페' 가 있습니다. 제가 경험해 본 바로는 포풀러 뷔페가 가장 나은 것 같으니 그곳으로 가서 아침을 드시도록 하십시오" 하고 권했기 때문이었다.

3층에서 엘리베이터를 내리니 바로 앞에 식당이 보이고 사람들이 식사를 하고 있었다. 식당 안으로 들어서니 문 앞에 서 있던 관리인이 아침 인사를 건네며 식권을 달라고 했다. 그에게 식권을 주고 나니 바로 앞에서 식사를 하던 Y회장 내외가 반기면서 옆자리에 앉으라고 권했다. 자리에 앉아보니 그곳은 포풀러 뷔페가 아니고 일본식 식당이었다. Y회장의 식탁에는 흰 쌀밥과 국, 그리고 훈제 연어가 곁들여져 있었다.

"참 맛있으니 이곳에서 같이 식사를 하자"는 Y 회장 내외의 권유에도 불구하고 아내는 "훈제연어가 비위에 맞지 않는다"면서 포풀러 뷔페로 갈 것을 강력하게 원했다. 그러나 난감한 일은 이미 관리인에게 주어버린 식권을 돌려받아야 하는데 일본어에 자신이 없는 나로서는 난감 했다. 그러나, "두드려나 봐야겠다"고 생각하고 관리인에게 다가가서 "스미마셍(실례합니다)"하고 말을 걸었다. 그리고는 "고코가 포풀러 뷔페데스까?(여기가 포풀러 뷔페입니까?)" 하고 물었다. 그는 아니라고 하면서 고개를 젓는다. 나는 말했다. "스미마셍, 아임 고잉 투 포풀러 뷔페, 비코우스 블렉퍼스트 티켓 도로 기브 미, 익스큐즈 미(미안합니다, 나는 포풀러 뷔페로 가려고 합니다. 식권을 도로 주시면 고맙겠습니다.)"

손짓 발짓을 해가면서 3개 국어를 동원해 내 뜻을 전달하자 그는 알아듣고 식권을 돌려 주면서 뷔페로 가는 길까지 친절하게 알려주었다.

식권을 돌려받은 나는 의기 양양하게 조금 떨어져서 기다리고 있던 아내와 포풀러 뷔페로 가서 아침식사를 했다. 속으로는 일본인과 유창하게 대화를 하던 나의 모습을 본 아내가 조금은 존경해주기를 바라면서…….

● 지옥계곡과 유황온천으로 유명한 '노보리벳츠'

호텔에서 아침식사를 마친 후 버스에 올라 '아카렌가(붉은 벽돌)' 라는 애칭으로 도민들의 사랑을 받고 있는 구 홋카이도 청사(현재는 기념관으로 사용하고 있음)와 북해도의 상징인 북극성을 상표로 사용하고 있는 삿포로 맥주공장을 관람한 후 삿포로를 뒤로 하고 유황이 부글부글 끓고 있어 지옥계곡으로 불린다는 노보리벳츠로 향했다. 고속도로에 들어서서 약 1시간 동안 달리는 버스 안에서 J씨는 다음과 같은 이야기를 해주었다.

"노보리벳츠는 이곳에 살던 아이누족들의 말로 '진한 반투명의 물이 흐르는 곳' 이라는 뜻으로서 해발 500m에 위치한 최고의 휴

유황이 끓고 있는 지옥계곡

양지이며 일본의 3대 온천 중의 하나인 유황 온천입니다. 이곳 온천도 밤 사이에 남탕과 여탕이 바뀌기 때문에 주의하시기 바랍니다. 다만, 여자는 남탕에 들어가도 괜찮습니다. 남탕에서 청소하는 사람도 여자이고요,…… 그러나 남자가 여탕에 들어가는 것은 안 됩니다. 왜냐하면 불법무기 반입죄가 성립되기 때문이지요.”

그 말에 일행들은 허리를 잡고 웃었다. 이런 저런 이야기를 듣는 동안 버스는 노보리벳츠 인터체인지에 들어섰는데, 그 입구에 높이 18m, 무게가 18톤이라는 붉은색 도깨비가 지옥계곡에 온 것을 환영한다는 뜻인지? 혼을 내주겠다는 뜻인지? 커다란 가시방망이를 들고 서 있었다.

시내로 들어선 버스는 지옥계곡으로 올라가는 입구에 세우고 일행들은 걸어서 계곡으로 올라갔다. 올라가다 보니 동네 어귀에 사당祠堂 같은 작은 집 안에 염라대왕상이 좌정하고 있었는데, J씨는 ‘염라대왕과 지옥계곡 축제’에 대해 다음과 같이 설명해 주었다.

“옛날에 한 처녀가 병이 들어 죽어가고 있었는데 그 처녀의 아름

곰 사육장의 곰들

다음에 반한 염라대왕이 그 병을 고쳐주었답니다. 병석에서 일어
난 처녀는 염라대왕을 연모하게 되었고, 끝내는 지옥에 있는 염라
대왕을 만나기 위해 호수에 몸을 던졌으나 그 처녀는 지옥으로 가
지 않고 푸른 용이 되었다고 합니다. 그 후부터 염라대왕이 유황불
이 끓는 지옥 솥의 뚜껑을 열고 처녀를 만나기 위해 1년에 한 번 나
온다고 합니다. 매년 8월이면 이 사당 안에 모셔놓은 염라대왕이
레이저광선을 쏘면서 시내를 행진하는 축제가 벌어집니다."

　이야기를 듣고 계곡으로 올라가니 매캐한 냄새가 진동하는 가운
데 꽤 넓은 계곡이 황무지로 변하여 유황이 부글부글 끓어오르고
있었고, 군데군데 하얀 연기가 피어오르는 황량한 모습이 "정말
지옥이 이렇게 생겼나?" 하는 생각이 들 정도였다.

　지옥계곡에서 내려온 우리들은 '곰 사육장'과 '곰쇼'를 관람하
기 위해 해발 1,000m가 넘는 산 위로 케이블카를 타고 올라갔다.
때마침 공연장에서는 곰쇼가 진행 중에 있었는데 스탠드에는 이미
관람객들로 꽉 들어차서 맨 위 뒷자리에 서 있는 관객들 틈에 껴서

관람하는 수밖에 없었다.

스탠드 아래쪽에 설치된 무대에서는 여자 조련사의 지시대로 곰 한 마리가 재주를 부리고 있는데, 나무통 위에 올라가 두 발로 서는가 하면, 거꾸로 물구나무를 서기도 하고, 팔딱팔딱 재주를 넘고, 여자 조련사를 따라 두 발로 서서 졸졸 따라다니다가 관객들에게 정중히 절을 하면서 온갖 애교를 다 부렸다. "재주는 곰이 부리고 돈은 사람이 번다"는 말이 실감나는 장면이었다.

곰쇼가 끝나자 곰 사육장으로 걸어 올라갔다. 그곳에는 풀장처럼 땅을 깊이 판 곳에 바닥과 4면의 벽에 콘크리트로 옹벽을 치고 그 안에 20여 마리의 흑곰들이 있었는데, 몸집이 꽤 큰 놈들이었다. 이 곰들이 모두 두 발로 일어서서 위에 있는 관광객들이 던져주는 과자를 받아먹느라고 정신이 없었다. 과자를 던져주는 간격이 뜸해지면, 야구경기의 '캐처'처럼 "어서 던지라"고 관객들을 바라보며 앞발로 연신 신호를 보내고 독촉을 했다.

그러나 이곳도 강자가 지배하는 사회였다. 과자가 많이 날아오는 앞쪽으로는 덩치가 크고 힘이 센 놈들이 자리를 차지하고 몸집이 왜소하고 약해 보이는 놈들은 맨 뒤쪽에 서서 자기에게도 좀 던져달라고 애원조로 손짓을 하지만 안타깝게도 과자는 그곳까지 날아가지를 못했다. 뒤에 있던 놈이 혹 앞으로 나서려 하다가 앞에 있던 놈의 포효 속에 얼른 뒤로 물러서는 모습이 보기에 안쓰럽고 딱했다.

다시 케이블카를 타고 산을 내려와 그 날 숙소인 마호로바 호텔로 향했는데 종일 무거운 촬영장비를 메고 다니며 일행들의 사진을 찍어 주느라고 동분서주하던 Y회장이 지쳐서 파김치가 된 모습이 고맙고 안쓰럽기 그지 없었다.

● 하수도도 치우고, 머드팩도 하고

호텔에 들어가 저녁식사를 마친 후에 지하 2층에 있는 온천탕으로 내려갔다. 탈의실에는 옷을 벗어놓고 욕탕 안으로 들어가려는 사람과 욕탕에서 나와 옷을 입으려는 사람들이 꽤 많이 있었는데, 마침 종업원인 듯한 여인이 대걸레로 마루 걸레질을 하고 있었다. 비록 작업복을 입고 있었으나 미모의 젊은 여인이었는데, 그의 시선은 계속 마룻바닥만을 응시한 채 작업에 열중하고 있었으나 여자가 남탕에 들어와서 아무렇지 않게 청소를 하는 모습은 한국에서 보지 못하던 새로운 충격이었다.

그러나 정작 해프닝은 여탕에서 벌어졌다. 목욕을 하던 K여사가 욕탕 바닥의 물이 흘러나가는 배수구 부근에 유황 찌꺼기가 쌓여 있는 것을 발견하고 그것으로 '팩'을 하면 피부미용에 효과가 있겠다고 생각하고는 얼굴에서부터 온몸에다 바르고 문질렀다. 잠시 후 탕에 들어온 N, H 회원은 하얀 이를 드러낸 채 "어서 오라"고 손짓을 하는 그녀의 모습을 보고 깜짝 놀랐다.

그러나 자세한 이야기를 전해들은 그녀들은 부지런히 유황 찌꺼기를 퍼내서 온몸에 문지르고 즐거워했다. 드디어는 일행 중의 여인들이 모두 유황 찌꺼기로 "팩"을 했고, 이것을 본 탕 안의 모든 여인들에 의해 하수도에 쌓였던 유황 찌꺼기가 삽시간에 없어졌다고 한다. '도랑 치고 가재 잡고'라는 말이 '하수도 치우고, 머드팩도 하고'로 현실화된 것이다. "정력에 좋다니까 까마귀 고기도 먹는다"고 남자들 흉을 보더니 "미용에 좋다니까 하수도 찌꺼기도 파서 바르더라니까…… 참."

● 홋카이도의 원주민 아이누족

오늘이 여정旅程의 마지막 날이다.

아침 TV 뉴스에 의하면 일본 열도에 태풍이 올라오고 있다 한다. 이미 혼슈[本州](본토) 지방에는 심한 비바람이 치고 있다는데, 이곳은 맑은 하늘이다. 보통 태풍은 이곳까지 올라 오지를 못하고 동해상에서 소멸되고 마는데 이번은 대형 태풍으로 그 세력이 강대해서 오늘 오후 쯤이면 이곳까지 태풍의 영향권 안에 들 것이라고 했다.

아침식사를 마친 후 호텔을 떠나 아이누 민속박물관이 있는 '시라오이'로 향했다.

'아이누'는 '인간'이라는 의미로 홋카이도의 원주민이 '아이누족'인데 약 800년 전에 홋카이도에 온 것으로 알려져 있으나 일본인과의 혼혈, 특히 명치明治 이후 일본정부는 홋카이도의 개발이란 명목으로 아이누족의 생활권을 빼앗고 저항하는 사람은 모두 학살했다고 한다. 이 때문에 아이누족은 굶어죽거나 학살당해서, 에도시대에 수십만 명이었던 것이 현재는 2만 5천여 명 이하로 줄었으며 그동안 그들의 관습과 언어 사용을 억압하고 금지하여 그들 고유의 문화도 잃어버리고, 민족으로서의 아이누인은 이미 소멸돼 버려서, 엄밀히 말하자면 아이누인은 없고 아이누계 일본인이라고 말해야 한다고 한다.

시라오이에 도착하니 그렇게 맑았던 하늘이 낮은 구름으로 꽉 차 있어 곧 비가 올 것만 같은 날씨로 변해 있었다.

아이누 민속촌 안으로 들어가니 민속박물관을 비롯해서 아이누족의 전통 가옥들이 들어서 있었는데 벽과 지붕을 억새 풀같이 생긴 풀들을 엮어서 지은 것으로, 눈이 많이 오는 지방이어서 그런지 지붕의 물매가 급경사인 것이 특색이었다.

민속박물관에는 아이누족들의 전통적인 생활모습을 인형

아이누 민속박물관 입구에 서 있는 거상

과 모형으로 만들어 설치해 놓았는데, 낮에는 사냥을 하거나 물고기를 잡고, 곰이나 여우같은 동물들과 같이 살아가면서 밤에는 할아버지 앞에 모여 앉아 옛날부터 전해오는 이야기를 듣는 광경을 밤과 낮에 따라 조명을 바꾸어 가며 보여주었다. 그들의 문자文字가 없었던 아이누족들은 할아버지에게 들은 이야기를 대대로 구전口傳으로 전해 왔다고 한다.

또한 특이한 것은 아이누족 여인들의 문신文身이었는데 입 주위, 얼굴의 볼과 손 등에다 문신을 했고 이것은 여성으로서 성숙했다는 표시와 아울러 미적인 요소를 갖춘 것이라고 한다.

박물관 관람이 끝나자 민속공연을 보여주는 집으로 안내되었다. 무대에 선 아이누 전통복장을 한 사회자의 설명이 끝나자 아이누 족 전통복색을 한두 명의 여인이 나와서 무릎을 꿇고 앉아 마치 바가지를 엎어 놓은 것 같은 악기를 두드리며 노래를 부르면서 공연이 시작되었다.

이 날의 대미는 역시 민속춤이었다. 아이누족의 전통적인 의상을 입은 10여 명의 인원들이 무대 위에 원형으로 빙 둘러섰는데, 그들의 옷에는 독특하고 화려한 문양으로 전체가 수놓아져 있었다. 이 문양의 모양은 부족部族마다 각각 다르다고 하는데 자기네 관할 구역인 사냥터에 다른 부족이 침입하는 것을 경계하기 위한 것이라고 했다.

이윽고 춤이 시작되었는데 춤 사위는 원형으로 둘러선 인원들이 지휘자가 치켜들고 있는 지휘도指揮刀의 신호에 의해서 시계방향으로 천천히 돌아가면서 칼을 흔들며 하는 지휘자의 추임새에 따라 박

아이누족의 민속춤 공연

자를 맞추어 박수를 치기도 하고 빙빙 돌아가며 허리를 굽혔다 폈다 하면서 간간히 되멕이 소리를 하는데 그 형식은 매우 단조로웠다.

타악기를 두드리며 노래하고 있는
아이누족 처녀들

민속 공연이 끝난 후 전통 가옥들을 배경으로 기념촬영을 하고 한국행 비행기를 타기 위해 치토세공항으로 향했다.

9월 6일 오후 2시, 대한항공 766편에 탑승하여 밖을 내다보니 캄캄하게 흐린 하늘에서 떨어지는 빗방울들이 비행기 창문을 두드려대는 것이 드디어 이곳도 태풍의 영향권 안에 든 것 같았다.

비행기가 이륙해서 인천국제공항을 향해 비행하는 동안 나의 뇌리 속에는 수없는 상념이 스쳐갔다.

"우리나라도 일제日帝로부터 나라를 다시 찾지 못했다면 아이누족과 같은 처지가 되지 않았을까? 일제 36년 동안 그들은 내선일체內鮮一體, 황국신민화皇國臣民化, 조선어 사용금지, 창씨개명創氏改名 등 온갖 방법을 동원해 가면서 일본인으로의 동질화同質化를 위해 광분하지 않았던가?"

그러나 이상한 것은 마음까지 포근하게 안아주는 듯한 맛이 있는 홋카이도에 다시 한 번 오고 싶다는 생각이 드는 것이었다.

다테야마立山 알펜루트 횡단기

2006년 10월 28일, 저녁 5시 30분. 일본 나고야국제공항에 도착한 R여행사 패키지 상품인 '다테야마 알펜루트 여행단' 일행 31명은 대기 중이던 버스에 올라 공항을 출발했다.

일행에는 나이든 사람들이 많았는데 유럽을 비롯한 해외여행 경험들이 풍부했고, 일본을 몇 번씩 다녀간 사람들이 일본에서도 3대 명산으로 꼽히고 있으며 일본의 지붕으로 '북 알프스'라고 불리는 세계적인 산악관광 루트의 웅대한 풍경을 보려고 가족끼리, 혹은 친구끼리 팀을 짜서 온 사람들이 많았다.

아직 저녁 6시도 안 됐는데 사방은 캄캄했다. 이곳은 우리나라보다 동쪽에 위치해 있기 때문에 아침에는 해가 일찍 뜨고 저녁에는 일찍 진다고 한다. 잠시 후 차창 밖으로 나고야 시내의 불빛들이 은하계에 깔린 별빛처럼 한참동안을 스쳐 지나간 후 사방은 다

다테야마立山 정상은 까마득하게 구름으로 덮혀 있었다.

시 캄캄한 어둠의 장막으로 가리워졌다. 우리 일행을 태운 버스는 캄캄한 밤길을 2시간 이상을 달린 후에 어느 호텔 앞에 멈춰섰다. 그동안 버스는 태평양 쪽에 위치한 나고야에서 서쪽으로 일본열도를 횡단해 동해東海 부근에 있는 나가노현에 도착한 것이다. 호텔은 마치 시골의 여관 같은 다다미방 구조의 6층 건물이었는데 나는 5층에 있는 6조 다다미방을 배정받았다. 요즘이 단풍 관광 성수기 시즌이기 때문에 방이 없어 그나마 방을 구할 수 있었던 것도 여행사에서 노력한 덕분이라고 했다. 이곳은 일본에서도 경관이 뛰어난 곳으로 단풍철이면 우리나라의 설악산이나 내장산에 못지않게 관광객으로 붐비는데 그중 95%가 내국인인 일본인들이고 한국인 관광객은 1%정도밖에 안 된다고 했다.

　배정받은 방에 여장을 풀어놓고 2층 식당으로 내려갔다. 식당은
넓은 다다미방이었는데 일행들은 벌써 욕의浴衣로 갈아입고 내려
와 앞에 독상床을 하나씩 받아놓고 앉아있었다. 자리를 잡고 앉으
니 내 앞에도 밥상을 놓아주었다. 저녁식사 후 호텔에 딸린 온천탕
으로 내려가 몸을 담그니 하루의 피로가 스르르 녹아내리는 것 같
았다. 방으로 올라와 자리에 누워 그대로 잠 속으로 빠져 들어가면
서 여행의 첫날을 보냈다.

● 터널을 통해 2,450m 높이에 있는 무로도역에 오르다

　이튿날 아침. 호텔을 떠나 '다테야마立山 알펜루트' 관광길에 나
섰다. '다테야마 알펜루트'는 나가노현 오마치시에서 도야마현 다
테야마 마치까지 총 37.4Km의 거리를 케이블카, 토로리버스, 로
프웨이, 고원버스 등 여섯 번의 교통편을 이용하여 다테야마 연봉,
구로베 호수, 우시로 다테야마연봉을 횡단하는 국제적인 산악관광
루트로서 나가노현 오기사와역과 도야마 지방철도의 다테야마역
을 연결하는 교
통로로 1991년
6월 1일 개통
되었는데 현재
도야마현의 제
일의 관광명소

구로베댐으로 가는
터널 입구

거대한
구로베댐의 모습

로 각광 받고 있으며 연간 100만 명이 넘는 관광객들이 찾아오고
있다 한다.

　다테야마로 들어가는 길은 첩첩산중이었는데 버스가 돌아가는
굽이마다 깎아지른 절벽 위와 아래로 이제 물들기 시작한 단풍들
이 노랗고 울긋불긋하게 온 산을 물들이고 있는 모습은 그야말로
장관이었다. 그렇게 얼마쯤 달려가던 버스가 어느 산 앞에 멈추어

지하 터널을 운행하는 '토로리버스'(전기에 의해 운행되는 버스)를 타고

섰다. 그리고 우리는 버스에서 내려 앞에 있는 터널 속으로 걸어
들어갔다. 그 안에는 터널을 건설하게 된 동기와 건설 장면들이 사
진으로 전시돼 있었는데 이 터널은 일본 최고의 댐인 '구로베댐'
을 건설할 때 자재와 인원수송을 위해 만들어졌으며 댐 완성 후에
는 관광용으로 이용되고 있다 한다.

　얼마쯤 걸어가니 터널 안에서 운행하는 '토로리버스'라고 부르
는 전동버스역이 나타났다. 이곳에서 토로리버스에 승차해서 터널
속을 운행했는데 전구간이 2차선 폭의 좁은 터널로 돼 있어서 왕복
하는 차량이 서서히 속도를 줄여 비켜가면서 운행하고 있었다.

　'구로베댐'에 도착해 버스에서 내려 터널 밖으로 나오니 왼쪽으
로는 넓고 넓은 호수가 펼쳐져 있고 앞으로는 호수를 가로막은 거
대한 규모의 댐이 있었으며 오른쪽으로는 깊고 깊은 계곡들이 굽
이치며 서 있었다. '구로베댐'은 높이 186m 깊이 492m의 일본
최대급의 아치형 댐으로 자연의 악조건 속에서 터널을 만들어 진
입로를 내고 7년에 걸쳐 1963년에 완성되었다고 한다. 이곳에서

이
재
중
의

추
억
여
행

경사 60도의 지하 케이블카

잠시 호수와 계곡, 댐을 배경으로 일행들은 각기 기념촬영들을 했다. 이 때 우리를 안내하던 K양이 댐 오른편 밑을 가리키며 "발전소는 댐 밑 지하에 건설했는데 환경을 보호하기 위해 그렇게 한 것"이라며 일본인들이 환경을 얼마나 중요시하는가 하는 점을 강조해 설명했다. 그러나 나는 "환경 문제보다는 발전에 필요한 낙차를 얻기 위해 그렇게 하지 않았나?"하는 생각이 들었다.

사진 촬영이 끝난 후 우리들은 걸어서 댐을 건너갔는데 댐의 폭이 4차선 정도의 넓은 콘크리트 구조였다. 왼쪽으로 넓은 호수를 바라보며 걸어가다가 문득 앞을 보니 아득히 먼 위로 우뚝 서 있는 3천 미터급 다테야마 정상頂上 아래로 고산 준봉들이 첩첩이 들어서 있는데 불 붙듯이 단풍이 아래로 타 내려오는 경치는 한 폭의 그림 같았다.

댐을 다 건너가니 앞을 가로막고 선 높은 산의 커다란 터널 앞에 '구로베 호수역'이 있었다. 그곳에서 케이블카에 승차했는데 우리나라에서 흔히 볼 수 있듯이 공중에 설치된 로프에 매달려 산을 오르내리는 그런 케이블카가 아니고 모양은 같았으나 크기가 100여 명 이상이 승차할 수 있는 대형이었고 터널 안에 60도 경사로 설치된 레일 위를 기차나 전동차처럼 바퀴로 움직이는 것이었다. 따라서 승강장도 60도 경사로 된 콘크리트 계단으로 되어 있었고 케이블카 안의 의자 배치나 바닥도 60도 경사 각도에 맞추어 계단을 만든 구조로 돼 있었다.

이 케이블카를 타고 약 5분정도 터널 속을 올라가니 '구로베 타이라' 역에 도착했다. 여기서 '로프웨이'라고 하는 우리가 흔히 볼 수 있는 케이블카를 갈아타고 터널 밖으로 나와 공중에 설치된 로프에 매달려 발 밑으로 펼쳐지는 대자연의 드라마에 감탄하면서 약 7분간을 올라가서 대관봉大觀峰역에 도착했다. 이곳에서 구로베댐까지 타고 왔던 토로리버스에 옮겨 타고 다시 터널 속으로 들어가 10분정도를 달려가니 이 코스의 최정상에 위치한 '무로도' 역에 도착했다.

다테야마立山 등산의 최고 기점이 되는 이곳 무로도는 표고가 무려 2,450미터로 한반도에서 가장 높은 백두산과 별 차이가 나지 않는 곳이다. 이곳 식당에서 점심식사를 하고 약 1시간 동안 자유시간을 가졌는데 각종 기념품을 비롯한 의류, 잡화, 과자류 등을 팔고 있는 꽤 넓은 공간에 규모가 큰 매점이 있어서 이곳을 돌아보며 구경을 했다. 그러다가 꽤 괜찮아 보이는 아동복이 있길래 손주 생각을 하고 가격을 물어보았다.

"스미마셍(미안합니다)"하고 점원을 부르자 "하이(예)"하고 달려왔다. 나는 그 아동복을 가리키며 "고레와 이꾸라 데스까?(이것은 얼마입니까?)" 하고 물었다. 그러자 점원은 "하이 고쥬 니햐꾸엔 데스(5천 2백엔입니다)" 하고 친절하게 대답해준다. 나는 "다끼이 데스네(비싸네요)" 하고 나서 "못토 마케테 구다사이(좀 깎아주세 요)"라고 하니 점원은 정색을 하고 안 된다고 손사래를 했다. 그 때 옆에 있던 아내가 화장실에 가고 싶다고 하는데 아무리 둘러봐도 화장실 표지가 보이지 않았다. 나는 "스미마셍" 하고 또 점원을 불 러 "토이레와 도꼬 데스까?(화장실이 어디입니까?)" 하고 물었다. 그러자 점원은 "하이(예)" 하고는 손가락으로 가리키며 상냥하고 친절하게 가리켜주었다.

대충 매장 구경을 마치고 난 후 몇 걸음 걷다보니 제법 분위기 좋은 커피숍이 있었다. 우리 부부는 문을 밀고 안으로 들어가 자리 를 잡고 앉아서 치즈케익과 커피를 주문했다. 비교적 넓은 실내에 는 드문드문 손님들이 앉아있을 뿐 조용했는데, 하이든의 교향곡 이 경쾌하게 흐르고 있었다. 문득 창문 쪽으로 눈을 돌렸더니 밖에 는 흰 눈이 내리고 있다. 그 때 커피를 마시고 있던 아내가 말을 걸 어왔다. "여보 당신은 일본어를 언제 배웠길래 그렇게 잘해요?" 하면서 이상하다는 얼굴로 나를 바라보았다. 전에 일본여행을 같 이 다닐 때는 그렇지 않았는데 이번에는 참 신기하다는 것이었다. 실은 이번 여행을 준비하면서 '여행 일본어 회화집'을 한 권 사서 필요한 대목을 골라 외워뒀던 것을 써먹었던 것이다. 아내의 칭찬 하는 말에 어깨가 으쓱해지면서 슬그머니 장난기가 일었다. 그래 서 나는 아내에게 "내가 좋은 일본말 하나 가르쳐줄까?" 하고 물었 다. 그러자 아내는 "뭔데요?" 하고 나를 쳐다본다. 나는 카운터에

149
···
일
본
편

무로도역 밖에는 흰 눈 덮힌 산으로 둘러싸여 있다.

앉아있는 처녀를 가리키면서 "이 따가 나갈 때 저 처녀에게 당신 참 아름다운데요. 하고 말해줘. 그럼 참 기뻐할 거야" 그 말에 솔깃해진 아내는 "어떻게 하는건데?"하고 묻는다. 나는 정색을 하고 "잘 들어" 하면서 "아나타 와 도로보 데스(너는 도둑놈이다)"하면 된다고 했다. 아내는 잠시 생각 하는 것 같더니 "아니 사람 망신을 시켜도 분수가 있지 '도로보' 가 어떻게 아름답다는 말이예요"하면서 "말이 되는 얘기를 해야지" 하고 핀잔을 준다. 나는 "왜 말이 안 되는데?"하고 물었더니 "그럼 '도로보' 도 모르는 줄 알아요?" 하면서 아주 토라져 버렸다. 나는 "다 웃자고 해본 얘기야" 하면서 창문 쪽을 보니 눈은 벌써 그쳐있 었다.

우리는 커피숍을 나와 밖으로 나갔다. 그곳에는 저쪽 끝이 까마 득하게 보이는 넓은 평지가 있었고 주위에는 산봉우리들이 둘러서 있는데 흰 눈으로 덮여있었다. 그 사이사이 산봉우리로 올라가는 등산로 같은 것이 보였다. 우리는 그곳에서 사진촬영을 하고 주위 경관을 감상하다가 안내원 K양이 오후 2시 30분까지 모여 달라고 부탁하던 장소로 갔다. 그곳에는 벌써 일행들이 모두 와있었는데

열을 서서 잠시 기
다리니 정확하게
2시 40분 역무원
이 우리 팀을 호명
하면서 개찰구로
나가라고 했다.

고원버스

　개찰구 밖에는
버스 1대가 대기
하고 있었는데 그곳 고원지대만을 운행하는 '고원버스'였다. 우리
일행이 버스에 오르자 버스는 출발해서 하산下山하기 시작했는데
'구절양장'이 무색할 만큼 구불구불한 2차선 아스팔트길을 조심
조심 돌아내려가기 시작했다. 버스가 한 굽이를 돌 때마다 주위 풍
경과 환경이 바뀌었는데 맨 상층부에는 나무가 자라지 못하는 고
지대여서 목초와 분재처럼 키 작은 자작나무, 전나무가 군데군데
보였는데 아래로 내려갈수록 나무가 커지고 많아져서 울창한 숲을
이루고 있었다.

　고원버스를 타고 약 50여 분간 하산하는 동안 날씨가 그렇게 변
덕스러울 수가 없었다. 안개로 눈앞이 안 보일 정도로 앞을 가렸다
가 금방 햇빛이 쨍쨍 내리쪼이고 파란 하늘이 보이다가 별안간 구
름이 몰려오면서 비가 내렸다. 하산하는 길은 이런저런 위험이 따
르기 때문에 '고원버스'가 이곳만을 전문적으로 운행하는데, 지리
와 이곳 사정에 익숙한 운전기사들이 관광객들의 안전을 보호해
주고 있었다. 또 이곳은 눈이 많이 오기 때문에 '다테야마立山 알펜

151
· · ·

루트' 관광은 4월 중순부터 11월 중순까지 밖에는 할 수가 없는데 4월 5월에 오면 2미터가 넘는 설벽의 장관을 구경할 수 있어 다른 곳에서는 볼 수 없는 명소라고 한다.

고원버스는 '케이블비쬬타이라' 역까지 내려와 우리 일행을 내려주었다. 그곳에서 이번에는 60도로 경사진 레일 위를 아래로 내려가는 케이블카에 옮겨 타고 마지막 하산코스를 밟았다. 그로부터 약 7분간을 내려가자 드디어 종착역인 '다테야마' 역에 도착했다. 역사를 나서니 굵은 빗줄기가 내리고 있었는데 바로 앞 주차장에 아침에 호텔에서 우리를 태우고 온 버스가 대기하고 있었다.

● 다테야마 여행을 마치며

이번 '다테야마 알펜루트' 횡단여행을 하면서 나는 두 가지 의문나는 점이 있었다. 그 중 하나는 관광코스를 지상으로 도로를 건설하든지 아니면 '로프웨이' 형태의 케이블카를 설치했으면 공사비도 적게 들고 웅대한 자연경관을 제대로 보고 느낄 수 있었을 텐데 왜 2,450미터나 되는 고지대까지 지하터널을 설치하는 난공사의 공법을 택했을까 하는 점이었다. 한동안 이 문제를 가지고 생각하다가 나는 나름대로 다음과 같은 답안지를 작성했다.

'지상에 도로를 건설하게 되면 워낙 고산준봉들이 첩첩이 들어서 있는 깊은 산중이기 때문에 산사태 같은 천재지변이나 기후 변화 등에 의한 안전성에 문제가 있으며 이를 예방하는 시설을 갖추려면 막대한 공사비를 투입하게 돼 오히려 지하로 건설하는 것이 경제적이었을는지 모른다. 그리고 자연을 파괴하는 환경문제도 고

순간순간 갑자기 변하는 날씨

려되었을 것이다. 또 로프웨이 같은 케이블카는 일정한 간격으로 지주支柱를 세우고 지면에서 일정한 높이로 운행토록 해야 되는데 수십 개의 높은 봉우리를 넘어야 하는 장거리이고 기류변화가 심해 돌풍이 불게 되는 안전상의 문제가 고려되었을 것이다.'

또 하나는 알펜루트코스가 나가노현에서 도야마현으로 일반통행식으로 진행되는 것이 아니고 역순逆順으로도 횡단을 하기 때문에 지하공간에서 그것도 여섯 번이나 교통수단을 바꾸어 타야한다. 이런 경우 상당한 혼잡이나 불상사가 발생할 수 있을 텐데 질서 정연하게 한 건의 착오도 없이 정 시간에 모든 것이 진행될 수 있을까? 하는 것이었다. 이 문제에 대해서는 쉽게 해답을 얻을 수 있었다.

그것은 고도로 발달된 예약문화와 더불어 "다른 사람에게 폐를 끼치지 않겠다"는 일본인 특유의 국민성 때문이 아닌가 생각했다. 이런 점에서 우리도 배울 것은 배워야 할 것 같다.

아무튼 이번 여행을 통해서 대자연에 도전하고 있는 일본의 저력을 직접 보고 확인할 수 있었던 것은 나름대로 큰 소득이었다.

토로코 열차를 끌고 있는 기관차

토로코 열차를 타고 누비는
구로베黑部 협곡의 비경秘景

일본 관광 3일째인 10월 30일. 어젯밤에 비가 내려 걱정했는데 아침에 일어나보니 하늘은 맑고 쾌청했다.

오전에는 이시카와현에 있는 일본 3대 정원의 하나라는 '겐로쿠엔' 정원을 관광했다. '겐로쿠엔'은 에도시대의 대표적인 대정원의 특징을 오늘에도 그대로 보존하고 있다고 한다.

점심식사를 마친 후 3,000m급 다테야마 연봉으로 둘러싸인 일본 제일의 V자字형 협곡이라는 '구로베' 협곡 관광을 위해 버스에 올라 출발역이 있는 '우나즈키宇奈月' 온천욕장촌으로 향했다. 우나즈키 온천욕장촌은 거대한 산의 연봉으로 둘러싸인 가운데를 비취색 강물이 흐르고 산기슭을 의지해서 온천욕장들이 옹기종기 모여있는 한적한 마을이었다. 바로 이곳이 20.1Km(약 50리)나 되는 험한 산골짜기의 깊은 협곡을 따라 41개의 터널과 21개의 철교를

벽이 없는 토로코 미니 열차

토로코 열차를 타기 위해
플랫폼으로 가는 관광객들

통과하면서 종착역인 '케야키 다이라'까지 운행하는 토로코 열차
가 출발하는 우나즈키역이 있는 곳이었다. 협곡의 험준한 지형을
누비는 토로코 열차는 처음에 댐 건설에 필요한 장비와 인원, 자재
들을 수송하기 위해 철도를 건설하고 운행되어 왔다. 협곡을 가로
지르는 철교 위를 통과하면서 느끼는 스릴과 수없이 많은 계곡에
서 빙하가 녹아내리는 하천을 끼고 달리는 환상적인 경치 때문에
한 번 승차해 보려는 사람들이 많았으나 안전문제 때문에 허락되
지 않았었다. 그러다 "사고를 당해도 일체의 책임을 묻지 않겠다"
는 각서를 받고 승차시켜 주었는데 지금은 관광객들에게 각광을
받는 인기 품목으로 등장했다고 한다.

　오후 2시. 우나즈키역의 개찰구를 통해 토로코 열차에 승차했는
데 모양은 서울대공원 앞을 운행하는 코끼리 열차와 거의 비슷하

게 생겼다. 지붕만 있고 양옆은 벽이 없이 터져 있는데 플라스틱으로 된 긴 의자가 촘촘하게 나란히 놓여 있고 열차 옆에서 의자 사이로 타고 내리게 되어 있었다. 길게는 14량 짧은 것은 10량의 객차를 달고 있는데 '도라꾸(트럭의 일본식 발음)' 라는 뜻에서 유래되었다는 이 꼬마열차는 '협궤' 의 레일 위를 달리는 전철로 맨 앞에서 옛

계곡마다 흘러내리는 맑은 물들

날 디젤 기관차같이 생긴 기관차가 끌고 있었다. 옆면이 탁 트인 토로코 열차는 계곡과 삼림의 정기를 한껏 들이마시고 자연 속에 한 부분으로 노출되어 달리는 기분을 만끽할 수 있어 좋았다.

드디어 열차가 우나즈키역을 서서히 출발했다. 승객들은 가벼운 흥분과 기대감에 들떠있었고 좌석은 만석이었다. 잠시 후 열차는 터널 속으로 들어갔고 터널을 벗어나자 천야만야한 절벽 사이의 계곡을 가로질러 건설한 철교 위를 지나갔는데 이 다리가 구로베 협곡 철도 구간 중에서 가장 긴 철교로 이 다리 위를 달리는 열차 소리가 '야마비코' (메아리)가 되어 온천마을에 울려 퍼진다고 해

서 '야마비코' 다리라는 이름이 생겼다고 한다. 열차가 터널을 빠져나올 때마다 또 산 굽이를 돌면서 새로운 경관이 펼쳐질 때마다 승객들의 입에서는 "와!" 하는 탄성이 울려 퍼졌다. 문득 오른쪽 밑으로 흘러내리는 하천을 바라보니 상류에서부터 빙하가 녹아내리는 물과 건너편 산골짜기의 계곡마다 쏟아져 내리는 물들이 합류해서 비취색의 아름다운 물줄기가 되어 흐르고 있었다. 일본인들이 흐르는 이 물줄기를 자원으로 활용해서 댐을 막아 수력발전소를 가동하는 광경도 눈에 들어왔다. 또 한참 상류 쪽으로 올라가다보니 시냇가 한쪽에 한 무리의 사람들이 노천온천인 듯한 들어앉아 온천욕을 즐기고 있는 모습이 보였는데 여유롭다기보다는 문명사회에서 격리된 사람들처럼 쓸쓸한 모습으로 보이는 것은 무슨 까닭일까?

잠시 후 열차는 어느 간이역에 멈춰서고 한 쌍의 남녀가 내려서 역사 쪽으로 걸어갔다. "이곳에는 마을이나 민가도 눈에 띄지 않는데 저들은 어디로 가려고 이곳에서 내리는 걸까?" 혼자 생각에 잠겼는데 열차는 다시 출발해서 달리기 시작했다. 그리고는 한동안 "덜커덩 덜커덩" 하고 레일 위를 굴러가는 열차 바퀴의 마찰음만이 단조롭게 울리는 가운데 나는 끝없는 상념 속으로 빠져 들어갔다. 바로 그때 "와!" 하는 승객들의 탄성 소리에 정신을 차려보니 터널을 빠져 나온 열차 앞에 전개되는 장면은 말로 형언할 수 없는 일대 장관이었다. 그 큰 산과 계곡이 지금 한참 단풍으로 물들기 시작해서 푸른색, 노란색, 붉은색으로 온 산과 계곡이 뒤덮여 있는 장면은 한 폭의 그림이라고 하기엔 너무나 큰 스케일로 가슴

만년설의 다테야마 연봉

과 머리속에 전율처럼 전해져 왔다. 자연이 이렇게 아름다울 수 있고 이것을 느낄 수 있다는 것은 인간에게 주어진 축복이 아닐까?

　열차가 앞으로 나아갈수록 협곡은 더욱 깊어만 갔고 주위의 산봉우리들은 높아져 갔다. 기온과 공기도 바뀌어서 싸늘한 한기를 느끼게 했다. 그 때 일행 중에서 "저기, 저 봉우리 좀 봐!" 하고 흥분해서 소리치는 사람이 있어 그가 가리키는 곳을 보니 주위의 거봉巨峰들 사이로 저 멀리 만년설을 머리에 인 '다테야마' 의 연봉들

노천온천에서 온천욕을 즐기는 사람들

이 햇빛을 받아 반짝이며 늘어서 있는데 그 모습은 산신山神들이 살고 있는 성스러운 곳의 비밀을 간직한 듯 신비롭기까지 했다. 이곳 구로베 협곡도 눈이 많이 내리기 때문에 4월 중순께부터 11월 중순까지만 관광이 가능하고 그 외의 기간은 모든 행사를 중단한다고 한다. 철로 옆으로 겨울철 눈이 쌓였을 때를 대비한 듯 근무자나 긴급 사항이 있을 때 걸어서 다닐 수 있는 길이 따로 만들어져 있었다. 그 길을 한 번쯤 걸어 보았으면 좋겠다고 생각하고 있는데 "후다닥" 놀라 옆에 있는 울창한 숲속으로 뛰어 들어가는 원숭이 두 마리. 이들은 나무와 나무 사이를 날아다니듯 한다고 해서 원비협猿飛峽이라고 부른다는데 가끔 이들이 노천온천에 나타나 뛰어다닌다고 했다.

토로코라는 이름의 꼬마열차는 수많은 산 구비를 돌고 험준한 지형을 오르내리며 1시간여를 느릿느릿 달려 종착역인 '게야키다이라' 역을 5.8Km 남겨놓은 '카네쓰리' 역에 도착했다. 이곳에서 우리들은 모두 내렸다. 가이드 K양은 자기 옆으로 모이도록 한 후 "이곳에서 족탕足湯을 하시고 4시에 우나즈키로 출발하는 열차에 승차해야 합니다. 늦어도 3시 50분까지는 이곳으로 모여 주시기 바랍니다."하고 족탕을 할 사람은 자기를 따라오라면서 빠른 걸음으로 걸어갔다. 그의 뒤를 따라 10여분 쯤 걸어가니 왼쪽에 정자亭子가 하나 있는데, 그곳에서 K양은 "이곳은 유료有料로 족탕을 하는 곳입니다. 관절이나 다리가 좋지 않은 분들은 이곳에서 요금을 내고 족탕을 하시고, 젊은 분들은 이 아래 냇가로 내려가시면 만년설을 보면서 노천온천에서 족탕을 할 수 있습니다." 하고 설명해 주었다.

우리 내외가 요금을 지불하고 정자 위로 올라가 보니 정자 위에는 높이가 40cm쯤 되는 4각형의 나무로 된 욕조를 만들어 놓고 그 안에 온천수를 채워 놓았는데 먼저 온 관광객들이 바짓자락을 걷고 발을 담근 채 욕조에 빙 둘러 걸터앉아 있었다. 우리도 바지를 걷고 그들 틈에 끼어 앉아 발을 물에 담그니 따뜻한 온천수의 감촉이 기분 좋게 전해져 왔다. 잠시 후 기차 시간에 늦지 않으려고 일어나 역사를 향해 걸음을 재촉했다. 아직 4시가 조금 못 되었는데 이곳 협곡에서는 해가 지고 어둠이 깔리기 시작하면서 은산하게 냉기冷氣가 돌았다. 문득 "저녁에 기온이 내려가면 협곡의 찬 바람이 무척 쌀쌀할 텐데 사면이 개방된 열차를 타고 가면 감기라도 들지 않을까?" 하는 걱정이 생겼다. 그러자 이와 동시에 머릿속에 번개처럼 떠오른 것은 이곳으로 올라올 때 반대편에서 내려가는 몇 대의 열차였다. 그 열차에는 벽과 창이 완벽하게 갖추어져 있는 객차客車가 몇 량씩 연결돼 있는 것을 본 것이었다. 나는 매표

520엔을 더 내고 타는 특별칸

소로 가서 "어떻게 하면 벽이 있는 객차에 탈 수 있느냐?"고 물었더니 매표원은 "1인당 520엔을 더 내면 특별칸에 탈 수 있다"고 대답해주었다. 나는 주저 없이 520엔씩을 더 내고 나와 아내가 탈 특별칸 차표 두 장을 샀다. 잠시 후 개찰이 시작되었는데 특별칸 승객들의 개찰구는 기관차가 있는 맨 앞쪽에 별도로 설치돼 있었다. 개찰구를 통해 플랫폼으로 들어가니 맨 앞 기관차 뒤에 특별칸 객차 3량이 달려 있었다. 우리는 맨 앞쪽 객차에 자리를 잡았는데 미니열차여서 그렇지 밝은 조명에 푹신한 의자, 그리고 넓은 창窓들이 특급열차에 비해 손색이 없었다.

잠시 후 열차가 출발하자 의자 밑에서 따뜻한 스팀이 올라오기 시작해서 실내는 완벽한 난방이 이루어졌다. 열차가 달리는 차창 밖으로 어둠이 내려 덮이는 협곡의 풍경들이 스산하게 스쳐 지나가더니 잠시 후 창밖은 완전히 어둠의 장막으로 덮여버려서 아무 것도 보이지 않았다. "덜커덩, 덜커덩" 레일 위를 달리는 열차의 단조로운 소리를 들으면서 나는 또 상념 속에 빠졌다. "이번 여행에서 얻은 소득이 무엇일까?" 그리고 자문자답自問自答했다. "자연의 웅대한 모습과 여기에 도전하는 인간의 능력은 과연 어디까지 미

칠 것인가?" 오늘 그
현장을 본 것이다. 그
리고 또 하나는 일본인
들의 안전에 대한 철저
한 의식이었다. 열차
가 운행하는 구간 중에
서 산사태나 낙석의 위
험이 생길 우려가 있는
곳은 예외 없이 콘크리
트 터널을 설치해서 그
피해를 완벽하게 방지
하도록 해 놓았는데 산
山이 있는 반대편으로

구로베 협곡의 산과 계곡

는 3~4m 간격으로 콘크리트 기둥을 설치하고 시야視野를 터놓아서
관광하는데 지장이 없도록 배려했고 협곡에 놓은 철교 위나 절벽이
있는 곳은 4~5m 간격으로 열차 윗부분 높이까지 H빔을 설치해
놓아서 열차가 탈선 하더라도 대형사고를 미연에 방지할 수 있도
록 보호시설을 해 놓은 것을 보고 경탄을 금할 수 없었다. 이렇게
상념에 잠겨있는 동안 캄캄했던 차창 밖으로 우나즈키 온천마을의
불빛이 보이면서 감명 깊었던 오늘의 관광일정은 끝을 맺었다.

　구로베 협곡. 진한 쪽빛 강물을 끼고 달리는 토로코 열차. 꼭 다
시 한 번 가보고 싶은 곳이다.

활화산活火山과 온천의 대명사로 통하는 규슈九州

2월 24일, 규슈, '오이타大分' 국제공항에서 '구마모토' 성城까지
는 고속도로를 달려 3시간 가까이 걸렸다. 서울을 출발할 때는 꽃
샘추위로 제법 날씨가 쌀쌀했는데 이곳에 도착하니 포근한 봄 날
씨가 관광하기에 더없이 좋았다.

달리는 차창 밖으로 전개되는 풍경은 야트막한 구릉 지대가 계
속되는데 참나무와 쓰기나무 등이 울창하게 들어서 있었다. 이따
금씩 구릉 사이에 집들이 옹기종기 모여 있는 마을들이 나타나곤
했는데 그 모습이 마치 어머니 품속에 안긴 것 같이 포근하고 평화
로워 보였다. 집들은 거의 전부가 단층이나 2층으로 된 목조 건물
이었다. 왕복 4차선인 고속도로는 앞, 뒤가 뻥 뚫린 채 한산한 것
이 모두가 여유로운 풍경이었다.

이렇게 얼마를 달렸을까? 가이드인 L씨가 마이크를 들고 인사

말을 한 다음 이곳에
대한 상황 설명을 다
음과 같이 해 주었다.

옛날 전차의 모습이 이채로운 구마모도 시내

"이곳 규슈는 일본
의 섬 중에서 제일 남
쪽 끝에 있는 섬으로,
1년에 20회 이상 올라
오는 태풍을 맨 처음
맞게 되는 길목이고, 수없이 많은 지진이 발생하는 곳입니다. 지진에
대비해서 집들도 가벼운 목재를 사용해 단층이나 2층으로 짓고 있
습니다. 또한 자연 재해에 대비하기 위해 이곳에서는 어린 시절부터
대피 훈련을 하는 등 여러가지 준비를 하고 있는데, 지진 발생시 TV
를 켜면 10초 이내에 상황 방송이 되고 방송에서 지시하는 대로 대
처하기 때문에 재해 규모에 비해 피해가 현저하게 적은 편입니다."

L씨의 설명을 듣는 동안 버스는 구마모도 시내로 들어서고 있었
다. 구마모도성城을 중심으로 형성된 도시는 인구가 65만 명으로,
말고기와 유제품이 유명하다고 하는데, 6 · 25전쟁 전까지 서울
도심을 누비던 전자電車가 궤도를 따라 운행하고 있는 모습이 이채
로웠다.

● 난공불락의 '구마모도성城'

구마모도성城은 임진왜란 때 왜군의 선봉장이었던 '가로기요 마
사'가 7년에 걸친 대 공사 끝에 1607년 완공한 일본 3대 성城 중

천수각의 위용

전쟁 때 성을 지키는데
유리한 구조로
만들어 놓은 성문城門 입구

하나인 난공불낙의 성이라고 한다. 성벽城壁 밑으로 바짝 붙여 물이 고이도록 해자를 넓고 깊게 파 놓아서 외적이 성을 공격할 때 장애물로 삼았고 성문城門 들어가는 입구도 ㄴ자字 형型으로 미로를 만들어 놓아서 미로迷路에 들어온 적을 성벽 위에서 섬멸시키도록 만든 견고한 성이었다.

성城 안으로 들어서면 땅바닥 위에 잔돌들을 두껍게 깔아 놓아서 사람이 밟을 때마다 "저벅저벅"하는 소리가 났다. 이것은 몰래 침투한 적의 첩자가 쉽게 활동할 수 없도록 해 놓은 것인데, '이 성을 축조하는데 얼마나 많은 공을 들였을까?' 하는 생각과 그 과정이 눈에 보이는 것 같았다. 성城 가운데 우뚝 솟은 지상 6층의 천수각 위로 올라가니 구마모도 시내의 전경이 한눈에 들어왔다. 전쟁 시에 이곳에서 모든 전세를 파악하고 지휘하던 정경이 눈에 보이는 것 같았다.

구마모도의 성주城主인 '가토기요 마사'는 임진왜란 때 서울을 거쳐 함경도로 진격, 임해군과 순화군을 포로로 잡았으나 정문부가 지휘하는 의병의 공격에 패전해 서성포에 왜성을 짓고 주둔했다. 히데요시 사후에 '세키가하라' 전투에서 도쿠가와 측에 가담하여 승리해 고니시의 영토인 우도를 빼앗아 구마모도의 영주가 되었고 구마모도성을 축성했는데, 서남 전쟁이 일어나기 3일 전 원인 불명의 화재로 소실된 것을 1960년 복원한 것이라고 한다.

천수각에서 내려와 단체 기념 촬영을 한 후에 제각기 마음에 드는 곳을 찾아 카메라 셔터를 눌러 추억 만들기를 하고 다시 버스에 올라 아소산 줄기를 돌아 구마모도시 외곽에 있는 '아소 팜 빌리지' 호텔로 향했다.

● 바가지를 엎어 놓은 것 같은 호텔

호텔로 가는 도중 L씨는 버스 안에서 이곳의 문화와 온천 욕장에서의 예절에 대해 다음과 같이 설명해 주었다. "이곳 일본 사람들의 국민성은 절대로 남에게 피해를 주지 않는다는 것입니다." 그래서 관광 도중에 특히 유의해 달라고 부탁한 후 "젓가락으로 음식을 집어 주는 것도 결례가 된다"고 일러 주었다.

객실의 외부 · 내부 모습

L씨는 온천 욕장에서의 예절에 대해 설명하면서 "여탕에 남자가 들어갈 수 있을까요?"하고 물었다. 일행은 모두 "안 된다"고 대답했더니 "왜, 안 되느냐?"고 되물었다. 일행 중의 여자들이 "남자가 여탕에 들어가면 불법 무기 반입죄가 되니까 안 된다."고 했다. L씨는 "물총은 무기가 아니니까 괜찮거든요. 그러나 여자는 남탕에 들어갈 수가 있습니다. 젊은 여자 종업원이 가끔 탕에 들어와서 손을 넣어 물의 온도를 확인합니다. 그러나 그녀의 시선은 바닥만 보고 다니니까 크게 신경 쓰실 필요는 없습니다." 그리고는 온천욕을 하는 순서와 예절에 대해 말해 주었는데 그러는 사이에 버스는 호텔에 도착했다.

'아소 팜 빌리지' 호텔은 아소산 줄기 푸른 언덕 넓은 대지 위에 리조트 형으로 배치돼 있었는데 프론트 데스크가 있는 본관 및 온천욕장, 식당을 제외하고 숙소는 거미줄처럼 포장된 구내 도로를 따라 세대별로 400여 개가 들어서 있었다. 그런데 숙소의 모양이 이제까지 보지 못하던 특이한 형태였다. 아이보리색의 바가지를 땅에 엎어 놓은 것 같았는데 에스키모의 얼음집 같기도 하였고, 만화 속에 나오는 동물들의 집 모양 같기도 했다.

L씨는 2명이 1개의 숙소를 사용하도록 키(Key)를 나누어 주고, 같이 다니며 숙소의 위치를 알려 주었다. 숙소의 문을 열고 들어가 보니 밖에서 볼 때보다는 면적이 꽤 넓었는데 자재가 플라스틱이어서 그런지 기둥이 하나 없이 엎어놓은 바가지 속에 들어와 있는 것 같았다. 그러나 세면기를 비롯한 화장실과 냉, 난방 및 조명시설 이 완벽하게 갖추어져 있을 뿐 아니라 방바닥에 4명 정도가 잘 수 있도록 다다미 위에 침구가 준비돼 있고, 2층 침대도 있어 가족이나 동호인 클럽이 사용하는데 불편이 없도록 해 놓았다. 이 시설들을 확인하고 나서 지진과 태풍에도 피해가 없도록 안전하게 설계된 구조라는 것을 느끼고 일본 사람들의 안전 의식에 감탄하지 않을 수 없었다. 대충 짐을 들여 놓고, 목욕 수건 2매씩을 챙겨들고 온천욕장으로 올라갔는데, 날씨가 쌀쌀해서 준비돼 있는 '유카다' 는 입지를 못하고 점퍼 차림으로 갔다.

우리 일행은 온천욕을 하고 저녁식사를 마친 후 K씨 내외분의 숙소로 모두 모였다. 금년에 회갑을 맞는 세 분을 축하해 주기 위해서였다. 각자가 들고 온 술병, 안주, 과자류 등을 펼쳐 놓으니 근사한 파티상이 마련되었다. 이국땅에 와서 술잔을 부딪치며 "만수무강을 위하여"를 외치고 돌아가며 덕담을 하는 가운데 구마모도의 밤은 깊어만 갔다.

아소 활화산 폭발 때의 광경

● '아소 활화산' 의 유황 분화구

이튿날 아침, 호텔에서 아침식사를 한 후, 버스에 올라 세계 최대 규모의 칼데라 화산(강력한 폭발로 인하여 화산의 중심부에 생긴 분화구)이라는 '아소 활화산' 으로 이동하기 위해 호텔을 떠났는데, 잠시 후 인근에 있는 '사루마와시' 원숭이 극장 앞에 버스가 멈추면서 "여기서 일본 원숭이들의 깜짝 놀랄 만한 쇼를 잠깐 구경하고 가겠습니다." 하고 L씨가 말했다. 모두들 L씨를 따라 극장 안으로 들어갔는데 자그마한 극장 안에 좌석을 차지하고 앉은 것은 우리들 뿐이었다.

잠시 후, 객석의 불이 꺼지고 무대 위에 조명이 비춰지면서 원숭이 두 마리가 조련사와 함께 나와서 재주를 부리기 시작했고, 객석에서는 박수가 쏟아졌다. 관광코스를 따라가면서 볼거리를 만들어 놓아 관광 벨트를 형성해 놓은 일본인들의 기지가 놀라웠다. 관광객들의 호주머니 속에 있는 돈을 털어내기 위해서는 이렇게 머리를 써야 하지 않겠나? 하고 생각했다. 원숭이쇼 관람을 끝낸 후 곧장 '아소 활화산' 으로 향했다. 활화산이 가까워지자 마치 융단을

깔아 놓은 듯한 드넓은
초원지대를 지나게 되었
는데, 이른바 '쿠사센리'
(천리나 이어진 초원이라
는 뜻)라고 했다.

일본 원숭이쇼 극장

버스가 "갈지之"자를
그리며 산등성이를 돌아
오르는데 L씨가 말했다.

"아소산은 고지대인 관계로 기상 상태, 유황분출 정도에 따라 분
화구 관람이 통제될 수도 있습니다. 통제될 경우에는 화산 박물관
으로 관광지가 대체되는데, 오늘은 일진이 좋아서 분화구 관광이
가능할 것 같은 예감이 듭니다."

버스가 산등성이를 오르는 동안 분화구에서 분출되는 유황 연기
가 멀리 보이더니 버스는 어느덧 케이블카 승강장 앞에 멈추어 섰다.

L씨는 버스에서 내려 승강장 안으로 들어갔다 나오더니 "오늘,
분화구 관광이 가능하답니다. 모두 저를 따라 오세요." 하고는 앞
서서 승강장 안으로 들어갔다. 우리들은 그곳에서 케이블카에 올
라 전개되는 산세山勢와 경치를 발 밑으로 바라보며 정상에 있는 분
화구로 올라갔다.

정상에 있는 승강장에 다달아 케이블카에서 내린 우리 일행은
흰 연기가 피어오르는 분화구를 향해 걸어갔는데, 진한 유황 냄새
가 코를 찔렀다. 드디어 분화구에 도착한 우리들은 눈앞에 펼쳐진
대 자연의 놀라운 장면 앞에 입을 벌리고 탄성을 지를 수밖에 없었

분출되는 유황 연기

다. 우리가 흔히 보아오던 백두산 천지 같은 분화구에서 가득히 흰 유황 연기가 피어오르고 "웅–웅"대며 불타오르는 소리가 울려 퍼졌다.

바로 그때, 잠깐 동안 연기가 한쪽으로 몰리면서 분화구 깊숙한 곳에 파랗게 타오르는 유황불인지 액체 상태의 유황물 인지가 보였다가 이내 연기 속에 묻혀 버리고 말았다. "이 세상에서 많은 죄를 짓게 되면 죽어서 지옥으로 가 유황불 속으로 들어간다."던 말이 새삼스럽게 떠오르면서, 현재 세계 도처에서 활동하는 화산은 많지만 접근 자체가 불가능한데, 이렇게 분화구 위에 서서 활화산을 관찰할 수 있는 기회를 가졌다는 것 하나만으로도 이번 일본여행은 보람있었다는 생각이 들었다. 우리들은 분화구를 배경으로 한참동안 사진촬영을 한 후 케이블카로 산을 내려왔다.

● 규슈의 중심도시 '후쿠오카'

우리들은 아소 활화산을 떠나 규슈의 정치, 경제, 문화의 중추적 관리 도시이며 일본에서 8번째로 큰 도시라는 '후쿠오카' 시로 향했다. '후쿠오카'는 규슈의 가장 현대적인 도시로서 일찌기 규슈, 이키, 쓰시마를 관할하고 외교, 국방을 맡아왔던 '다자이후大宰'라는 관청이 있었던 곳으로 15~16세기에는 명明나라와의 무역으로 번창하였다고 한다. 시내로 들어온 우리들은 버스에 탄 채로 L씨의 설명을 들어가며 차창 밖으로 시가지 풍경들을 관광하고 다녔다. 그중에는 높이가 234m이며, 총 8천 장의 반사 유리로 뒤덮여 있어 항상 반짝반짝 빛나는 특이한 모습의 '후쿠오카 타워'를 비롯해서 일본 최초의 개폐식 돔 구장으로 거대한 덩치를 자랑하는 '후쿠오카 돔' 같은 일본의 명소라고 자랑하는 것들도 구경했다.

버스가 후쿠오카 우체국 앞에서 정차하고 L씨가 말했다. "이곳은 후쿠오카의 유명 백화점과 쇼핑시설들이 자리 잡고 있는 중심가입니다. 앞으로 한 시간의 여유를 드릴 테니 한번 돌아보시고 꼭, 이 장소로 모여 주시기 바랍니다. 다니실 때 이곳은 많은 자전거들이 인도人道로 통행을 하고 있기 때문에 자전거에 주의하시기 바랍니다."

버스에서 내린 우리들은 삼삼오오 짝을 지어서 시골 영감 서울 구경하듯 두리번거리며 거리 구경에 나섰다. 먼저 백화점으로 들어갔는데 물건에 붙여 놓은 금액을 보고는 깜짝 놀라 더 이상 구경할 생각을 못하고 화장실만 들렸다가 나오고 말았다.

그 다음 L씨가 "쇼핑 1번지로 현지인들에게 큰 인기를 누리는 명소"라고 일러주던 '텐진 지하상가'로 들어갔다. 그곳은 바닥을 돌과 벽돌로, 아르누보 양식의 쇠창살로 장식해서 한껏 유럽 분위기를 살린 지하 쇼핑가로서 의류, 액세서리, 가방, 보석 등을 취급하는 200여 개의 세련된 점포들이 늘어서 있었다. 그곳에서 Y씨는 부인에게 모처럼 가방을 한 개 사 주었고 거의 '아이쇼핑'만 하고 나와 버렸다.

밖으로 나온 우리들은 거리를 따라 걸으면서 거리 풍경도 구경하고, 상가가 있으면 들어가 분위기도 살펴 보았는데 거리는 그런 대로 활기차 있는 것 같았다.

한참을 걷다보니 다리도 쉴 겸 커피 한 잔 생각이 나서 더듬거리는 일본 말로 커피숍을 물어, 물어서 찾아가 같이 다니던 일행끼리 커피 한 잔씩을 마시고 나니 피로가 좀 가시는 것 같았다.

● 학문과 문화의 신神을 모신 '다자이후 텐만궁'

시간이 다 되자 한 사람의 낙오자도 없이 모두 우체국 앞으로 모였다. 인원 파악을 끝낸 후 버스는 바로 출발했는데, "숙소로 가기 전에 인근에 있는 신궁神宮 한 곳을 들르겠다"며 다자이후역 앞 주차장에 버스를 주차시켰다.

'다자이후 텐만궁大宰府天満宮'은 일본의 유명했던 시인이자 학자이며 철학자였던 '스가와라노 미치지네'를 학문의 신으로 모신 곳으로 '다자이후'에 905년 건립 되었다고 한다. 현재의 본전은 중요 문화재로 지정되어 있다.

'스가와라노 미치지네'는 일본 천황의 총애를 받아 우대신右大臣

신궁의 본전

이라는 높은 지위에 올랐는데 많은 사람들의 시기와 질투를 받아 규슈의 다자이후에 귀양을 와서 2년 후에 죽었다. 그가 죽던 날, 매화가지가 교토에서 규슈로 날아와 하룻밤 사이에 6천 그루나 꽃을 피웠다는 전설이 있었다고 한다. 바로 본전 앞에 있는 '도바우매飛梅' 라고 불리우는 꽃나무가 바로 이 전설을 가진 나무라고 한다.

이곳의 매화는 해마다 다른 지역의 꽃보다 먼저 봉우리를 터뜨리는 것이 유명하다고 한다. '다자이후' 역에서 선물 가게와 말고기, 옥수수구이, 찹쌀떡을 파는 가게들이 늘어선 길을 따라 걸어 들어가면 큰 '도리이(신궁을 표시하는 문)'를 만나게 되고 그 옆에 앉아 있는 소牛의 동상을 보게 된다. 이 소牛가 끄는 마차에 '스가와라노 미치지네'의 유해가 실려 나갔는데, 이 소가 갑자기 멈춰서서 꼼짝을 하지 않아 그를 이곳에 묻었다고 한다. 그가 죽고 난 후 그를 이곳으로 좌천시키는데 가담한 인물들이 모두 이유 모를 사건에 연루되거나 병으로 죽어갔는데, 그 후 그를 모시는 텐만궁을 이곳에 짓게 됐다고 한다.

소牛의 동상을 지나 안으로 들어가면 붉은색의 아치형으로 만들어진 다리가 나오는데, 이 다리가 현세現世와 내세來世를 연결하는 뜻을 가졌다고 해서 아내와 나는 이곳에서 "찰칵" 하고 한 컷을 찍었다. 이곳 다리 밑 연못에는 커다란 거북이와 자라가 살고 있고, 큰 잉어들이 유유히 노니는 모습이 여유로웠다. 다리를 건너 좀 더 들어가니 본전이 나타나는데 그 앞 바른쪽에 맑은 물이 철철 넘치는 샘물을 보호하기 위한 전각이 있었다. 많은 사람들이 이곳에서 손을 씻고, 물로 입 안을 헹군 다음 본전 앞으로 가 참배를 하게 되는데, 손뼉을 두 번 치고 합장을 해 머리를 숙이는 의식을 행하는 모습을 보았다. 손뼉을 두 번치는 것은 신神에게 고하는 의식이라

신궁을 상징하는 도리이

산과 들, 도시의 수많은 곳에서 온천의 수증기가 피어오른다.

고 했다.

이 '다자이후 텐만궁'은 학생들의 입시철에 합격을 기원하는 학문의 신을 모신 신사로 유명한 곳이라고 한다.

● 온천의 도시, 뱃부別府

'다자이후 텐만궁'을 떠난 버스는 오늘의 숙소인 뱃부 '스기노이' 호텔로 향했다. 버스가 오이타大分현으로 들어와서 뱃부로 접어들면서 산과 들, 그리고 도시 안 수많은 곳에서 온천의 수증기가 피어오르는 것이 보였는데 이곳이 온천의 도시로 유명한 뱃부임을 실감나게 하였다. 뱃부의 원천수는 2,848개소로 세계 제일이며 용출량은 1일 13만 7천 톤으로 일본에서 제일로 자랑하는 지역이라고 한다.

예정 시간보다 늦게 호텔에 도착한 우리들은 방을 배정받은 후

해海지옥 입구

식당에서 저녁식사를 하고, 곧바로 유카타와 슬리퍼 차림으로 온천욕을 하기 위해 욕장으로 갔다. '스기노이' 호텔은 지하 1층, 지상 13층의 본관 건물 옆에 지하 1층, 지상 12층의 '하나관'을 증축해서 본관 5층과 신관인 '하나관' 2층이 복도로 연결되어 있고 온천탕도 본관 지하 1층에 '미도리' 탕과 하나관 6층에 노천온천인 '다나유' 탕이 있다. 규모가 큰 호텔이기 때문에 구조를 잘 파악하고 있지 않으면 헷갈리는 경우가 있을 것 같았다.

다음날 아침, 우리들은 일출日出 장면을 지켜보기 위해 일찌감치 노천탕으로 향했다. 탕 밖으로 나가니 아직 사방은 캄캄한데 제법 날씨가 쌀쌀했다. 노천탕 속으로 들어가서 몸을 담근 채 머리만 밖으로 내놓고 앉아 해가 뜨기만을 기다렸는데 주위를 돌아보니 일출 장면을 보기 위해 탕 속에 들어앉아 있는 사람들이 제법 많았다. 주위가 점차 흰하게 밝아오면서 노천탕 밑으로 뱃부 시내의

손님을 기다리는 인력거꾼

윤곽이 보이고 정면으로 바다가 보였다. 그 바다 위로 붉은 해가 힘차게 솟아오르기를 기다렸으나 시간이 지나도 해는 떠오르지 않았다. 그 때, "오늘은 구름이 가려서 일출 장면을 볼 수 없다."는 방송소리가 들리면서 모두들 아쉬움을 안은 채 자리를 뜨기 시작했다.

우리들은 호텔에서 아침식사를 하고, 고급 휴양지로 내국인들에게 인기가 많다는 '유후인'으로 향했다. '유후인'은 해발 453미터 고지대에 위치한 자그맣고 한적한 시골 온천 마을이었는데 맑은 공기와 푸근한 분위기를 즐기려는 내국인들이 호텔보다도 더 비싼 돈을 쓰면서 가족들과 며칠씩 묵어가는 휴양지라고 했다.

"저를 따라서 마을을 한 바퀴 돌아보시죠."하고 L씨가 앞에 서서 걸어갔다. 그 뒤를 따라 가다보니 길가에 들어서 있는 기념품가게를 지나자 손님을 기다리고 서 있는 옛날 복장을 한 인력거꾼이 보이고, 그 다음에는 자그마한 연못을 지나 평범한 여관처럼 욕탕을 겸비한 집들이 늘어서 있는데, 날씨는 쌀쌀하고 볼 것도 별로 없을 것 같아 뒤로 돌아서 버스로 돌아와 버리고 말았다.

다음 행선지는 이번 여행의 하이라이트 중 하나라는 뱃부 지옥 온천 순례 중의 '해海지옥' 관광이었다. 지하 수백 미터 아래에서 뜨거운 열탕과 증기가 솟아오르는 모습이 마치 지옥을 연상시킨다고 해서 지어진 이름이라고 한다.

우리들은 그 지옥 앞에 서서 셔터를 눌러댄 후 온천수로 삶아낸 검은 계란을 하나씩 먹을때 마다 수명이 연장된다는 말을 듣고, 몇 개씩을 더 사서 먹었다. 오래 살게 된다니 기분들이 좋았던 것 같다.

이어서 식당으로 이동해 점심식사를 마친 후 L씨가 말했다 "2박 3일 동안의 규슈 여행. 어떠셨습니까? 이곳 규슈를 보러오는 관광객들이 년 중 1,200만 명에 달한다고 합니다. 좋았던 추억만 머릿속에 간직하고 돌아가시기 바랍니다. 이제 한국으로 돌아가기 위해 오이타공항으로 이동하겠습니다."

亞 細 亞

동남아시아편

NEPAL

BHUTAN

Putao

Myitkyina

BANGLADESH

MYANMAR

Kalay Myo

Lashio

INDIA

Mandalay

VIETNAM

Bagan/Nyaung U

Kyaing Tong

Sittwe

Heho

LAOS

Naypyitaw

Tachilek

Thandwe

Pathein

THAILAND

YANGON

Dawei

Bangkok

Siemreap

Myeik

CAMBODIA

Kaw-thaung

MALAYSIA

SINGAPORE

마닐라시의 야경

근대와 현대가 공존하는 낭만의 도시 마닐라

이번에 '마닐라' 여행을 결심하게 된 것은 두 가지 동기에서였다.

첫째, 4박 6일간의 여행 일정에 비추어 여행비가 저렴했고,

둘째, 30여 년 전인 1970년대, 우리나라에 나와 있던 일부 필리핀인들이 그때 가난하게 살던 우리들을 너무 깔보고, 거들먹거리는 꼴이 하도 눈꼴 사나워 "우리나라가 지금 시추작업을 하고 있는 동해에서 석유만 나와 봐라!" 하고 자위하면서 그들을 부러워했었는데, 요즈음 필리핀을 다녀오는 사람들의 입을 통해 "그들의 사는 모습이 불쌍해서 못 보겠더라"는 말을 듣고 직접 가서 눈으로 확인하고 싶어서였다.

여행비가 저렴하다고 하니까 마침 휴가를 받아 여행을 계획하던 미혼인 막내딸이 함께 가기로 해서 아내와 같이 세 식구가 여행길에 올랐다.

그런데 비행기 출발시간이 아침 8시, 제반 수속을 하기 위해서 2시간 전인 6시까지 인천국제공항 출국장으로 나오라는 것이다. 집에서 공항까지 가는 동안 혹시 교통에 문제가 생길지도 모르니 다소 시간 여유를 가지려면 4시 30분에는 집에서 출발해야 한다. 게다가 대충 몸을 씻고, 짐도 한 번 점검하려면 새벽 3시에는 잠자리에서 일어나야 하는 것이다. 잠을 청해 봤으나 이런 강박관념 속에서 결국 날밤을 새우고 말았다.

2005년 3월 23일 새벽, 어둠이 채 가시지 않은 길을 우리 세 식구를 태운 승용차는 막힘 없이 달려 예정시간보다 일찍 공항에 도착했다. 한참 동안을 기다리다 약속 시간인 6시가 되자 여행사 직원이 지정된 테이블에 나와 탑승 및 출국 수속에 필요한 서류를 나눠주면서 "본 상품은 여행비를 절감하기 위해서 인솔자가 별도로 따라가지 않으니, 직접 출국 수속을 하시고 비행기가 마닐라에 도착하게 되면 여행사의 마닐라 지사 담당 직원이 마중나와 행사를 진행하도록 돼 있다"고 안내를 해주었다.

아침 8시, 인천국제공항을 이륙한 대한항공여객기는 3시간 50분을 비행한 끝에 현지시간 10시 50분(1시간의 시차가 있었다) 마닐라의 '니노이아키노' 국제공항에 착륙했다. 비행기에서 내린 승객들을 따라 입국 절차를 마친 후 짐을 찾아서 공항 밖으로 나오니 길 건너편에 여행사 피켓을 들고 서 있던 한국인 가이드가 우리들 상의上衣에 달고 있는 여행사 표시를 보더니 반갑다고 달려와 버스로 안내했다. 버스는 18인승 소형 버스였는데 우리보다 먼저 공항을 빠져나온 40대 후반의 여인들이 우리를 기다리고 있었다. 알고 보니 그들은 S여대 불어불문학과 동창들로 같이 여행을 하는 일행들이었다. 그러니까 이번 마닐라 여행의 총 인원은 두 팀을 합해 7명이었다.

우리가 합류하자 버스는 곧 출발했고, 시간은 어느덧 12시가 넘었다. 날씨는 다소 흐린 편이었는데, 30℃가 넘는 더위는 완전히 한국의 여름 날씨였다. 현지가이드인 K군은 마이크를 잡고 환영의 말과 함께 간략하게 이곳 사정을 다음과 같이 설명해 주었다. "필리핀은 남한의 약 3배 정도의 면적이고, 약 7,100여 개의 섬으로 이루어진 섬나라입니다. '루손섬', '바샤야스섬', '민다나오섬' 3개의 큰 섬을 중심으로 이루어져 있으며, 동남아시아의 심장부에 크고 작은 섬으로 흩어져 있는 열대 해역의 군도는 북에서 남으로 1,700Km 이상에 걸쳐 적도 쪽으로 뻗어 있는데, 1521년 스페인 국왕의 명을 받고 항해하던 마젤란에 의해서 세계에 알려지게 되었습니다. 필리핀은 기독교 국가로 국민의 82%가 로마 가톨릭교도이고, 8%는 각종 종교의 분파며, 6%는 무슬림으로 이들 대부분은 남부 '민다나오섬' 등에 살고 있습니다. 이곳 마닐라가 필리핀의 수도입니다. 그리고 이들이 사용하는 공용어는 '따갈로그'어인데 영어도 많이 사용하고 있으며 계층에 따라서는 옛 식민지 시대의 종주국이었던 스페인어도 사용하고 있습니다."

K군의 설명이 계속되는 동안 버스는 마닐라의 중심도로인 '로하스불루버드'를 달리고 있었는데 많은 차량들로 체증을 일으키고 있었다. 차량의 종류도 갖가지로 최고급 승용차에서부터 버스, 일반승용차 등 다른 나라의 도시 모습과 거의 비슷했으나 특이한

대중교통의 중요 수단으로 한몫하는 지프니

것은 '지프니' 라고 불리우는 대중 승합차량으로 서민의 버스 역할을 하고 있었으며 필리핀의 운송에 절대적인 기여를 하고 있는, '도로의 왕' 으로 자리를 잡고 있는 교통수단이었다.

필리핀에서 미군이 철수할 때, 통상 '트리쿼터' 로 불리던 3/4톤 지프 2만여 대를 불하하고 갔는데, 그 차에다 지붕을 스테인레스나 알루미늄 등으로 설치하고 의자는 양쪽에 마주보고 앉도록 비닐커버를 했으며 차의 뒷편에 손잡이와 발판을 설치해서 사람들이 뒤로 타고, 내리도록 되어 있다. 열대지방이라 외벽과 창문은 설치하지 않고, 비가 올 때는 접어올려 놓았던 비닐을 내린다. 개중에는 요란한 장식과 치장을 해 놓은 차도 있다. 행선지는 차 앞에 표시되어 있고 요금은 타고 나서 목적지에 따라 다르게 받는데, 뒤에 탄 사람은 앞에 앉은 사람을 통해 운전사에게 요금을 전달하고 거스름돈도 그런 방식으로 받는다. 내리고자 할 때에는 차의 지붕을

이재중의 추억여행

두드리거나 벨을 누르면 된다고 한다. 한 가지 재미있는 것은 차가 만원일 때 차 안으로 들어오지 못하고 뒤에 있는 발판을 딛고 서서 매달려 가는 사람에게는 요금을 안 받는다고 한다. 대신 사고가 나도 책임은 지지 않는단다.

그 다음으로는 서민용 택시가 있는데, 오토바이옆으로 앞과 뒤에 서로 등을 마주하고 승객이 탈 수 있도록 좌석을 만들어 놓았고 지붕을 씌워서 햇빛을 차단하고 비를 맞지 않도록 했다. 요금이 싸기 때문에 많은 서민들이 이용하고 있다고 한다.

또한 스페인 통치시대를 대변하는 성벽도시인 '트리무로스' 나 일부 관광지 등에는 19세기의 역마차가 달리고 있었다. 마닐라는 19세기와 21세기가 공존하고 있는 것 같은 인상을 주었다.

차창 밖으로 이국적인 거리의 풍경을 감상하는 동안 버스는 어느 식당 앞에 멈춰섰다. 식당 안으로 들어가니 이미 오후 1시가 넘었고, 점심식사로 불고기 백반이 준비돼 있었다. 일행들이 점심식사를 마치고 나자 2시 가까이 되었는데 가이드 K군이 말했다. "오늘 오후 스케줄에는 '리잘공원' 과 '신티아고 요새' 를 관광하도록 되어 있지만, 그렇게 하면 마지막 날 스케줄이 전혀 없기 때문에 오늘 오후의 관광을 마지막 날로 미루고 지금 호텔로 가서서 여장을 풀고 쉬셨다가 저녁 6시에 저녁식사를 하러 가도록 하겠습니다." 그러자 S여대 동창들 중 1명이 불평하듯 "그러면 왜 낮에 출발하는 필리핀 항공편도 있는데, 구태여 새벽부터 설쳐서 날밤을 새우도록 만들어요? 이건, 여행 스케줄이 뭔가 잘못된 것 아니예요?" 항의를 했다.

그러나 K군은 입장이 참 딱하다는 듯이 "여행 스케줄은 본사에서 짜기 때문에 제가 참견할 입장이 못 됩니다. 너그러이 이해하시고, 협조를 부탁드리겠습니다." 우리들은 하는 수 없이 호텔로 가 휴식을 취하는 수밖에 없었다. 섭씨 30도가 넘는 더위에 비해 호텔의 냉방시설은 너무도 훌륭했다.

저녁 6시, 식사를 하기 위해 식당으로 갔다.

저녁식사로는 쇠고기 샤브샤브와 몽골리안 바베큐라는 볶음밥이 준비돼 있었는데, 식사가 거의 끝나갈 무렵 K군이 말했다. "이제 호텔로 가서 주무시는 일만 남았는데, 필리핀에 오신김에 유명한 필리핀 전통 지압 마사지를 한 번 받아보시는 것도 좋을 것 같습니다. '마사지 학교'를 졸업한 전문 마사지사들에 의해 신기할 정도로 피로가 풀어지는, 진정한 마사지를 경험할 수 있는 최고의 코스인데, 이 행사는 옵션으로 진행되고 1인당 미화 40불입니다." K군의 이야기가 끝나자 S여대 동창 4명은 이미 이곳으로 여행올 때부터 작정을 하고 온 모양으로 대환영이었다. 나에게 의사를 묻길래 혼자 개인행동을 하기도 뭣하고, 또 모처럼 체험을 해보는 것도 괜찮을 것 같아 그들과 함께 하겠다고 했다.

식사가 끝난 후 우리는 그 식당 2층으로 안내되어 올라갔다. 마루를 깔아 놓은 2층은 여러 개의 방으로 나뉘어져 있었는데, 우리 세 식구는 그 중 한 방으로 함께 들어갔다. 잠시 후 20대 여인들이 들어와 머리부터 목부분으로 주물러가며 피로를 풀어준 후에, 얼굴에 크림을 바르고 골고루 얼굴에 퍼져 나가도록 손가락으로 문지르며 마사지 한 다음 따끈한 젖은 수건으로 씻어내고, 또 반복해서 마사지 하기를 1시간 가까이 한 후 얼굴 마사지를 끝낸 후 팁으

팍상한 폭포　　　　　　　　　　뗏목을 타고 폭포로 다가가고 있다.

로 1달러씩을 받고 물러갔다. 조금 있더니 20대 여인 3명이 바뀌
어 들어왔다. 그들은 들어오면서 "안녕하세요?" 하고 우리나라 말
로 인사를 했다. 그래서 "반갑습니다" 하고 답례를 했더니 그들은
겉옷을 벗긴 후 전신에 오일을 바르고, 문지르고, 주무른 다음 사
지四肢와 허리를 이리 꺾고, 저리 꺾으며 스트레칭을 하는데, 중간
중간에 한국말로 "아파요?" "괜찮아요?" 혹은 "시원해요?" 하고
물으면서 우리의 반응을 살폈다. 그들도 역시 마사지를 끝낸 후 1
달러씩의 팁을 받고 돌아갔다.

　이렇게 해서 얼굴마사지 1시간, 전신마사지 1시간 반, 전부 2시간

반에 걸친 마사지가 끝나면서 마닐라의 첫날 행사가 모두 끝났다.

● 팍상한 폭포

마닐라의 이틀째인 다음날 아침에는 느지막하게 9시에 호텔을 떠났다. 세계 7대 절경 중 하나라는 빼어난 절벽, 절경과 스릴있는 카누 급류타기의 관광을 위한 팍상한 폭포는 고속도로인 '싸우스 하이웨이'를 타고 동남쪽으로 2시간 정도밖에 안 걸리는 가까운 거리에 있기 때문에 늑장을 부린 것이다.

그러나 목적지까지 예상과는 달리 3시간이 넘게 걸려서 도착했다. 마침 그날(목요일)이 부활절 전야, 그 다음날(금)이 부활절, 토, 일요일은 주 5일제 근무로 휴무, 이렇게 연 4일간의 연휴가 시작됐기 때문에 마치 우리나라의 추석절 귀성전쟁이 시작된 것처럼 시내의 중심가는 한산했으나 고속도로와 외곽, 휴양지로 갈수록 교통체증이 심했기 때문이었다.

한 시간 반쯤 걸려 고속도로 중간 지점쯤에 유일하게 휴게소가 하나 있었기에 버스를 세우고 볼일들을 보고 가기로 했다. 그러나 여자 화장실에서 나온 여자들의 얼굴은 꽤나 당혹스런 표정들이었다. 이야기를 들으니 양변기에 걸터앉는 변기 커버가 없기 때문에 앉을 수가 없어 한참 쩔쩔맸다는 것이다.

가이드인 K군은 그 말을 듣고 재미있다는 듯이 한참 웃더니, "그러셨을 겁니다. 이곳에서는 변기커버가 꽤 비싸기 때문에 몰래 떼어갑니다. 새로 설치를 해 놓으면 또 떼어가기 때문에 아예 고쳐 놓지를 않습니다. 그래도 이곳 사람들은 엉거주춤한 자세로 볼일

팍상한 폭포 상류에 있는 돌들 사이로 카누를 끌고 간다.

들을 잘 봅니다" 하고 말해 주었다.

날씨는 참 화창한 날씨였는데 그럭저럭 점심때가 되어서 팍상한 하류의 한 리조트(카누의 선착장과 식당을 겸하고 있는 시설)에 도착해서 점심식사를 하고 난 후 구명조끼와 플라스틱 방석을 한 개씩 받아들고 선착장으로 내려갔다.

그곳에서 길이 6~7m, 너비 0.6m의 카누를 탔는데, 보통은 승객 2명, 사공이 앞과 뒤에 1명씩 2명, 이렇게 4명이 탔다. 인원들이 승선하고 나면 모터를 장착한 모터보트가 2내지 3척의 '카누'를 연결해서 끌고 상류쪽으로 헤쳐나간다. 모터보트는 급류타기를 시작하는 지점쯤에까지 가서 '카누'를 풀어놓고 하류로 돌아가 버린다. 그때부터 카누는 급류를 거슬러 올라가는데, 마침 건기 때라 그런지 수심이 낮아서 넙적다리밖에 차지 않았다. 물살이 너무 빠르기 때문에 사공들은 배에서 내려 앞에서는 끌고, 뒤에서는 밀면서 간신히 올라갔다. 그러나 물줄기가 줄어들어 돌 위에 배가 얹히고 돌에 걸리게 되자 아예 배를 들고 밀면서 급류를 거슬러 올라가는데 비오듯 흐르는 땀으로 범벅이 된 얼굴을 물속에 담가 식히는 그들의 모습은 차마 눈뜨고 볼 수 없이 안쓰러웠고 배 안에 앉아 있는 것조차 민망스러워 어쩔 줄을 몰랐다.

지진에 의해 산이 갈라져서 강이 되었고 급류가 흐른다는 팍상한 폭포, 메인 폭포까지 올라가면서 강안 양쪽으로 전개되는 절벽과 열대의 밀림이 계속되는 절경을 감상할 마음의 여유보다는 사공들의 힘들어하는 모습에 눈길이 더 가면서 안타깝고 미안한 마음을 금할 수 없었다.

그렇게 1시간 가까이 올라가니 메인 폭포가 나타나고 모두 카누에서 내렸다. 배에서 내려보니 너비가 40~50m 정도 되는 깊은 물웅덩이 건너편으로 쏟아져내리는 폭포의 웅장한 모습이 나타났다. 그곳에서부터 카메라 같은 귀중품은 2중으로 된 비닐봉투로 싸고 모자를 눌러 쓴 다음, 대나무로 엮어 만든 뗏목 위에 올라 사공이 건너편에 매 놓은 줄을 잡아당기며 폭포 쪽으로 건너갔다. 그러나 나는 건너가지 않았다. 사전에 가이드인 K군에게 들은 바에 의하면 폭포의 높이가 80m라고 했다. 그러면 그 밑에서 받는 물의 압력은 8kg/cm²가 된다. 이것은 대단한 압력이다. '망막박리'로 시력 때문에 고생하고 있는 내가 그 압력을 머리에 맞았을 때, 어떤 사고를 당할지 모르겠다는 생각으로 조심하게 되었다.

잠시 후 뗏목이 폭포수 밑으로 들어가자 비명소리와 함성과 아우성치는 소리가 함께 들려왔다. 망치로 치는 듯한 차디찬 물줄기

가 몸 위로 갑자
기 쏟아지는데 소
리를 안 지르면
정상이 아니다.
이것이 오늘 행사
의 하이라이트였
다. 그러나 나같
이 머리에 충격

따알 호수 선착장

을 받으면 안 되는 사람, 심혈관 계통의 질환이 있는 사람, 노약자
들에게는 사전에 충분한 주의를 주어서 안전사고를 예방하는 조치
가 필요할 것 같다.

　잠시 후 뗏목이 폭포수 밑에서 빠져나와 물 웅덩이를 건너왔다.
물에 빠진 생쥐꼴이 된 그들은 그러나 그렇게 즐거워할 수가 없었
다. 어려운 일을 해냈다는 성취감에서 얼굴마저 상기되어 있었으
며 제각기 무용담을 자랑하듯 떠들어댔다.

　그곳에서 타고 왔던 '카누'를 다시 타고 올라왔던 길을 되돌아
내려갔다. 이번에는 돌과 돌 틈 사이로 흐르는 급류를 타고 내려갔
는데, 배가 돌에 걸리지 않도록 하기 위해 앞에 타고 있는 사공이
왼발과 바른발로 번갈아가며 돌을 밀어내어 뱃길을 틔어 만들었
고, 그러다가 돌 위에 배가 얹히게 되면 물 속으로 뛰어들어 배를
끌어내리는데 그 동작과 솜씨는 가히 신기神技에 가까울 정도였
다. 거의 1시간에 걸쳐서 계곡을 내려가니 급류가 끝나는 지점에
다달으면서 강폭이 넓어지기 시작했다. 그곳부터는 사공들이 노를

따알 호수와 따알화산

젓기 시작했는데 잠시 후에 처음 선착장에서 우리를 끌어다 준 모터보트가 우리에게 다가오더니 우리가 타고 있는 '카누'를 끌고 선착장으로 들어갔다. 이렇게 해서 '팍상한 급류타기' 행사는 끝났는데 사공들의 모습을 보고 '사람으로서는 차마 못할 일'이라는 애처로운 마음에 가슴 한쪽이 답답해짐을 느꼈다. 그리고 카누를 탈 때, 뱃전을 손으로 잡고 있다가 돌 틈이나 배끼리 스치면서 부상 당할 가능성이 많으므로 각별한 주의가 필요하겠다고 생각했다.

● 따가이 따이에서 조난당한 이야기

마닐라에서 남서쪽으로 약 65Km쯤 떨어져 있으며 해발 700m 고지대에 있는 '따가이 따이'는 세계에서 가장 작은 활화산으로 유명하다고 한다. 옛날 아버지와 아들이 멧돼지 사냥을 갔다가, 아버지에게 달려드는 멧돼지를 발견한 아들이 "아버지! 뛰어요, 뛰어요!" 하고 다급하게 외쳤다는 현지인들의 발음에서 연유해 명명되었다는 '따가이 따이'를 관광하기 위해 아침 8시, 호텔을 출발했다.

그 날은 다행히 도로 사정이 원활해서 1시간여 만에 현지에 도착

했다. 버스가 달리는 도
중에 차창으로 서민들
이 살고 있는 슬럼가가
보였는데, 기차 철로변
을 따라 줄지어 서 있는
판잣집들은 60년대 서
울 청계천변에 서 있던
판자촌을 다시 보는 느
낌이었다. 버스가 이곳
을 지나 한참을 달리고
나자 허허벌판이 좌·

따알 호수의 거친 물결

우로 전개되면서 바나나, 파인애플, 코코넛, 망고를 비롯한 열대과
일 농장들이 펼쳐지고 있었으며 길 양편으로 과일을 파는 노점들
이 즐비하게 서 있는 모습들이 퍽이나 정겨워 보였다.

우선 '따알비스타' 호텔 전망대로 가서 건너다보이는 따알화산
을 바라보니 바다같이 넓게 펼쳐진 따알 호수(넓이: 3Km 길이:
30Km, 깊이: 200m) 위로 마치 활화산이 떠 있는 것처럼 보이며,
그 주위의 경치와 조화를 이루어 한 폭의 그림을 연상케 했다.

따알화산은 과거의 화산활동으로 일어났던 여러 개의 화산섬으
로 구성된 복합화산인데 1749년, 화산 분출시에는 지각변동과 더
불어 지진까지 동반했다고 하며 현재도 활동 중인, 잠재적 위험 요
소를 가진 화산이라고 한다.

우리들은 그곳에서 지프니로 갈아타고, 구절양장 같은 길을 20

분간 달려 따알 호수 선착장에 도착했다. 이곳에서 '벙커'라고 불리는 모터가 장착된 필리핀 전통 배 2척에 나누어 타고 화산섬으로 건너갔는데, 바다같이 넓은 호수에 그 날따라 파도가 매우 거칠어서 배가 물살을 헤치며 전진할 때마다 뱃전에 부딪치는 물결이 물보라로 튀어서 온몸을 덮쳐왔다.

그렇게 달리기를 20여 분 만에 화산섬에 도착했다. 섬으로 오르니 통나무로 넓게 울타리를 쳐놓은 안에 여러 마리의 조랑말들이 있었다.

그곳에서부터 말을 타고 산봉우리에 있는 분화구까지 30분을 올라간다고 했다. 나는 그곳에서 마스크를 받아쓰고 그 중에서 제일 순해 보이는 말과 마부를 골라 말 잔등에 올라탔다. 내가 말 위에 올라앉자 마부는 말을 끌고 산을 오르기 시작했다. 잠시 후에 마부들이 살고있는 듯한 마을을 지나고 곧장 산으로 오르는 길이었다. 그곳에서부터 나는 왜 마스크를 씌워 주었는지 알 수 있었다. 수도 없이 말들이 오르내리기 때문에 길바닥은 두꺼운 먼지와 말라 붙은 말의 분뇨가 쌓여 있어서 마스크를 하지 않으면 그 먼지를 다 들이마시게 되므로 그것을 방지하는 장치였던 것이다. 경사가 심한 언덕에서는 마부가 고삐를 잡고 끌어주었고, 조금 평탄한 곳이 나타나면 훌쩍 뛰어올라 내 뒤에 같이 타고 말고삐를 조종했다.

나는 말을 처음 타기 때문에 몸을 가누기가 힘들고 떨어질 것만 같아 차라리 포기해버릴까도 생각했지만 기왕에 시작한 것이니 끝까지 한 번 해보자는 각오로 산을 올랐다. 내 몸이 중심을 잡지 못할 때마다 마부는 "센터, 센터!" 혹은 "밸런스, 밸런스!" 하면서 중

따알화산 분화구로 관광객을 태우고
올라갈 조랑말들과 말 타기 전에 마스크를 쓰는 모습

심을 잡으라고 외쳤다. 진땀을 흘리며 경사가 급한 마지막 코스도
무사히 통과했다. 말에서 내리자 야자열매를 팔고 있던 친구가 마
부에게 야자수를 사주라고 팔을 잡고 권했으나 나는 못 들은 체하
고 마부에게 미화 1달러를 팁으로 주었다.

바로 위에 있는 정상으로 걸어올라가 보니 그곳에는 백두산 천
지처럼 분화구에 검푸른 물이 가득 고여있는데 활화산이라는 증거
인지 일부에서 하얀 유황 연기가 솟아오르고 있었다. 이곳에 서서
주변경치를 감상하고 기념촬영을 한 후에 말을 내린 곳까지 내려
가니 나를 태우고 올라온 마부가 재빨리 말을 갖다 대었다.

정상 부근의 가파른 산길을 내려올때는 곤두박히는 것 같고 말
에서 떨어질 것만 같았으나, 잘 버텨내면서 어려운 코스를 통과했
다. 그러다 보니 말 타는 데도 꽤 자신감이 생기는 것 같았고, 마음
도 안정되었다. 험준한 지형을 벗어나자 마부는 내 등 뒤로 올라탔
다. 함께 말을 타고 산을 내려오면서 그는 "영어를 할 줄 아느냐?"

고 나에게 영어로 물었다. 그의 목소리가 하도 은근해서 나는 모른다고 대답해 버렸다.

그런데도 그는 떠듬떠듬 한국말과 영어를 섞어가며 "나는 참 한국인을 좋아한다. 그들은 친절하고 팁도 잘 준다. 어떤 사람은 미화 5달러를 팁으로 주기도 한다"고 말을 걸어왔다. 그러나 여행 스케줄에 따르면 오늘 '따가이 따이'의 관광은 옵션사항으로 여행자가 1인당 미화 70달러를 추가로 부담하는 것이고, 그 중에는 미화 10달러의 마부팁이 포함되어 있는 것이다. 그리고 가이드인 K군도 팁에 대해서는 아무말이 없었기 때문에 나는 그의 말을 아예 못 알아들은 것으로, 아무 말도 응대하지 않았다.

드디어 하산길이 끝나고 말에서 내리자 성취감과 아울러 무사히 해 냈다는 안도감 속에 "그동안 고맙다"면서 마부에게 미화 1달러를 또 팁으로 주었다.

그런데 정작 사고는 예기치 않은 곳에서 발생했다. 우리 일행인 S여대 동창들은 40대 후반이지만 발랄하고, 운동신경도 상당히 발달된 것같이 능숙한 솜씨로 말도 잘 탔으며 폼도 아주 훌륭했다. 그 중 한 명이 산행 중에 마부와 영어로 많은 이야기를 했다고 한다. 그 마부 말에 의하면 "자기는 산행길 초입에 있는 마을에 어머니를 모시고 살고 있는데, 집안이 매우 가난해서 언젠가는 지긋지긋한 가난을 벗어버리고 부자가 되는 것이 꿈이고, 희망이다. 한국 사람들은 인심이 좋아서 비교적 팁들을 잘 주는데 이 팁이 어머니를 모시고 생활을 해 나가는데 큰 힘이 되고 있다"고 하더란다.

그리고 이런 저런 이야기를 나누면서 마부가 살고 있다는 마을 앞에 다달았는데 갑자기 마부의 어머니라는 노파가 그들의 앞으로 쫓아와서 "팁을 주고 가라"면서 말 고삐를 빼앗아 쥐더라는 것이다.

할 수 없이 팁을 주려고 지갑을 꺼내는데, 순간 말이 갑자기 앞발을 들고 뛰는 바람에 그는 말 위에서 떨어지고 말았다는 것이다. 다행히 외상은 없었으나 머리가 아프고 어지럽다고 하면서 얼굴이 하얗게 질려서 핼쑥해 보였다. 그런 대로 앉아서 잠시 안정을 취하도록 했는데 이곳은 사고가 났을 때 수습할 기관도, 대책도 없다. 다만 여행사만이 책임이 있을 뿐인데, 당황한 K군은 "마닐라에 나가서 검사를 해 보고 필요한 조치를 취하자"면서 "우선 안정을 취하라"고 걱정스러워했다.

잔뜩 찌푸린 것처럼 흐렸던 하늘에서 비가 내리기 시작했다. K군은 얇은 비닐 한 장으로 만든 판초우의 같은 비옷을 일행들에게 입게 한 후 '벙커'에 오르도록 했다. K군과 S여대 동창팀이 한 배에 탔고, 나와 아내, 그리고 막내딸, 이렇게 세 식구와 현지인 보조가이드가 또 다른 한 배에 탔다. 이곳에는 안전하게 배에 오를 수 있는 승선장도 없어서 사공과 보조가이드가 잡아주는 손을 잡고 타다가 물에 빠지기도 했다.

순식간에 비는 세차게 내려치면서, 높이가 1~2m는 돼 보이는 검푸른 파도의 물결이 바다보다 더 거칠게 몰려왔다. 우리가 배에 오르자 사공은 엔진을 가동시켜 거센 물결을 헤치면서 아득히 바라보이는 건너편 선착장을 향해 달리기 시작했는데 비는 하늘에서만 내리는 게 아니라 달리는 배 앞에서 물보라가 세차게 부딪쳐 왔고, 그대로 물보라는 배 안으로 쏟아져 들어왔다. 그렇게 달리기를

조난당할 뻔했던 배(벙커)

15여 분쯤 지나, 배가 호수를 절반쯤 건너갔을 때, 갑자기 모터의 시동이 꺼져버렸다. 고장이 난 것이다. 사공은 황급하게 기관실 문을 열고 응급조치를 하려했으나 역부족인지 제대로 되지를 않는다. 우리 가족을 태운 배는 바다같이 넓은 호수 한가운데에서 밀려오는 파도를 따라 하류 쪽으로 떠내려가고 있었다. 비바람은 계속해서 몰아쳐 왔다.

그때 저 멀리 상류 쪽에서 사람들을 태우고 섬으로 건너가는 배가 보였다. 우리 가족들은 두 손을 흔들며 "살려 달라"고 소리쳤으나 아마 반갑다고 손을 흔드는 것쯤으로 알았는지, 그 배는 그대로 호수를 건너가버리고 말았다. 그리고는 다시 적막 속에 잠긴 호수 위에 조금은 뜸해진 비와 함께 세찬 바람과 거친 파도만이 끝없이 밀려오는데 배는 그야말로 일엽편주였다.

그때까지도 나는 크게 걱정은 하지 않았다. 바다가 아니고 호수이기 때문에 배가 뒤집히거나 침몰하지 않는 한, 호수 안 어느 지점엔가에 있게 될 것이고 먼저 건너가 우리를 기다리던 K군이 구조대를 보내리라고 믿고 있었기 때문이었다. 그러던 차에 현지인 보조가이드가 K군과 연락을 취하려고 그렇게 애쓰던 핸드폰이 연결되어 구조할 배를 보낸다는 이야기를 듣고는 마음을 놓았다.

그러나 그것도 잠시 뿐, 기관실 근처에 앉아있던 딸이 소리를 질렀다. "엄마! 어떡해, 큰일났어! 배 밑바닥에서 물이 새 들어와요! 나는 수영도 못하는데 어떡해." 그쪽으로 고개를 돌려보니 그때까지 엔진을 수리하기 위해 매달려 있던 사공과 보조가이드가 깡통으로 물을 퍼내기에 여념이 없었다. 순간 겁이 덜컥났다. 구조선이 오기 전에 배에 물이 차서 가라앉게 되면 큰일인 것이다. 그때는 죽을 수밖에 없는데, 필리핀까지 와서 호수에 빠져 죽을 게 뭐람.

나는 그때까지도 덤덤하게 육지 쪽만 바라보고 있는 아내에게 물었다. "여보, 만약에 여기서 배가 침몰하게 되면, 당신은 15년 이상이나 수영을 해 왔으니 나하고, 인실(막내딸)이 하고 둘 중에 누구를 구하겠소?"하고 아내의 답변을 기다렸다. 진지하게 물어보는 나를 빤히 건너다보더니 "이렇게 험한 파도 속에서는 나도 살아나지를 못할 텐데 누굴 구하고 말고 해요" 하고 아주 간단하게 대답해 버렸다. 그래서 나도 "그래? 그렇다면 우리 세 식구, 여기서 죽어도 같이 죽고, 살아도 같이 살자"하고 자못 비장한 어조로 결론을 내리듯 말막음을 지어버렸다.

그때, 갑자기 엔진 돌아가는 소리가 들려왔다. 사공이 엔진을 정비하는 데 성공한 것이다. 배는 선수를 돌려 선착장으로 거슬러 올라가면서 엔진소리도 힘차게 다시 물살을 가르며 호수를 건너기 시작했다. 한참 선착장을 향해 올라가는데 선착장으로부터 우리들을 찾기 위한 구조선이 내려오다가 우리를 발견하고 다가왔다. 살았다! 이제는 살아난 것이다. 구조선의 호위 속에 우리 배는 자력으로 엔진을 가동하여 선착장에 도착할 수 있었다. 그때는 그렇게 쏟아지던 빗줄기도 "언제 그랬느냐?"는 듯이 개어있었고, 구름 속에 숨었던 해가 간간히 모습을 나타내기도 했다. 지옥에서 천국으로 올라온 기분이었다. 그때 절실히 느낀 것은 이곳을 세계적인 관광지로 개발한다면서 비상시 구조체계나 안전대책이 전혀 없는 것에 대한 아쉬움이었다.

선착장에는 먼저 도착한 일행들이 초조하게 우리를 기다리고 있다가 우리가 도착하자 곧장 마닐라를 향해 출발했는데, 중간에 열대과일을 파는 과일가게에서 K군이 미안하다며 한 사람 앞에 1개씩 파인애플을 사서 썰어 나누어 주었다.

그곳에서 먹어본 파인애플은 싱싱하고 달고 물도 많은 것이 이제까지 맛보지 못한 귀한 것이었다. 우리는 망고스틱과 망고 등 열대과일 몇 가지씩을 구입해서 호텔에 가져와 먹고 그 다음날까지 실컷 먹었다.

버스가 마닐라로 귀환하는 동안 사고를 당했던 이야기로 꽃을 피웠다. 말에서 떨어진 여인도 다행히 별 이상은 없는 듯 보였는데 "배가 침몰하게 되면 누구를 구하겠느냐?"고 물었다는 말에 대해서는 S여대 동창들이 나를 보고 세상 살아가는데 뒤떨어진 사람이라며 "그때는 잘 가라고 놓아보내면서 비밀번호와 통장, 도장을 어디에 두었는지 일러주는 것이 멋진 남자"라며 깔깔거린다. '40대 아줌마들이 무섭다더니 과연 그렇다' 는 것을 느낄 수 있는 말이었다.

● 어메이징쇼

호텔로 돌아와 뒤집어 쓴 흙먼지와 비와 호수물에 젖은 몸을 씻고, 옷을 갈아 입은 후 저녁 6시에 마닐라 시내에 있는 한국식당인 '경복궁'에서 삼겹살로 저녁식사를 마치고, 1인당 미화 40달러의 선택관광인 '어메이징쇼'를 관람하기 위해 극장으로 갔다. 쇼는 저녁 7시 30분부터 1시간동안 진행됐는데 빈자리가 거의 없었다.

무대 전면前面에 '어메이징쇼 제주공연 오픈', '제주도에서 또 다른 감동을!' 이라고 쓴 큼직한 현수막을 좌·우에 내걸어서 제주도에서도 똑같은 쇼가 시작되었음을 선전하고 있었다.

'어메이징쇼'에서 여성역할을 하는 배우들은 모두 여장을 한 게이 출신의 남자들이라고 하는데, 하나같이 아름답고, 화장도 그렇게 예쁘게 할 수가 없었으며 무용을 하는 동작 하나 하나가 진짜 여성들보다 더 나긋나긋하고 섬세하기가 이를 데 없었다. 쇼의 내용은 중국, 일본, 필리핀 등의 민요와 영화주제가 등에 맞추어 한 시간 동안 대규모 극장 시설과 호화로운 의상, 화려한 조명과 관객을 압도하는 음향시설 속에서 춤과 노래가 현란하게 펼쳐졌는데, 윤도현이 박력넘치게 부르는 '아리랑'이 흘러나오면서, 10여 명의 여인들이 치마 저고리에 부채를 들고 나와 부채춤의 군무를 추는 모습은 정말 인상깊은 장면이었다.

연전年前에 파리에 갔을 때, "수준 높은 '리도쇼'를 보지 않고 가면 두고 두고 후회가 될 것"이라는 말에 관람료만 1인당 미화

100달러에 부대경비 30달러, 그리고 정장을 갖추어 관람을 하러 갔었으나 거의 졸고 앉았다가 자정 무렵 쇼가 끝나서 극장문을 나섰는데, 그 시간에도 그 쇼를 보기 위해 수백 미터를 늘어서서 기다리고 있는 '빠리장'들을 보면서 이해가 되지 않았었다. 예술을 감상할 수 있는 자질이 낮아서 그랬는지 모르겠으나, 나는 오늘 감상한 '어메이징쇼'가 더욱 감동적이고 훌륭했었던 것 같았다. 쇼가 진행되는 동안, 그리고 공연이 끝난 후에 출연진들은 관객들과 어울려 공연을 마무리했고, 함께 사진촬영을 하는 등 출연진과 관객이 하나가 되는 모습을 보여주었다. 이 날 저녁 공연 관람은 필리핀 문화의 또 다른 신선한 체험이었다.

● 리잘공원

3월 26일, 이 날은 시내 관광뿐이어서 느지막하게 10시쯤 호텔을 출발했다. 맨 처음 마닐라 시내 중심지에 위치한 공원으로, 식민지 시대 스페인에 저항했던 필리핀의 영웅 '호세 리잘'이 이곳에서 처형되었으며 그를 기리기 위한 기념비가 있는 '리잘공원'으로 향했다.

호세 리잘은 의학을 전공한 의사였으나 시와 문학에도 조예가 깊었다. 그가 의학 공부를 하기 위해 스페인과 유럽에서 유학하면서 '스페인 신부들과 통치자들이 필리핀을 무지하고 가난하게 만들고 있다'는 것을 알게 되었고, 이 사실을 폭로하기 위해 소설을 썼다. 그의 소설은 필리핀 젊은이들 사이에 널리 읽혀졌으며 이에 놀란 스페인 당국은 그의 소설을 금서로 지정하게 되었다. 이 때

등 뒤에서 총을 맞고 쓰러지는 호세 리잘의 총살 장면

필리핀에서 그를 아끼던 친구들은 그에게 위험하니 필리핀으로 귀
국하지 말라고 충고했으나 '호세 리잘'은 듣지 않고 귀국했다.

귀국한 후 그는 의료활동과 더불어 스페인에 저항하는 무력비밀
결사대를 조직해서 필리핀의 독립운동과 스페인에 대한 저항운동
을 하다가 체포되어 군사재판에서 사형선고를 받고 1896년 12월
30일, 현재의 리잘공원에서 스페인 소총분대에 의해 총살당함으
로써 짧았던 35세의 인생을 마감했다.

이곳은 지금도 현역군인 2명이 교대해서 보초를 설 정도로 필리
핀 국민들이 추앙하는 '호세 리잘'을 숭모해서 만든 공원이다. 공
원의 한쪽에 한적한 공간이 나타나면서 그곳에는 호세 리잘이 스
페인 소총분대에 의해 총살당하는 장면이 그대로 동상으로 재현되
어 있었다. '서서 쏴' 자세로 거총을 한 채 사형수를 향해 총을 발
사하는 스페인군 소총분대의 대원들과, 그들을 지휘하는 지휘관,
그리고 몇 명의 입회관들 동상이 서 있고, 그들 앞에 등에 총을 맞
고 두 손을 허공에 내저으며 뒤로 넘어지고 있는 호세 리잘의 동상
이 있었다. 이 모든 것들이 바로 눈앞에서 벌어지고 있는 것처럼 생

동남아시아편

생하게 느껴졌다. "왜, 사형수를 앞으로 세워 놓고 가슴에다 총을 쏘지 않고, 뒤로 돌려 세우고등뒤에다 쏘는 것이냐?"고 가이드 K군에게 물었더니 "호세 리잘이 죽는 순간에도 스페인군 앞에 무릎을 꿇지 않겠다고 앞으로 돌아서기를 거부해서 할 수 없이 등 뒤에서 쏘게 됐다는 말을 들었다"고 대답했다.

처형을 앞두고 조국에 대한 마지막 글을 쓰고 있는
호세 리잘과, 연인과 친구들을 만나 작별하고 있는 모습

호세 리잘이 쓰러지고 있는 앞쪽으로는 몇 점의 조각들을 쭉 둘러 세워

놓아 처형당하기 전 그의 심정과 인간성, 그리고 조국 필리핀에 바치는 그의 마음이 절절하게 전해져오는 것 같아 숙연한 마음과 함께 인간적인 연민이 느껴졌다.

　군사법정에서 사형선고를 받는 모습, 죽음을 앞두고 앉아서 조국에 남긴 「나의 마지막 작별」이라는 시를 쓰고 있는 모습, 그리고 그 시의 내용을 검은 대리석에 새겨 놓았고, 그 옆에는 어머니를 만나 최후의 작별을 고하는 모습, 또 연인과 친구들을 만나 작별하는 조각 등이 마치 그의 마지막 순간들을 웅변으로 설명해 주고 있는 것 같았다.

이 조각들이 설치돼 있는 조용하고도 작은 공간은 넓고 넓은 공원의 존재 이유를 잘 설명해 주는 것 같았다. 이곳은 필리핀인들의 자랑과 양심이 살아있고 그들에게 용기를 주고자 하는 깊은 뜻을 가진 곳이기도 했다.

● 산티아고 요새와 재래시장

리잘공원의 관람을 마치고 나서 마닐라 대성당 북쪽에 위치하고 있는 옛날 스페인의 요새지였던 '산티아고 요새'로 향했다. 한쪽은 마닐라 시내를 흐르는 '피시그' 강을 경계로 해서 성을 축조했고 다른 3면은 내륙(內陸) 쪽에 성을 쌓아서 4면이 둘러싸인 성 안에는 그 옛날 스페인 지배계급들이 거주하던 주택들과 관공서 등이 옛날 모습 그대로 바로크 양식의 건물들로 보존되어 있었다. 독립운동가들을 투옥했던 시설들이 돌과 굵은 쇠창살로 지하에 만들어져 있었고 비상시에는 '피시그' 강물을 감방 안으로 끌어들여 수용했던 투옥수들을 일거에 수장해버릴 수 있는 끔찍한 구조도 갖추어져 있었다. 이 성은 제2차 세계대전 때 파괴되었는데 1950년에 복구해서 현재는 공원으로 가꾸어 마닐라를 찾는 관광객들이 반드시 거쳐가야 하는 명소가 되었다고 한다.

불과 2~3세기 전까지만 해도 삼엄하고 가혹하기 짝이 없던 이 요새가 이제는 이곳을 방문하는 신혼부부들이 19세기 역마차를 타고 거리를 달리는 평화스러운 모습으로 변한 것을 보면서, 모든 것

을 변화시키는 세월
의 위대함이 얼마나
큰가를 피부로 느낄
수 있었다.

한식으로 점심식
사를 한 후, 재래시장
을 구경하러 갔다. 사
람 살아가는 냄새와
정, 그리고 숨김 없
는 모습들을 이곳에
서 볼 수 있기 때문

산티아고 요새 공원에 놀러 나온 가족

이었다. 햇빛은 무척 따가웠고, 무더워서 복잡한 시장 골목을 다니
는데 숨이 턱턱 막혀왔다.

시장은 점포와 노점들이 줄지어 서 있었는데, 각종 의류와 악세
사리를 비롯해 주방용품, 일상용품, 청과물 등 없는 것이 없었으나
품질은 매우 조잡해서 살 만한 물건이 없었다. 도로가에는 지프니
들이 늘어서서 같은 방향의 손님들을 불러모으며 호객하는 소리로
시끄러웠고, 그 좁은 사이를 오토바이와 각종 차량들이 비집고 서
로 먼저 가겠다고 북새통을 이루는 것이 우리 한국의 1950~60년
대 모습과 비슷했다.

한참을 다니다보니 다리는 아프고, 더위에 지치고, 더 볼만한 것
도 없어서 그만 버스로 돌아가려고 하는데, 누가 옷 소매를 잡아당
겼다. 깜짝 놀라 돌아보니 햇볕에 타고, 찌들대로 찌든 젊은 여인

이 돌도 안 돼 보이는 어린애를 안고 1달러만 달라고 구걸하는데, 어린애의 몰골도 말이 아니다. 다만 몇 푼이라도 주고 싶은 마음이 간절했다. 그러나 그 순간 이곳저곳에서 제각기 아기를 안고 나타나 나를 둘러싸고 애원하는 여인들을 보고, 가진 돈을 다 풀어서 도와줄 수도 없는 형편이고, 섣불리 지갑을 꺼냈다가는 큰일날 것 같아 그들을 뿌리치고 간신히 버스에 올랐으나 도무지 마음이 편치 않았다. 오늘의 필리핀, 필리핀이 왜 이렇게까지 됐을까? 세상사 덧없음을 또 한번 일깨워 주었다. 또한 지도자의 역할이 얼마나 큰 영향을 미치는지 새삼스럽게 느낄 수 있었다.

● 마닐라베이의 낭만

한식으로 저녁식사를 한 후에 마닐라의 야경을 보자고 해서 '마닐라베이'로 갔다. 마닐라만의 푸른 바닷가를 따라 넓은 도로가 설치되어 있었고, 바닷가에 면하는 쪽으로는 꽤 넓은 폭의 인도人道를 만들어 놓았는데, 키가 큰 야자수가 줄지어 서 있었다. 또 '아로요' 현직 대통령이 사비로 1개에 200만 원 이상을 들여 설치해 놓았다는 72개의 가로등은, 보름달처럼 둥글고 밝은 빛을 내어 어둠이 깔린 마닐라베이를 별천지처럼 밝히면서 보는 사람들의 가슴을 흔들어 놓았다.

인도에 깔아 놓은 모자이크 타일 사이에서 뿜어져 나오는 형광색의 시린 듯한 불빛, 그리고 바다에서 불어오는 기분 좋도록 시원한 바람, 쏟아져 나온 사람들의 물결, 거리에 줄을 지어 설치된 '라이브쇼 무대'에서 들려오는 경쾌한 리듬, 이러한 풍경만으로도 우리

오토바이를 개조한 서민용 택시

들은 이국적인 밤의 낭만을 만끽하기에 충분했다.

우리 일행은 흥청대는 사람들의 틈에 섞여 바닷가를 따라 천천히 걸었다. 70~100여 미터 간격마다 화물차를 이용해 '라이브쇼 가설무대'가 설치되었고, 그 사이는 플라스틱으로 만든 간이 탁자와 의자들이 깔려 있었는데, 빈자리가 거의 없을 정도로 사람들이 꽉 들어차 있었다. 술이나 음료수를 마시지 않는 사람들과 연인들은 옹벽으로 만들어진 바닷가 난간에 걸터앉아 정담을 속삭이기에 바쁜가 하면, 7ㆍ8세쯤 되어 보이는 어린애들이 흥겨운 듯 라이브쇼 리듬에 맞추어 몸을 흔들어댔다.

이런저런 모습들을 구경하면서 20여 분간 걷다가 마침 빈자리를 발견한 우리들은 자리에 앉아 맥주와 간단한 안주를 시켰다. 잠시 후 캔 맥주 몇 개와 감자튀김 안주가 나왔다. "자, 오늘밤이 마닐라 여행의 마지막 밤인 것 같습니다. 이 밤의 낭만을 위하여! 그리고 여러분의 건강을 위하여!" 나의 건배 제의에 따라 비록 깡통이지만 "챙" 하고 한 번씩 부딪고는 자축의 잔을 들었다. 시원한 맥주의 맛과 함께 이국에서 맛보는 낭만의 밤은 깊어만 갔는데, 멀리 바다 건너에서 터뜨리는 폭죽의 불꽃들이 캄캄한 밤 하늘과 바다 위를 현란하게 수놓고 있었다.

이재중의 추억여행

● 히든 계곡의 온천욕

마닐라 여행의 마지막 날인 3월 27일, 아침 9시에 짐을 챙겨들고 나와 호텔 데스크에 체크아웃을 하고 마지막 여행코스인 '히든 밸리'로 향했다. 이곳은 울창한 산림 속의 자연온천 휴양지로서 아름드리 열대 수목들 사이에서 삼림욕과 온천욕을 즐길 수 있는 곳이었다. 마침 오늘이 일요일이어서 고향으로 가는 차량들 때문에 도로 체증이 심하여 평상시 2시간이면 충분한 거리를 30여 분 더 늦어서야 도착할 수 있었다. '히든 폭포'를 포함한 광대한 땅을 일본인이 구입해서 야자수와 열대삼림이 우거진 코코넛 농장이었던 곳을 유료 유원지로 개발했다고 한다. 히든 폭포까지 왕복 1시간 거리의 삼림욕장 코스는 완만한 경사지였는데 푸른 나뭇잎들이 하늘을 뒤덮어 자연의 숨결을 그대로 느낄 수 있었다. 특이하게도 그 자연 속에서 좁은 길을 모두 시멘트로 포장한 다음, 절벽 쪽이나 계단마다 흰색 페인트로 선을 그어 놓아 안전에 신경을 쓴 것을 보면서 일본인 특유의 안전관리 의식이 보였다.

히든 폭포까지 왕복하며 삼림욕을 하는 동안 섭씨 30도가 넘는 무더위에 땀이 나서 젖은 옷을 짜내야 할 만큼 흠뻑 젖었다. 간단한 뷔페식으로 점심식사를 하고 난 후 락커룸에서 수영복으로 갈아입고 노천에 있는 온천 풀장으로 들어갔다. 이 일대는 양질의 온천수와 광천수가 매장되어 있는 곳으로서 3개의 온천 풀장과 2개의 광천 풀장이 노천으로 숲속에 설치되어 있어 원하는 곳에서 온천욕을 즐길 수 있었다.

온천물이라고 하는 것이 겨우 찬기가 가신 미지근한 물인데 시

히든 계곡의 야외 온천

냇물처럼 산에서 흘러 내려오고 있었다. 한동안 물 속에 몸을 담그고 있으려니 한기가 느껴져서 그만 물에서 나와 옷을 주워입었다. 땀에 젖었던 옷은 한참 입고 있으니 저절로 말라버렸다. 잠시 후 간식으로 찰떡이 나왔는데, 나뭇잎으로 정성스럽게 떡을 싸놓은 것이 일본인들의 세심한 마음 씀씀이를 느끼게 했다. 간식을 먹은 후에 돌아가는 길에도 교통체증이 심할지 모르니 조금 일찍 출발하는 것이 좋겠다고 해서 서둘러 길을 재촉했으나 의외로 교통 흐름이 원활해서 생각보다 일찍 마닐라 시내에 도착했다.

저녁식사를 마친 후, 밤 11시 30분에 인천공항으로 출발하는 비행기에 탑승할 때까지는 많은 시간이 남았는데 마땅히 갈 곳이 없었다. 공항에도 출발시간 2시간 전인 9시 30분까지는 입장을 시키지 않기 때문에 무료한 시간을 보내기 위해 백화점으로, 부둣가로, 아픈 다리를 끌면서 다녔다. 마닐라의 구석구석을 마지막으로 보아두려는 듯이……

이
재
중
의

추
억
여
행

앙코르와트 사원 가운데 다섯 개의 탑은
우주의 중심으로 신들이 산다는 '수미산'을 상징한다.

찬란한 앙코르와트의 문화 유적과
오늘의 캄보디아

2004년 12월 어느 날, 베트남의 호치민국제공항을 출발한 비행기가 캄보디아의 씨엠립공항에 도착한 것은 현지 시각으로 오후 5시 30분경이었다.

열대지방인지라 비행기 트랩을 내려서자마자 섭씨 30도의 열기가 후끈하고 전해져 왔다. 트랩에서 공항청사까지는 걸어갔는데, 한적한 시골 간이역 같은 분위기였다. 입국심사 대기장 안에는 같은 비행기로 도착한 300여 명의 승객들로 붐비고 있었고, 냉방설비가 없는 실내에는 천장에 매달려 있는 몇 대의 선풍기가 더위를 식혀주고 있을 뿐이었다. 씨엠립시의 인구는 10여만 명에 불과하지만 그동안 숨겨져 있던 '앙코르와트'의 찬란한 유적이 소개되면서 요즈음 세계 각지에서 몰려드는 관광객들로 붐을 이루고 있다.

그러나 입국심사대는 단 2개소뿐으로 승객들은 그 앞에 길게 줄을 서 있었고, 우리도 그곳에 열을 섰다.

그러자 그곳까지 우리 일행을 안내해 온 H여행사의 인솔자인 J 씨가 말했다. "이곳에서는 입국심사와 더불어 비자발급 업무를 함께 취급하는데 비자발급비는 1인당 미화 20달러입니다. 이곳 관리들은 부정부패가 심하기 때문에 인솔자가 1인당 1달러씩을 별도로 걷어서 단체로 신청을 하게 되면 특별 취급을 해주고 있는데, 구태어 그럴 필요가 없다고 생각합니다. 입국수속에 필요한 서류는 제가 완벽하게 작성했기 때문에 문제가 될 일이 없다고 자신합니다. 다만, 조금 더 기다린다는 불편함이 있을 뿐인데 조금 일찍 나가보았자 호텔에 들어가 숙박하시는 일 외에 별다른 스케줄이 없습니다. 명분 없이 1달러라도 뇌물을 바치느니 조금 불편을 참아 주시는 게 이곳 관리들에게 대한민국 국민들의 새로운 이미지를 심어주고, 이렇게 작은 것부터 고쳐나가는 것이 개혁이라고 생각합니다. 저를 믿고 따라주시면 감사하겠습니다."

우리 일행 24명은 전적으로 그의 말에 동의하고 그렇게 하기로 결정을 보았다. 그렇게 하게 된 동기는 첫째, 인솔자의 자기 업무에 대한 자신감을 믿었기 때문이었고, 둘째, 명분 없이 뇌물을 주기보다는 대한민국 국민들의 새로운 이미지를 심어주자는 그의 말에 동감했기 때문이었다.

잠시 후 북적이던 인파 중에서 옆에 있던 한국인 관광객 두세 팀이 인솔자의 안내로 줄을 서서 옆의 특별 출구를 통해 유유히 밖으로 나가버렸다. 그야말로 무사통과였다. 그 뒤를 이어서 일본인 관광객들이 인솔자를 따라 밖으로 나갔다. 그리고 잠시 후 유럽에서 온 듯한 서양인들이 마지막으로 줄을 서서 밖으로 나가버렸다.

이제 대기실 안에 남은 사람들은 우리 일행들 뿐이었는데 심사 업무는 퍽 느리게 진행되었다. 한참동안 서류를 들여다보다가는 컴퓨터를 두드려보기도 하고, 옆의 동료와 한동안 잡담인지 의논 인지를 하다가는 생각난 듯이 스탬프의 도장을 여권에 쾅, 쾅 찍어 준다. 다음 사람이 여권과 서류들을 심사대에 놓고 기다리면 쳐다 보지도 않고 무슨 이야기인지 옆의 동료와 한동안 이야기를 주고 받다가 서류를 들어 이리저리 훑어보면서 시간끌기를 반복했다.

잠시 후 관리 한 사람이 우리 곁으로 다가오더니 "책임자가 누구 냐?"고 묻는다. "책임자가 없다"고 대답했더니 심사업무를 취급하 고 있는 관리들과 무슨 이야기인지 주고받는다. 그리고는 심사업 무의 속도가 갑자기 빨라져 잠시 후 우리들은 입국수속을 마치고 공항청사를 빠져 나갔다.

공항 밖으로 나오니 주위는 벌써 어둠이 깔려 있었는데 현지가 이드인 C과장이 버스를 가지고 나와 대기하고 있었다. 버스는 '아 시아 자동차'에서 제작한 35인승 버스였다.

오늘 숙박 예정지인 씨엠립 시내를 향해서 달리는 동안 사방은 캄캄한 암흑뿐이었는데, 간혹 불빛이 있는 건물들이 보이곤 했다. 버스 안에서 C과장이 인사와 더불어 현지에 대한 간단한 소개를 해주었다.

"이곳은 전기요금이 대단히 비싼데다가 전기사정도 좋지 않기 때문에 대부분이 자가 발전에 의존하고 있는 실정입니다. 그렇기 때문에 서민들이 전기를 사용한다는 것은 생각도 할 수가 없습니

씨엠립 거리의 풍경

다. 혹시 호텔에 가셔서 샤워를 하시는 동안 정전이 되는 경우가 있을 수도 있습니다. 그러나 잠시 기다리시면 자가발전에 의한 전기가 공급되기 때문에 당황하시는 일이 없으시도록 미리 말씀을 드립니다."

그리고 이곳 차량 중에는 절반가량이 번호판이 없는데, 그것은 대부분이 도난당한 차량들이기 때문에 교통사고를 당해도 보상받을 길이 없으니 특히 조심해야 되며, 과거 크메르루즈에 가담했던 폴포트의 잔당들이 집에 무기들을 은닉하고 있기 때문에 밤에는 되도록 외출을 삼가는 것이 좋다고 했다.

또한 이곳은 '문화유적지 보존지역'이기 때문에 4층 이상의 건물을 지을 수 없으며, 생산시설도 없어서 우유도 태국에서 분유를 수입해다 끓여 먹는 실정이라고 했다.

이야기를 듣는 동안 버스는 숙소인 압살라 앙코르호텔에 도착했다. 호텔은 비교적 깨끗한 편이었고, 배정된 방에 들어가보니 아늑한 분위기가 서구의 어느 호텔에도 떨어지지 않았다. 체류하는 동안 정전사태도 없었고, 냉방설비도 훌륭했다. 한국에 있는 딸에게 무사히 도착했다고 전화를 하려 했으나 "이곳에서는 호주를 경유해서 한국에 전화가 연결되기 때문에 전화료가 무척 비싸니 가급적이면 전화를 하지 말라"는 C과장의 충고에 따라 단념하고 말았다.

호텔에 여장을 풀어놓고 다시 버스에 올라 저녁식사를 하러 식당으로 갔다. 넓은 홀 안에는 400여 명의 관광객들이 식사를 하고 있었고, 그 중 절반은 한국 관광객들인 것 같았다. 정면에 설치된 무대 위에서는 마침 압살라(선녀)의 무용이 공연 중에 있었는데, 내용은 인도 힌두교 설화에 나오는 장면들이라고 한다.

그 날 음식은 이상한 향료를 사용한 현지식 뷔페여서 역겨운 감이 있고 입에 잘 맞지 않았으나 그래도 일행들은 잘들 먹었다. 저녁식사를 마치고 호텔로 돌아오니 방에는 'H투어'에서 선물하는 과일바구니가 상 위에 놓여 있었다.

● 앙코르 유적지 탐방

이튿날 아침, 5시 30분 모닝콜. 6시에 식사. 그리고 7시에 앙코르 유적지 탐방을 위해 호텔을 떠났다.

'노래의 재창再唱을 청하는 '앙코르(encore)'라는 말은 앙코르 유적을 본 프랑스인들이 앙코르를 다시 보고 싶은 마음에 '앙코르'를 외친 데서 유래했다'는 속설俗說이 생겼을 정도로 이 유적은 프랑스와 관련이 깊다. 앙코르 유적의 존재를 최초로 세상에 알린 사람이 프랑스인이기 때문이다. '앙코르'라는 말은 성城, 또는 도시라는 의미를 갖고 있다고 한다.

앙코르 톰의 유적

앙코르 유적지가 서방 세계에 본격적으로 알려진 것은 캄보디아가 프랑스의 식민지가 되기 직전인 1861년 1월 9일, 프랑스의 박물학자인 '앙리무어'가 캄보디아 톤레삽 호수 주변을 탐사하다가 앙코르 유적지를 발견한 것에서 시작된다.

본래 이곳은 서기 802년부터 1432년까지 약 600여 년 동안 캄보디아를 통치한 절대왕정인 앙코르 제국의 도읍지였다고 한다. 이 기간 동안 절대권력을 행사했던 앙코르 왕국의 왕들은 곳곳에 사원을 건축했다. 힌두교를 믿었던 대부분의 왕들은 힌두교의 '비슈누', '시바' 등의 신들에게 사원을 지어 헌정했다고 한다. '힌두교 양식으로 지은 사원에 불상들이 있는 것은 훗날 앙코르 왕국의 일부 왕들이 불교를 받아들이면서 불상들을 들여놓지 않았나?' 하고 추정하고 있다.

이 앙코르의 유적지가 근 400여 년 동안이나 넓은 평야인 밀림 속에 방치된 채 세상에 알려지지 않았던 것은 1434년 자야바르만

2세왕이 캄보디아 남부의 프놈펜으로 수도首都를 옮겨, 국호를 '앙코르'에서 '크메르'로 바꾼 후부터였다.

그 후 16세기에 들어서서, 포르투갈 작가, 스페인 여행가, 네덜란드 상인, 그리고 일본인 여행가에 의해서 앙코르의 존재가 간간히 세계에 알려졌었지만 그로부터 계속 200여 년간 앙코르의 유적들은 밀림 속에 숨어 잠자고 있었는데 항공 촬영에서도 발견되지 않았다고 한다.

폐허된 앙코르 톰의 한 부분에 남아있는 조각상

동·서 길이 20Km, 남·북 길이 10Km에 달하는 '앙코르 유적군群'에서 대표적인 건축물은 '앙코르 톰'(거대한 도시, 또는 거대한 성城)과 '앙코르와트'(사원)인데, '앙코르와트'는 세계에서 가장 큰 석조 건축물로 1113년경부터 1140년 사이에 '수리바르만 2세'에 의해 건축되었다고 한다. 학자들 가운데는 앙코르와트를 세계 7대 불가사의의 하나로 손꼽는 사람들이 많다.

우리 일행은 일정표대로 앙코르 톰부터 관광하기로 하고 버스로 남문을 통해 '코끼리테라스'를 통과했는데 35인승 버스가 간신히

앙코르 톰의 유적

빠져 나갈 수 있었다. 코끼리테라스에서 "왜 대형버스를 사용하지 않는지?"에 대한 이유를 알 수 있을 것 같았다. 당시 100만 명이 살았다는 도성都城인 앙코르 톰은 앙코르와트로부터 1.7Km 북쪽에 떨어져 있는데, 1181년부터 1219년 사이에 자야바르만 7세가 건립했다고 한다. 단일 사원인 앙코르와트와 달리 앙코르 톰에는 '바이온 사원', '비푸온 사원' 등 수많은 사원들이 도성 안에 있었다.

'앙코르 톰'의 규모는 동·서·남·북 각 1변의 길이가 3Km로 전체 성곽의 길이는 12Km에 달한다. 이 성벽을 둘러싸고 외곽에 10m 넓이의 인공수로人工水路가 형성돼 있고, 성벽의 높이는 평균 8m 정도였다. 동쪽으로 2개의 문이 있고, 서·남·북 방향으로 각 1개의 문이 있으며 도성 밖에는 당시 왕들이 사용하던 풀장이 있는데, 그 규모는 700×300m에 이른다. 우리나라로 치면 웬만

···

동남아시아편

관광객들에게 동정을 바라는 초라한 현지인들의 모습

한 저수지와 같은 규모였다.

1861년에는 앙코르와트가 발견된 이래 현재까지 앙코르 유적지 내에서 발견된 사원은 290여 개라고 한다.

우리들이 버스에서 내리자, 휠체어에 몸을 실은 채 다리가 잘려 나간 사람들, 5~7세의 어린이들이 몰려들어 "원 달러"를 외치면서 구걸을 하는데 도와주고 싶은 마음이 있어도 그들을 감당할 수 없을 것 같아 엄두조차 내지 못했다.

1945년, 일제로부터 해방된 후 미군들을 쫓아다니며 "할로, 기브 미 껌"을 외쳐대던 나 자신을 되돌아보는 것 같아 가슴이 아팠다.

돌과 사암沙岩을 쌓아서 건축한 사원들은 오랜 풍상을 겪으면서 파손되어 버렸고, 일부 벽체와 구조의 골격들만이 남아있어 옛날의 화려했던 시절을 말해 주고 있었으며 벽에는 왕들의 업적을 조각으로 남겨놓았다.

특히 석조石造의 구조물을 파괴하는 주범主犯은 '습부엉'이라는

석조 건물을 파괴하는 습부엉 나무의 뿌리

나무의 뿌리로, 직경 10cm~30cm에 이르는 뿌리들이 마치 구렁이가 먹잇감을 죄여 죽이듯이 돌 틈으로 파고들어 마침내는 그 구조물을 파손시켜 버린다. 그러나 이것 또한 관광 상품으로 보여주기 위해 나무에 성장을 억제하는 링거 주사를 놓아주면서 현상을 유지시키고 있다 한다.

유적지를 돌아보기 위해 숲속을 걸어가는 우리들 앞에 피리같이 생긴 전통 관악기를 들고 앉아있던 5~6명의 악사들이 난데없이 '애국가'를 연주하기 시작했다. 우리가 걸음을 멈추니 다시 '아리랑'을 연주했다. "어떻게 우리가 한국인이라는 것을 알아차렸을까?" 일행 중에 몇 명이 앞에 놓인 동냥 그릇에 1달러씩을 넣어주었더니 고맙다고 두 손을 모아 합장을 했다. 천 년 전 찬란했던 유적과 오늘의 가난에 찌든 그들의 모습을 보면서 역사의 준엄한 교훈을 보는 것 같았다.

현지식으로 점심식사를 마치고 나서 버스에 올라 그 유명하다는 앙코르와트(사원)로 향했다. 앙코르와트는 비슈누에게 헌정된 사원으로, 앙코르 유적지 중 가장 큰 사원이며 또 가장 잘 보존되어 있는, 메르 건축예술의 극치를 이루는 역사적인 예술작품이라고 한다. 이 사원은 균형된 구성의 설계기술과 조각과 부조(벽에 형상을 두드러지게 보이도록 하는 조각) 등의 완벽함으로, 세계에서 가장 아름다운 건축물 중 하나로 평가받고 있다.

앙코르의 모든 건축물들은 생명을 뜻하는 동쪽이 정문正門인데 반해, 이곳만이 죽음을 뜻하는 서쪽으로 정문이 나 있다. 때문에 이 사원은 '수리아바르만 2세'의 장례(화장)를 치르기 위한 사원으로 지어졌다고 추측하고 있다.

이 사원을 멀리서 보노라면 긴 통로가 중앙으로 연결되는 지상의 거대한 석조물로 보여지기도 하나, 가까이 가서 보면 수많은 층을 이루는 탑들로 많은 예술적인 조각과 방, 베란다, 정원 등이 계단으로 이어져 있다. 지면에서부터 크게 3개 층으로 되어 있는데, 3층은 천상계를 상징하고, 2층은 인간계, 1층은 미물계를 상징한다고 했다. 맨 위의 3층 단에는 5개의 큰 탑이 세워져 있는데, 중앙의 탑이 가장 높다. 탑들의 모양은 연꽃을 본따서 만들었다.

또한 앙코르와트는 석조 건축물로 만들어진 지상에 있는 우주의 모형이라고 하는데, 중앙의 탑은 사원의 정 중앙에 세워져 우주의 중심인 '메루산'을 상징하며 5개의 탑은 메루산의 5개의 큰 봉우리를 나타낸다고 한다. 성벽은 세상 끝을 둘러싼 산맥을 뜻하고 있으며 이를 둘러싸고 있는 해자(垓字 : 성 외곽을 둘러파서 인공수로水路를 만든 것)는 우주의 바다인 은하수를 상징한다고 했다.

앙코르와트의 크기는 이 사원을 둘러싸고 있는 벽이 가로 1.3Km, 세로 1.5Km이며 사원 주변을 둘러싼 해자垓字는 폭 200m, 길이가 5.5Km에 달한다. 수심은 1~2m로 과거에는 악어가 살았다고 하는데 종교적으로는 이승과 저승과의 사이를 의미하지만, 현실적으로는 적의 침입으로부터 성城을 지키는 역활을 했다고 한다. 이 사원에는 한 개당 7톤에 달하는 돌기둥만 1,800개를 사용했다고 한다.

사원 입구의 나가테라스에서 신전 앞까지 진입로(해자를 건너는 다리 포함)를 땡볕 아래에서 250m가량 걸어가게 되는데 이곳을 여행하려면 11~2월 사이가 더위로 인한 고생을 조금이라도 덜

앙코르와트 1층 회랑과 내부의 부조

하게 되는 가장 적당한 시기라고 한다.

이 사원 1층 전체에 회랑이 있는데, 이를 '부조浮彫회랑'이라고 한다. 그 규모는 길이가 804m에 이른다. 회랑의 외부에 면하는 쪽은 기둥이 받치고 있고 내부벽면에는 수많은 부조가 조각되어 있는데 2m 높이로 건물 4면의 내부벽 전체를 차지하고 있다.

그 섬세한 기술과 솜씨와 구성은 세계 예술사에서도 찾아보기 힘든 것이라고 한다.

부조 조각의 주제는 크게 두 가지로 분류할 수 있는데 인도의 전설과 힌두교의 경전, 그리고 앙코르 시대의 전승戰勝기록 등이다. 그리고 이 부조의 내용뿐만 아니라 배치 또한 주제와 관련을 가지고 있는데, 동쪽 벽에는 해가 뜨는 것(생명, 탄생)과 서쪽 벽에는 해가 지는 것(죽음, 사멸)에 관한 주제를 표현하고 있다.

회랑을 다 돌아본 후 조금 전의 서쪽 정문으로 와서 계단을 오르면 2층이 나온다. 2층 회랑의 바깥 치수는 100×115m로 길이는 430m가 되고 회랑의 벽면에는 갖가지 자세(하나도 똑같은 자세가 없다고 한다)를 취하고 아름다운 춤을 추는 1,500명이 넘는 압살라(선녀) 부조들이 벽을 따라 끝없이 늘어서 있는데 이 압살라들은 우유의 바다에서 태어났다고 한다. 그들은 사람의 손에 의해 조각된 것이 아니라 신들에 의하여 탄생한 것 같다. 살아 생동하고 숨쉬고 있는 여인들을 보고 있으면 금방이라도 벽면에서 튀어나올 것 같은 착각에 빠지게 된다.

3층은 왕과 승려들만 출입할 수 있었다고 하는데 지성소至聖所인 중앙탑을 향해 오르는 계단은 매우 가팔라서 사람이 올라 다니기

가 힘들 정도인데, $70°$ 정도
의 각도라고 한다. 게다가
계단 폭이 보통사람 발 길이
의 절반밖에 안 돼 잘못하면
떨어질 것 같은데 하늘을 향
해 솟구쳐 있는 계단을 네 발
로 조심조심 기어올라 가야
한다. 중간에서 멈추게 되면
뒤따라 올라오는 사람에게
위험을 주기 때문에 포기하
려면 아예 올라가지 말고,
시작하면 끝까지 올라가야
한다.

앙코르와트 사원

　현지가이드인 C과장은
"고소공포증이 있는 사람,
심장이 약한 사람, 평소 운동을 하지 않은 사람, 사고가 났을 때 가
이드를 원망할 사람은 아예 올라갈 생각을 하지 말라"고 경고했다.

　내려올 때는 줄을 잡고 내려오도록 한 쪽에 전용계단을 마련해
놓았다.

　그럼 왜 이렇게 경사가 가파르고 사람이 올라다니기 어렵게 계
단을 만들었을까? 학자들은 "원래 중앙사원은 사람이 드나드는 곳
이 아니라 신을 위한 공간이기 때문에 보통 사람들에게는 범접할
수 없는 공간이라는 의미를 강하게 주기 위해 이렇게 가파른 계단

을 만들었다"고 말하는가 하면, "네 발로 엉금엉금 기어올라가 어쩔 수 없이 신神 앞에 몸을 굽히는 자세가 되도록 만들었다"고 주장하는 사람들도 있다고 한다.

이 앙코르와트를 세계 7대 불가사의로 꼽는 이유를 C과장은 다음과 같이 말했다.

① 인공위성 촬영에서도 근방에 석재石材가 생산되는 곳이 나타나지 않는데, 그 많은 돌들을 그 시대에 어디서 어떻게 운반할 수 있었을까?

② 3m만 파면 물이 나오는 지반에 그 육중한 구조물을 어떻게 건설했으며 1,000년의 세월이 지나는 동안 조금도 변화가 없는 이유는 무엇일까?

③ 1,000년 전의 기술로 한 개의 무게가 7톤이나 되는 돌기둥 1,800개 이상을 사용한 건축물을 어떻게 건설할 수 있었을까?

④ 근 400년 동안 이런 훌륭한 문화유적이 어떻게 밀림 속에 감추어져 있었을까?

나는 이 문화유적지를 탐방하고 나서 '이 유적지를 제대로 감상하려면 적어도 1주일 이상의 시간은 가져야 하지 않겠나? 그리고 크메르의 역사와 더불어 힌두교의 경전에 대한 상당한 공부가 필요하겠다'고 느꼈다.

앙코르와트를 마지막으로 유적지 탐방을 마치고 나니 어느덧 해가 서산에 걸렸다. 저녁식사를 하기 위해 버스에 올라 음식점으로 향했는데 식당은 씨엠립 시내에 있는 캄보디아 전문음식점이었다. 이상한 향료를 사용한 음식은 다소 비위에 역했으나 관광객들을 위

씨엠립의 재래시장에서 "원 달러 기브 미"를 외치던 아이들

해서 많이 개량했다는 식사는 그런 대로 먹을 만했다. 식사를 하는 도중에 C과장이 가리키는 천정을 쳐다보니 도마뱀 몇 마리가 붙어 있었다. 벽에도 몇 마리의 도마뱀이 기어다니고 있었다. 질겁들을 했으나 C과장을 비롯한 현지인들은 오히려 놀라는 우리들을 보고 재미있어 하면서 도마뱀은 집게벌레나 파리, 모기 같은 것을 잡아먹고 살기 때문에 사람들에게 이로운 동물로 취급되고 있다고 했다.

저녁식사를 마치고 밖으로 나오니 공해가 없어서 그런지 캄캄한 밤하늘에 무수히 반짝이는 별들이 문득 나의 어린 시절, 할머니와 함께 멍석 위에 누워 별을 세던 추억이 새롭게 떠올랐다.

● 동양 최대 호수라는 톤레샵 호수

다음날 아침, 일정에 다소 여유가 있는 듯 아침식사를 마치고 9시에 호텔을 떠났다. 첫 행선지는 '재래시장' 이다. 우리나라 50~60년대의 재래시장처럼 흙바닥 위에 천막을 치고, 채소, 과일, 각종

톤레샵 호수의 수상촌

연장류를 비롯한 의류들을 팔고 있었는데 그런 대로 사람들로 북적이고 있었으며 지저분하고 냄새가 났다. 5~6세쯤 돼 보이는 어린아이들이 "안녕, 원 달러"를 외치며 뒤를 따라다녔다. 일행 중 한 사람이 1달러씩 두 아이에게 주었더니 고맙다는 뜻으로 두 손을 모아 합장을 했다. 그리고 나서 잠시 후, 어디서 몰려왔는지 10여 명의 아이들이 자기들도 달라고 쫓아다니는 바람에 혼쭐이 났다.

그곳에서 우리들은 열대과일인 망고를 비롯한 몇 가지의 과일을 사가지고 버스에 올라 '서바라이 호수'로 향했다.

서바라이 호수는 1,000년 전에 6,000만 평 농경지에 물을 대기 위해 만들어진 인공저수지인데 꽤 넓었다. 그곳에서 배를 타고 호수 중심에 있는 '매번' 섬으로 건너갔는데, 그곳에는 조용하고 울창한 나무 속에 평상처럼 만들어진 자리가 있어 그곳에 둘러앉아 재래시장에서 사가지고 온 과일들을 맛있게 먹었다.

과일을 먹고 난 후 씨앰립의 젖줄이며 동양 최대의 호수라는 톤레샵 호수를 보기 위해 관광길에 나섰다. 톤레샵 호수까지는 약 1

시간 반 정도 걸리는 데 중간 중간 비포장 도로가 있어 버스가 몹시 흔들리곤 했다. 그래도 길 양옆으로 이어지는 아름다운 연꽃들과 1층은 기둥만 세워놓고 2층에서 기거하는 캄보디아

목선에 일용품을 싣고 노를 저어 다니는 이동 편의점

전통 목조 가옥에서 사는 사람들을 구경하면서 흙먼지 날리는 길을 달려갔다. 잠시 후 선착장에 도착해 보니 배 1척에 10명 이상은 태울 수 없다고 해서 모터보트 3척에 나누어 타고 출발했다. 생활오수 때문인지 선착장 주변에는 불결한 냄새가 났는데, 배가 좁은 수로를 지나 넓은 호수로 나아가니 다행히도 냄새가 안 났다.

　배가 점점 호수 중앙으로 나아가면서 호수 양쪽 주변에 수상족들이 살고 있는 수상가옥의 수도 점점 많아졌다. 전에 태국을 여행했을 때 수상시장을 본 적이 있었지만 여기의 수상촌은 마치 육지의 도시와도 같았다. 병원, 주유소, 경찰서, 목공소를 비롯해 잡화점, 철물점, 교회, 당구장, 학교에 이르기까지 없는 것이 없었다. 점심을 준비하는지, 아줌마들이 조그마한 숯불에 무엇인가를 조심스럽게 끓이는 모습도 보이고, 아이들은 마땅히 놀만한 공간이 없어서 호수를 바라보다가 관광객이 탄 배를 발견하면 손을 흔들어 인사를 했다. 그런가 하면 아주 작은 목선에 일용품을 싣고 노

를 저어가는 이동편의점이 있는가 하면 고기잡이를 준비하는 어
선도 보인다. 호수가 점점 넓어지면서 호숫가에 정박해 있는 페리
호 같은 커다란 선박도 보였는데 메콩강을 통해 수로水路로 프놈
펜까지 운항하는 정기 여객선으로 프놈펜까지는 6시간 정도 걸린
다고 했다.

약 20분 동안 달리다가 배가 멈춰선 곳은 망망대해였다. 이곳이
바다가 아니라 호수라는 것을 증명해 주는 것은 파도가 없다는 것
정도일까? 멀리 수평선이 보일 정도로 그 규모가 어마어마했다.
이제까지 내가 본 호수로는 제일 큰 것 같았다. 톤레삽은 호수라고
하기에는 너무나 넓었다. C과장의 설명에 의하면, 9월~10월쯤 되
면 호수의 크기는 지금보다 몇 배로 더 넓어지고 물도 맑아진다고
했다. 그 이유는 남지나해로 흐르는 메콩강이 우기 때 내리는 많은
강우량이 미처 바다로 빠져나가지 못하고 역류현상이 생기는데,
그때문에 호수의 크기가 커진다고 한다. 또 육지였던 부분이 호수
로 잠기면서 물고기들의 먹거리가 풍부해져서 톤레삽 호수는 예로
부터 물 반, 고기 반일 정도로 물고기가 많은 호수라고 한다.

선착장으로 되돌아오는 길에 수상 수산물점에 잠시 들러 통 속
에 잡아 놓은 악어도 구경하고, 이 호수에서 건져올렸다는 민물새
우요리로 점심식사를 했는데, 7~8세쯤 돼 보이는 여자아이가 튜
브를 타고 수상점 밑에 와서 "원 달러, 기브 미"를 외쳤다. 그 모습
이 보기에 딱해서 1달러를 주었더니 두 손을 합장하며 고맙다는
뜻을 표했다. 자리에서 돌아서려는데 옆에 있는 갈대밭을 헤치며
조그마한 배 한 척이 우리들 앞으로 다가왔는데 노를 젓는 나이든

남자는 다리 하나가 없고, 딸인 듯한 5~6세의 어린아이가 "원 달러"를 외치며 손을 내밀었다. 그들의 처지가 외면하기 어려워 1달러를 주었더니 역시 합장을 하고 머리를 여러 번 숙이며 감사의 뜻을 표했다. 그들의 눈은 그렇게 천진하고 순박할 수가 없었다.

식사를 하는 동안 모터보트의 기관사라는 현지인은 "한국에서 태어났으면 좋았을텐데……"하고 무척이나 우리들을 부러워했다. 태어나서 씨앰립을 한 번도 벗어나 보지 못했다는 그로서는 그럴 만도 하다고 생각했다.

이 호수를 삶의 터전으로 삼고 있는 사람들은 1만여 명이나 되는데, 캄보디아 사람도 있지만 베트남 전쟁 때 이곳까지 피난온 사람들이 많다고 한다. 그들은 사회주의 국가인 모국에서 받아주지를 않기 때문에 타향에서, 그것도 육지도 아닌 물 위에서 살아야만 하는 고단한 삶을 살고 있었다.

이 호수 위에서 태어나 물고기를 잡아먹고, 배설하고, 목욕도 하며 생활하는 그들에게 있어 이 호수야말로 생명과도 같이 소중한 존재인 것이다. 그러기에 욕심도 없고 그것이 그들의 숙명이라고 믿으며 살아가는 것 같았다.

● 킬링필드의 비극

톤레삽 호수 관광을 마치고 씨앰립에 있는 웨스트메본 사원으로 향했다. 이곳은 씨앰립 지역에서 폴포트정권에 의해 학살된 시신에서 나온 뼈와 해골을 모아 위령탑을 세우고 그 안에 안치했는데 밖에서 안을 볼 수 있도록 유리를 설치해 놓았다.

캄보디아에서는 1975년 4월부터 1978년 12월까지 1천만여 명의 인구 중 2백만여 명이 죽임을 당했다. 공무원이었다는 이유로, 양담배를 피웠다는 이유로, 많이 배웠다는 이유로, 손이 너무 곱다는 이유로, 외국어를 안다는 이유로, 뚱뚱하다는 이유로…… 그런 저런 이유로 국토 곳곳에서 무자비한 학살이 자행되었다. 이 학살의 집행자들은 농민 출신의 12~16세의 소년들이었다고 한다. 이런 비인간적인 야만과 살상은 〈킬링필드〉라는 영화로 제작되어 전세계에 알려졌다.

　1945년, 프랑스로부터 독립된 캄보디아가 1970년 론놀장군의 우익군사쿠데타로 시아누쿠의 왕정을 전복시키자, 1967년에 결성된 크메르루즈가 농촌지역을 기반으로 대대적인 세력 확장을 통해 마침내 1975년 4월 수도 프놈펜을 장악함으로써 정권장악에 성공했다.

　크메르루즈가 정권을 장악한 후 가장 먼저 수행한 일은 경제를 공산화하는 것이었다. 먼저 기존에 사용하던 화폐를 전부 금지하고, 모든 사람들에게 공동생활을 요구하는 정책을 펴기 시작했다. 공동생활은 성性에 따라 숙소를 분리시키고, 아이들은 부모의 곁을 떠나 그들만의 독립된 생활을 하도록 하는 것이었다. 따라서 과거의 가족관념은 자연스럽게 해체되었고, 결혼도 크메르루즈 정권의 지시하에 이루어졌다.

　그리고 전국적으로 3백만여 명의 도시 인구가 농부로 신분이 바뀌어 시골지역으로 강제 이주되었다. 노약자와 환자들은 이동과정에서 많이 죽어갔다.

크메르루즈에게 희생된 자들을 안치한 웨스트메본 사원의
위령탑과 그곳에 있는 해골들

　그러나 그 주체가 자만하거나 오만하게 되면 몰락의 길을 걷게
되는 것처럼, 폴포트 정권 몰락의 주된 원인은 여러 가지가 있겠으
나 충분한 힘도 없이 베트남 영토의 일부 도서를 점령하게 된 것이
나중에 베트남군에게 캄보디아 침략의 말미를 제공해 주는 계기가
되었다.

　1978년 12월 24일, 베트남군은 해군과 공군을 위시하여 10만 명
의 군사로 캄보디아에 전면 공격을 개시하였다. 베트남의 입장에서
는 전쟁이라고 해야 행군하는 것이나 다를 바 없었다. 미군이 철수
하면서 남기고 간 전투기를 비롯해 수많은 첨단 장비로 무장한 베
트남군을 상대해야 하는 캄보디아군은 허수아비나 마찬가지였다.

　베트남군이 프놈펜에 당도하자 결사 항전을 외치던 그들은 이미
전의를 상실한 상태로 어느 누구에게도 도움받지 못하고 그들 환
상의 종말을 고하였다. 북부산악지대로 도피하여 게릴라전을 계속
하다가 폴포트는 현대사의 새로운 비극을 연출해 놓고 1998년 태

국 국경의 한 정글 지역에서 생을 마감하였다.

그 후 유엔의 중재로 캄보디아 내전 당사자들이 휴전에 동의하고, 1993년 5월, 총선거를 실시하기로 합의했으나 크메르루즈는 1993년 4월, 선거불참을 선언했다. 총선의 결과로 1993년 9월 시아누크를 국왕으로 하여 제1당인 민족연합 전선의 지도자 노로돔 라나라드(시아누크의 아들)가 제1총리로, 전 프놈펜 정권의 총리였던 훈센이 제2총리로 선출되어 정부를 구성하였다. 지금은 시아누크가 아들에게 양위를 하고 훈센이 총리로 집권하고 있다.

그 날 웨스트메본 사원에는 원혼들의 원귀만이 떠도는 것 같은 무거운 적막감 속에 관광객들의 버스만이 드나들었고, 5~7세가량 돼 보임직한 초라한 어린이들 10여 명이 버스가 들어올 때마다 몰려들어 "원 달라"를 외치며 손을 내밀었다.

현지가이드인 C과장은 버스에서 내려, 비극의 이야기를 대강대강 해주고는 해골과 뼈들이 안치되어 있는 위령탑 근처에 가서는 "저는 가지 않을 테니 보고들 오시라"고 했다. 아마도 그 끔찍한 장면을 다시 보고 싶지 않다는 표정이었다.

나는 위령탑으로 다가가 합장을 한 후 4면面으로 돌아가며 부지런히 카메라의 셔터를 눌렀다. 한참 사진 찍기에 열중하고 있는데, 7~8세쯤 되어 보이는 여자아이가 다가와 나의 옆구리를 찔렀다. 돌아다보니 등에는 2살쯤 되어 보이는 동생인 듯한 초췌한 어린이를 업고 있었다. 그리고 그녀가 내미는 손에는 나의 안경이 들려져 있었다. 사진 찍느라고 정신이 없는 사이에 떨어뜨린 내 안경을 그녀가 주워주는 것이었다. 안경을 받아들면서 고맙다는 생각이 들어 무엇이든 사례를 하려고 주머니를 뒤졌으나 1달러짜리 지폐 한 장밖에 없었다.

그렇다고 그 자리에서 지갑을 꺼내 열었다가는 몰려들 아이들을 감당하지 못할 것 같아 할 수 없이 1달러를 주면서 그녀의 등을 두드려주며 미안하다는 뜻을 표하고 버스에 올랐다.

그러나 그 날 저녁 내내, 그리고 하노이행 비행기에 탑승해서 캄보디아를 떠나면서도 그 소녀와 등에 업힌 초췌한 동생의 모습이 떠올라 미안한 마음과 함께 가슴 한 구석에 서글픈 아픔이 몰려 왔다.

● 에필로그

전쟁의 그늘은 너무 깊었다. 6·25 전쟁을 겪은 1950년대의 한국이 그랬던 것처럼, 최근까지 내전內戰을 겪어야 했던 캄보디아의 거리와 사람들의 표정은 아직 전쟁의 상흔을 씻어내지 못하고 있었다. '가난'이라는 말을 '순박함'이라는 말로 대신 하기에는 거리도, 사람들의 표정도 너무 어두웠다. 국민소득 250달러, 그리고 외국인의 집에 경비를 안 세우게 되면 하룻밤에도 서너 번씩 침입자가 생긴다고 한다. C과장의 집에도 용역회사에서 파견된 경비원이 저녁에 와서 밤새 근무를 마치고 아침에 돌아간다고 했다.

그러나 캄보디아는 이제 새로운 나라로 태어나려 하고 있다. 프랑스의 식민지배에 이어서 30년 가까운 근대사의 전쟁과 크메르루즈의 집권으로 인해 캄보디아는 세계 현대사에서 아픈 역사를 간직하고 있는 나라이다. 하지만 더 이상 크메르루즈로 인해 신음

하지 않는 캄보디아는 비록 부패한 관리의 정부를 갖고 있지만, 그리고 발전의 원동력 역할을 맡아 해야 할 지식계층과 전문가들이 킬링필드로 희생되어 절대적으로 인재가 부족하지만, 전쟁이 없는 모처럼의 평화를 맛보고 있는 것이다. 전체 인구의 50%가 20세 이하인 연령별 인구비 구성에서도 볼 수 있듯이 캄보디아는 이제 새로운 걸음마를 시작하는 나라이다.

비록 지금은 전쟁의 상흔으로 인해 고통받고 있지만 순박한 사람들, 아름다운 미소, 위대한 호수 톤레삽과 메콩강이 흐르는 광대한 평야, 그리고 1년에 최대한 3모작이 가능한 농업조건은 이제 왜곡된 이미지를 갖게 하는 크메르루즈 대신, '앙코르와트' 라는 그들의 찬란한 역사가 이제 전 세계의 주목을 받기 시작했으며, 주요한 여행지로 부상하고 있다. 웨스트메본 사원에서 안경을 주워주던 그 소녀의 얼굴에도 행복한 웃음이 피어나기를 바라는 마음 간절하다.

섬을 거꾸로 박아 놓은 듯이 서 있다.

쓰나미 아픔 딛고 활기 되찾은 푸켓

비행기는 계속해서 캄캄한 밤하늘을 날아 태국의 수도인 '방콕' 상공에서 기수를 남쪽으로 돌린 다음 한 시간을 더 날아가서 3월 7일 새벽 1시(한국시간 3시)에 푸켓국제공항에 착륙했다.

'푸켓'은 방콕에서 860Km 떨어져 태국 남부말레이 반도 서해안인 인도양에 위치한 태국 최대의 섬으로서 내륙과는 660m의 '사라센' 다리로 연결돼 있는 뜨거운 태양과 고운 모래사장, 그리고 낮은 수심과 잔잔한 파도를 가진 아시아에서 가장 깨끗한 휴양지로 이름난 곳이다.

짐을 찾아 공항 밖으로 나오니, 공항입구에는 각 여행사에서 마중나온 가이드들이 자기네 회사 이름이 적힌 피켓을 들고 늘어서서 각기 자기네 손님들을 찾느라고 여념이 없었다. 마침 'H여행사'의 피켓을 들고 있는 청년을 발견하고 "내가 H여행사 고객이다"라고 했더니 "숙소가 어디로 되어 있느냐?" 고 되물었다. 그래서 "말린 비치 리조트"라고 계약된 숙소를 알려주었더니 같은 H여행사의 '말린 비치

야자 나무들이 쭉쭉 뻗어 올라와 우거져 있었고 파란 잔디밭에는 풀장이 있었다.

리조트' 담당가이드인 S양에게로 안내해 주었다. 그곳에는 진주에서 왔다는 30대 K씨 부부가 먼저 나와 기다리고 있었다. S양은 우리들을 승합차로 안내했는데, 그 차에는 현지 운전기사 1명과 라이센스를 가진 현지 안내원 1명이 기다리고 있었다. 이곳에서는 관광안내원 라이센스를 가진 현지인을 대동하고 다니지 않으면 안 된다고 S양은 설명했다.

우리 일행을 태운 승합차는 공항을 떠나 숙소로 향해 출발했다. '쓰나미'의 끔찍했던 모습이 아직도 우리들 뇌리에 남아있어 이번 여행길이 한적할 줄 알았는데 300여 명을 태운 비행기는 만석이었다. 비행기에서 내린 관광객들도 모두 가이드와의 미팅을 끝내고 예정된 숙소를 향해 뿔뿔이 흩어졌다.

승합차는 캄캄한 해변과 수많은 언덕들을 넘어 약 40여 분간을 달린 끝에 숙소인 '말린 비치 리조트'에 도착했는데, S양은 "이곳 욕

말린 비치 리조트 야외식당

실에서 나오는 물은 석회석이 너무 많기 때문에 먹는 것은 물론, 양
치질을 하는 것도 몸에 해로우니 돈을 주고 사는 식수를 이용해야
한다"고 주의를 주었고, "지금 시간이 너무 늦었기 때문에 객실에
가셔서 주무시고 아침식사를 하신 다음 아침 10시에 이곳 로비에서
뵙겠습니다"하고는 식당의 위치를 알려주고 객실을 배정해 주었다.

　객실은 트윈베드가 있는 아늑하고 깨끗한 방이었는데, 에어컨
바람이 너무 세어서 조금 약하게 조정을 해야 했다. 짐을 풀어 내
일 투어에 갈아입을 옷을 챙긴 다음 샤워를 하고 시계를 보니 새벽
3시. 피곤한 몸으로 잠자리에 들었다.

　다음 날 아침, 창밖에서 요란하게 들려오는 새소리에 잠이 깨어
커튼을 걷으니 바로 유리문 밖에 발코니가 설치되어 있고 의자 2
개가 놓여 있었다. 발코니로 나가 보니 우리방은 3층이었는데 바
로 발밑까지 검푸른 야자나무 잎들이 쭉쭉 뻗어 올라와 우거져 있
었고 그 밑으로 파란 잔디밭에는 수영을 즐길 수 있는 풀장이 있었

다. 풀장에는 코발트색 타일을 들여다볼 수 있을 만큼 맑은 물이 파랗게 차있었다. 그런 풀장과 잔디밭을 가운데 두고 붉은색 기와를 이은 4층짜리 아름다운 리조트가 빙 둘러서 있었다.

아침 8시쯤, 대충 샤워를 하고 S양이 가르쳐준 1층 식당으로 내려갔다. 식당은 실내와 야외로 구분되어 있었는데, 우리는 야자수가 우거진 야외식당에 자리를 잡았다. 자리를 잡고 앞을 바라보니 저 멀리 쪽빛 바다가 시원스레 펼쳐지는 아름다운 경치가 일품이었다. 식당 안을 둘러보니 유럽인들 몇 무리가 식탁에 앉아 아침식사를 여유롭게 즐기고 있었을 뿐 한국인은 아내와 나 둘뿐이었다. 젊은 K씨 내외는 늦잠을 자는지 아직 내려오지 않았다.

"사와디캅?(안녕하세요)"하고 S양에게서 배운 태국말로 인사를 하며 종업원에게 식권을 내주었더니 그 역시 "사와디캅"하면서 공손하게 두 손을 모아 합장을 하고 미소를 지은 채 음식 차려 놓은 곳으로 안내를 해주었다. 식단은 풍성하고 맛이 있었다. 마치 신선이 된 기분으로 느긋하게 식사를 마친 후 객실로 돌아왔다.

● 자기가 행복하다고 생각하며 사는 사람들

이곳 사람들은 인사를 할 때면 언제나 스님들처럼 두 손을 모아 합장을 했다. 그리고 얼굴에는 항상 미소를 띠우고 있었다. 태국의 1인당 국민소득은 1,300달러라고 하는데, 그들은 '자기가 행복하다'고 생각한다는 것이다.

땅은 기름지고 1년 중 3모작 농사를 지을 경우 13억 중국 인구를 먹여 살릴 수 있을 만큼 막대한 양의 벼를 생산하게 돼 세계 곡물가

격이 하락할 우려가 있기 때문에 1년에 2모작밖에는 하지 않는다고
한다. 그 밖에도 주석광산을 비롯한 자원이 풍부하기 때문에 밝은
내일을 기대하면서 비전을 가지고 살아간다고 했다. 또한 태국의
모든 화폐와 택시, 사무실, 상점 등에 빠지지 않고 등장하는 것은
'푸미폰 아문야뎃 국왕'(78세)의 초상이다. 푸미폰 국왕은 1946년
6월, 차크리왕조의 9대 왕으로 즉위, 세계에서 가장 오래 왕좌에 머
물고 있다. 태국에서는 모든 영화 상영에 앞서 국왕 초상을 향해 기
립 인사를 한다. 그리고 그의 사진이 들어있는 인쇄물을 밟거나 깔
고 앉으면 처벌을 받게 된다. 그의 사진에 대고 손가락질을 하는 것
도 금기 사항이거니와 국왕에 대해 욕을 했다가는 형사처벌의 중형
을 받는다. 태국 국기의 푸른색, 붉은색, 흰색 중에서 푸른색은 국왕
을 상징하고, 붉은색은 태국국민들의 열정적인 피를, 흰색은 불교를
상징할 정도로 절대적인 군주이다. 이처럼 6천 5백만 명의 태국인들
로부터 신神에 버금가는 추앙과 존경을 받는 '푸미폰 국왕'은 보이
지 않는 손을 움직여 혼란에 빠졌던 정국政局의 물줄기를 여러 번 바
꾸어 놓았다. 총선에서 유효투표의 50% 이상을 얻었음을 강조하며
총리직을 놓지 않을 것 같던 '탁신' 총리가 전격 사퇴한 것도 푸미폰
국왕의 힘이었다는 것이 중론이었다.

푸미폰 국왕은 재임 중 20명의 총리와 15차례의 헌법개정, 수차
례의 쿠데타를 겪었지만 철저한 정치적 해결사 역할을 해왔다고
한다. 푸미폰 국왕은 재즈, 색소폰 연주가이며 작곡가이기도 하고
사진가, 요트 조종사로도 뛰어난 실력을 과시할 만큼 현대 감각이
넘친다고 한다. 이런 국왕을 받들고 살아가는 태국국민들이 '중도

"언제 쓰나미가 있었느냐?"는 듯이 해수욕을 즐기고 있는 빠통 해수욕장

에 포기하지 않고 끝을 보고자 하는' 근성과 인간을 중히 여기는 뜻을 가진 속담으로 '관棺을 보기 전에는 울지 마라.'와 '쓰러진 나무는 뛰어 넘지만 쓰러진 사람은 뛰어 넘지 말라.'는 말이 있다.

● 쓰나미의 악몽에서 벗어나는 푸켓

2004년 12월, 인도네시아 파푸아섬 근해에서 발생한 진도 8의 강진 여파로 인도양 연안에 몰아닥친 해일에 의해 발생한 피해는 역사상 그 유례를 찾아볼 수 없는 규모의 큰 것이었다. 멀리는 스리랑카와 인도 연안에서 수십 만 명의 목숨과 삶의 터전을 일순간에 앗아가 버린 무서운 공포와 더불어 다시 생각하기조차 끔찍한 악몽을 우리 인류에게 안겨 주었다.

지진의 진원지인 인도네시아와 근접해 있는 태국의 피해 또한 막심했다. 푸켓섬에서 경치가 가장 아름다운 중심가이고 번화가이던 '빠통' 지역은 관광객들이 가장 많이 몰리는 곳으로 유명한데 이곳이 완전 침수되어서 가장 피해가 컸다고 한다. 그러나 이제는 거의 복구가 완료되어 해변을 따라 길게 늘어선 상가는 신축 건물로 말끔하게 단장하고 정리되어서 쓰나미의 흔적은 찾아볼 수 없고 오히려 더욱 활기가 넘치는 거리로 변했다. 특히 '빠통'의 야시장 관광과 노천카페, 무에타이쇼 관람 등 환상적인 밤문화는 관광객들에게 인기가 높다. 다만 이곳에서 쇼핑을 할 때에는 바가지가 심하기 때문에 많은 금액을 깎아야 한다.

교통편으로는 호텔이나 리조트에서 운행하는 셔틀버스나 택시 외에 승객을 태울 수 있게 개조한 '오토바이 택시'가 있는데, 거리, 시간, 승차 인원에 따라 요금을 흥정하고, 같은 거리라도 빠른 시간에 갈수록 요금이 비싸다. 그리고 소방서 지휘차와 같이 생긴 빨간색을 칠한 '툭툭이' 택시가 있는데 주로 관광객들이 많이 이용하고 중간에 예정에 없던 곳을 운행하게 되는 경우에는 별도의 팁을 주어야 한다.

● '팡아만'의 멋진 절경

아침 10시, 승합차에 탑승한 우리 일행은 '팡아만' 관광을 위해 호텔을 출발했다. 얼마 후 달리는 차창 밖으로 채소밭 같은 경작지가 나타났는데 S양이 "이곳에서는 채소밭에 농약을 치다 적발되면 종신형의 중벌을 받게 됩니다. 식품안전을 위한 법이 아주 강하지요." 하고 설명해 주었다. 농약을 안 치면 농사를 못 짓는 줄 아는 우리나라 사람들이 와서 배우고 가면 참 좋겠다는 생각이 들었다.

또 다시 한참 달리다보니 좌, 우로 무성한 고무나무숲이 나타났다. S양은 "공기를 정화시키고 산소를 공급해 주는 효과가 다른 어떤 나무보다도 탁월하다"면서 "우리 가정에서 화초로 기르는 고목나무도 마찬가지 효능이 있다"고 가르쳐준다. 그리고는 "저 도

팡아만의 아름다운 섬들

로가에 전주電柱를 좀 보세요. 우리나라에서 보는 전주와 다른 점
이 무엇일까요?"하고 물었다. 그러자 진주에서 온 K씨가 "우리나
라의 전주는 원형인데 저것은 사각형이네요."라고 말했다. 그러자
S양은 "잘 보셨어요. 그럼 왜 사각형으로 했을까요?"하고 되물었
다. 이번에도 K씨가 "만들기가 쉬우니까"하고 말했다. 그러자 S양
은 "그 답은 틀렸습니다. 코브라가 올라가지 못하도록 만든 거예
요." 원형 전주는 코브라가 칭칭 감으면서 올라가 합선이 되는 사
고를 많이 내지만 사각형 전주에는 올라가지 못한다고 한다. 그러
면서 고무나무에서 고무액을 채취하는 작업이 낮에 하면 햇빛 때
문에 변색이 되어 야간에 이루어지는데, 고무밭에는 코브라가 많
기 때문에 위험한 작업이라고 설명해 주었다. 잠시 후 콘크리트로
만들어진 다리가 나타났는데 왕복往復용으로 두 개가 설치돼 있었
다. 이 다리가 바로 푸켓섬과 내륙을 이어주는 길이 660m의 '사라
센' 다리였다. S양은 이 다리에 얽힌 '부잣집 딸과 가난한 집 총각
사이에서 비극으로 끝난' 전설 같은 사랑 이야기를 들려주었다.

씨카누를 타고 동굴 속을 빠져나가고 있다.

우리 일행은 다리를 건너 내륙에 있는 선착장에 도착했다. 그곳에서 구명조끼를 하나씩 받아 입고 '롱데일보트'(배 뒤편에 장착된 엔진에 긴 관을 배 밖으로 연결해서 그 끝에 스크류를 달아 방향과 속도를 조절하는 배)로 천천히 해안을 빠져 나갔는데 양쪽에 울창한 숲들이 우거져 있어 마치 강江처럼 보이는 입구를 얼마쯤 빠져 나가니 눈앞이 탁 트이는 망망대해가 전개된다. 바다 위에 점점이 흩어져 있는 섬들이 마치 바다에서 보는 계림으로 착각할 만했다.

보트는 '팡아만'의 섬과 섬 사이를 달리면서 섬들의 절경과 멋진 경관을 보여준 다음 바다 한가운데 떠 있는 꽤 규모가 큰 선착장에 정박했다. 그곳에서 '씨카누'라고 불리는 고무보트에 아내와 내가 옮겨 타자 현지인 사공이 노를 저어 선착장을 떠나 바다로 나갔다. 바다로 나간 배는 기암괴석으로 어우러진 절벽과 수많은 동굴 속을 구석구석 돌아다녔는데, 자연의 오묘한 절경 속에서 시간 가는 줄을 몰랐다. 사공은 노를 저으면서 절벽 밑 혹은 동굴에 늘

바다 위 수상마을촌

어진 석순이나 바위에 머리가 닿을 위험이 있을 때면 "머리 숙여,
더 숙여!", "누워, 아주 누워" 하고 한국말로 소리쳐 경고를 해주었
다. 그러다가 경치가 좋은 곳에 가서는 노젓는 것을 멈추고 카메라
를 달라고 했다. 카메라를 넘겨주니, 주변 경치와 조화시켜 화면을
조절한 다음 "엄마, 뒤로 돌아봐. 사진 찍어", "아빠도" 하면서 '찰
칵' 한 컷을 찍어준다. 그리고 멀리 바다 위에 솟아있는 쌍둥이섬
을 가리키면서 그 모습이 여자의 유방처럼 생겼다고 "유방, 유방"
하면서 자기의 가슴을 가리켰다. 이렇게 약 50여 분의 '씨카누' 관
광을 끝내고 선착장으로 돌아가 그곳에서 기다리고 있던 '롱데일
보트'에 갈아탄 다음 다시 바다의 물살을 가르며 한참을 달렸다.
배가 점차 속도를 줄여서 앞을 바라보니 바다 위에 떠 있는 커다란
수상촌이 나타났다. 회교도들이 사는 이슬람 수상촌이었는데 이곳
에서 이슬람식 해선 요리로 점심식사를 했다.

〈황금총을 가진 사나이〉를 촬영한 제임스 본드 섬

● 제임스 본드 섬

점심식사를 마친 후 다시 보트에 올라 영화 007시리즈 〈황금총을 가진 사나이〉 촬영지라고 하는 '제임스 본드' 섬에 도착했다. 섬에 올라 영화촬영을 했다는 장소를 옮겨다니며 사진 촬영을 한 후 한 곳에 다다르니 바다 가운데에 마치 삼각형의 섬을 거꾸로 박아 놓은 것 같은 묘한 섬 하나가 나타났는데 영화에서는 마지막에 이 섬이 폭발하는 장면이 클라이막스 씬으로 나타나 더욱 유명해졌다고 한다.

그러나 밑이 좁고 위가 넓은, 보기에도 불안정不安定한 저 섬이 오랜 세월동안 어떻게, 저렇게 서있을 수가 있을까? 신기하기만 했다. 더욱이 이곳은 쓰나미의 재해도 받지 않았다고 한다. 섬의 곳곳을 돌아본 후 보트에 올라 멋진 '팡아만'의 절경을 뒤로 한 채 푸켓으로 돌아갔다.

● 야자수 아래 풀장에서 하루를 지내다

다음날 스케줄은 하루종일 자유시간이었다. 이곳은 빡빡한 일정에 얽매인 관광지가 아니라 몸과 마음을 편안하게 쉴 수 있는 휴양지로 널리 알려져 신혼여행지로 선호하는 곳으로 하루 동안 각자 취미에 따라 각종 레저 활동이나, 거리 관광, 쇼핑, 먹거리 체험 등 자유로운 활동을 할 수 있도록 되어 있다.

마침, 아내가 지난 여름 교통사고로 인한 후유증이 재발돼 무척 피곤해 하던 터라 하루를 푹 쉬기로 했다. 그날은 모처럼 늦잠을 자고 일어나 아침식사를 한 다음 객실에 설치돼 있는 TV를 켜고 채널을 이리저리 돌리다 보니 놀랍게도 한국어 방송이 나왔다. 내용은 '한 사람의 인간 성공에 대한 탐방기'였는데, 그 프로가 끝난 다음에는 한국어 뉴스, 가요, 드라마 등 전체가 한국방송이었다. 나중에 들은 이야기지만 이곳에는 '아리랑TV'라는 한국방송국이 있는데 드라마를 방송할 때에는 태국어 자막이나 더빙으로 방송하기 때문에 태국인들에게도 선호도가 높다고 한다. 이곳에서도 다른 동남아 지역과 다름없이 한류韓流열풍이 거세게 불고 있었는데 〈대장금〉과 더불어 한국의 잡채 요리가 인기를 끌고 있고 탤런트 이영애의 인기가 아주 높았다고 한다. 드라마 외에 가요에 대한 관심도 많은 편인데 가수 '비'의 인기가 특히 높다고 했다.

오후에 수영복으로 갈아입고 리조트 정원에 있는 풀장으로 내려 갔다. 풀장은 건물과 야자수의 그늘이 드리워져서 뜨거운 햇빛을 피할 수 있었다. 풀장으로 내려가 보니 리조트 1층은 거의 유럽관광객들이 가족 단위로 와서 자리를 차지하고 발코니마다 나와 앉아서 일광욕을 하고 있었으며 그 중 일부는 수영을 하고 있었는데 사람은 몇 명 되지 않았다. 대부분은 야자수 그늘에 설치된 긴 등받이 의자에 몸을 기대고 앉아 독서를 하는 등 여유로운 모습들이 휴식을 즐기러 온 사람들의 참모습을 보는 것 같았다. 물속으로 들어가니 목까지 차올라왔다. 아내는 수영에 자신이 있기 때문에 풀장을 몇 바퀴 돌았으나 맥주병인 나는 풀장 벽을 손으로 잡고 몇 바퀴 걸어서 돈 다음 등받이 의자에 기대 앉아 그곳 여유로움 속에 빠져들어가 시간 가는 줄 모르고 하루를 즐겼다.

● 천혜의 휴양지 피피섬

피피섬은 푸켓에서 남동쪽으로 약 45Km가량 떨어져 있는 섬으로 '안다만해海'에 위치해 있는 크고 작은 두 개의 섬으로 이루어져 있으며 그 중 큰 섬은 '피피도', 작은섬은 '피피레' 이다. 유럽인들에게 특히 인기가 많은 곳으로 섬 주변의 긴 해안을 따라 키 큰 야자수들이 늘어서 있고 해안을 따라 펼쳐진 고운 모래사장은 그 끝을 모를 정도로 긴데 수심은 얕고 물이 차지 않으며 진귀한 산호초, 투명한 쪽빛 바다 그리고 눈앞에서 펼쳐지는 열대어들의 환상적인 헤엄장면 등은 최고의 조건을 갖춘 곳이었다. 스쿠버다이빙, 스노쿨링 같은 레저활동과 휴식을 즐기기 위해서는 그런데 이렇게 아름다운 섬이 쓰나미의 참화로 섬 전체가 물에 잠겨버려 그 당시 섬에 있던 모든 사람들이 몰사해 버렸는데 그 숫자조차 파악할 수 없다고 한다. 스케줄에 피피섬 방문이 들어있는 것을 보고 그렇게 끔찍한 일이 있었던 곳에 으스스한 기분이 들어 가고 싶은

▲ 피피섬을 향해 물살을
   가르며 달리고 있다.

▶ 선실 내부 모습

마음이 없다고 S양에게 말했더니 "지금은 다 정리되고 괜찮으니
꼭 한 번 가보시라"고 권해 어정쩡한 기분으로 따라 나섰다.

   3월 10일 아침 8시 40분 피피섬으로 가기 위해 '라사다' 부두를
출항한 고속여객선은 만석이었다. 약 300여 개의 좌석이 있는 지
하 1층 선실과 1층 객실 및 썬팅 장소로 이용되는 2층까지도 빈 좌
석이 없었다. 배에 오른 관광객들은 기분이 들떠 있었다. 배가 부
두를 떠나 서서히 바다로 나가면서 점점 속도를 높이더니 얼마 지
나지 않아 망망대해, 배는 물살을 가르며 앞으로 나아갔다. 배가

황폐화된 쓰나미의 흔적

바다 한가운데로 나아갈수록 물이 깨끗해지더니 검푸른 빛으로 변하면서 퍽이나 깊어보였는데 날씨는 맑았고 바다는 잔잔했다. 배는 '라사다' 부두를 출발한 지 약 1시간 반이 지난 10시 15분경 피피섬에 도착했다. 피피섬에 도착해서 첫 번째로 본 해안가에 늘어선 키 큰 야자수들은 흙탕물에 잠겼던 탓인지 예전의 푸르름과 생기를 잃고 후줄근한 모습으로 서있었으며 아직도 흙탕물을 뒤집어쓴 채 폐허가 돼버린 마을 주변도 있었다.

그 외의 쓰나미 흔적은 말끔히 정리돼 있었고, 점차 활기를 되찾고 있었는데 하루에도 수만 명의 관광객들이 섬을 찾아와서 북적이고 있었다. 숙박시설과 편의시설들이 한창 공사 중에 있었으나 내륙으로부터 멀리 떨어진 섬이기 때문에 장비 및 물자수송에 어려움을 겪고 있다고 했다. 아직 완공도 되지 않은 건물 내에 식당을 차려놓고 관광객을 받아들이고 있는 형편이었다.

피피섬은 확실히 아름다운 곳이었다. 그리고 활기를 되찾고 사람 사는 냄새가 살아나는 그런 곳이었다. 해안가에는 정박하고 있는 각종 선박으로 북적였고 야자수 밑 그늘에는 수많은

해안가 나무그늘에 앉아 쉬고 있는 관광객들

관광객들이 등받이 간이의자에 줄지어 앉아 섬의 아름다운 풍경을 감상하고 있었고 식당마다 만원으로 자리가 없는가 하면 스쿠버다이빙 및 스노쿨링 같은 레저 활동도 활발하게 진행되고 있었다. 쓰나미의 끔찍한 재해를 당한 지가 2년도 안 됐는데 이렇게 많은 인원들이 찾아올 줄은 이곳에서도 미처 예상 못한 일이라고 했다.

오후 2시 30분 피피섬을 떠나는 여객선에 제일 먼저 승선해서 입구에 자리를 잡고 앉았다. 곧이어 관광객들이 줄을 이어 승선했는데 끝없이 많은 사람들이 승선했다. 이중에는 한국인을 비롯한 태국인, 유럽인들의 비율이 비슷한 것 같았다. 하도 많은 인원들이 승선하기에 도대체 몇 명이나 되는가를 중간쯤에서부터 직접 세기 시작했는데 그 숫자가 오백 명이나 됐으니 승선한 총 인원은 거의 천

명에 가까운 것 같았다. 출항 시간이 되자 배는 긴 고동소리를 울리고 피피섬을 뒤로 한 채 점점 속력을 내어 바다 가운데로 나아갔다.

● 코끼리 트레킹

3월 11일 아침, 푸켓에서의 마지막 날이다. 아침식사를 하러 아래층 식당으로 내려갔다. 식당 안은 한가한 편이었다. "사우디캅" 얼굴을 알아보는 종업원이 인사를 했다. "사우디캅" 나도 얼른 합장을 하고 답례를 했다. 이곳 종업원들의 웃음 띤 표정과 친절한 서비스가 그렇게 마음에 들 수가 없다.

음식 접시를 들고 야외 식당으로 가 자리를 잡았다. 풍성한 식단, 친절한 서비스, 야자나무의 시원한 그늘, 멀리 바라보이는 푸른 바다의 수평선. "바로 이런 곳이 낙원이 아니겠나?" 나는 이렇게 생각하면서 "집에 가기 싫다. 이곳에서 살았으면 좋겠다" 무심코 중얼거렸다. 그러자 식탁 맞은 편에 앉아 식사 중이던 아내가 "네? 뭐라고 했어요?" 하고 묻는다. 퍼뜩 정신을 차린 나는 "아무 것도 아니야" 하면서 "우리 이곳에서 집에 가지 말고 그냥 살았으면 좋겠다" 하고 말했더니 그제야 아내도 그 뜻을 알아듣고 피식 웃었다.

아침 식사 후 체크아웃을 하고 승합차에 올라 호텔을 떠났다. 태국인들이 신성하게 여기는 코끼리를 타고 왕족이 된 듯한 호사스러운 기분을 느낄 수 있는 코끼리 트레킹을 하기 위해서였다. 우리 일행을 태운 승합차는 어느 숲속에서 차를 세웠다.

S양을 따라 조금 걸어 가니까 코끼리 떼가 지나가는데 코끼리 등

에 설치된 의자에 두 명씩 앉은 관광객들은 마치 왕족이 된 것 같은 기분으로 희희낙락했다. 그 모습을 보면서 나는 한 가지 걱정이 생겼다. "저 높은 코끼리 등 위를 어떻게 올라가나?" 하는 것이었다. "목과 허리에 디스크 증세가 있는 아내, 그리고 유달리 운동 신경이 느린데다

코끼리 트레킹

나이까지 많은데 위험한 짓을 하는 것보다는 포기하는 것이 낫겠다" 생각하고 그 뜻을 S양에게 말했더니 "염려마시고 따라만 오시라"고 했다. 조금 더 따라가다 보니 마치 원두막 같은 구조물이 있는데 계단을 통해 그 위로 올라갔다. 그곳에는 나무로 바닥을 깔아 놓았고, 몇 사람이 차례를 기다리며 서있었다. 잠시 후 등에 관광객을 태운 코끼리가 와서 원두막 옆에 서니까 바닥과 코끼리 등의 높이가 거의 같았다. 이제까지 타고 온 관광객들은 그곳에서 내리고, 차례를 기다리던 사람들이 코끼리 등 위로 옮겨 탔다. 드디어 우리 부부도 코끼리 등 위로 올라탔는데 마땅하게 붙잡을 만한 것이 없어 금방이라도 미끄러져 떨어질 것만 같아 불안했다. 두 다리는 코끼리 잔등 위에 얹었는데 코끼리의 체온이 내 몸으로 전해져

오는 듯했다. 코끼리를 조종하기 위해 조련사가 목덜미 부분에 앉아 있었는데 아무 장치도 없이 맨 잔등 위에 달랑 앉아 있는 그의 모습이 그렇게 편해 보일 수가 없었다.

이 여행을 떠나오기 전에 TV에서 코끼리 조련사가 코끼리 길들이기 훈련하는 장면을 보았는데 야성野性을 가진 코끼리는 등 위에 올라앉은 조련사를 떨어뜨리려고 이리 뛰고 저리 뛰는데, 그럴 때마다 조련사는 마치 낫처럼 생긴 쇠꼬챙이를 들고 코끼리의 머리를 찍었다. 수없이 찍힌 코끼리 머리에서는 피가 흘러 내렸고 나중에는 피로 범벅이 되는 장면을 보고 몸서리를 친 일이 있었다. 결국 이런 훈련을 계속 반복해 나가면 코끼리는 야성을 잃어버리고 인간에게 순종하게 되는데, 이곳에서 사용하는 코끼리는 최소 5년 이상의 훈련을 받았기 때문에 위험성이 없다고 했다. 내가 타고 있는 코끼리 조련사의 손에도 TV에서 본 꼬챙이가 들려져 있었다. 천천히 움직이기 시작한 코끼리는 언덕을 내려가고 흐르는 시냇물을 따라 숲속으로 걸어갔다. 한참을 걸어가다가 U턴하는 지점에서 잠시 쉬고, 조련사는 카메라를 달라고 하더니 코끼리 등에서 뛰어내려 우리들 모습을 찍어주었다. 다시 원두막으로 돌아오기까지의 15분 동안, 짜릿한 스릴과 함께 불안한 마음이 끝없이 교차되었다.

코끼리 트레킹을 끝내고 나니 점심시간이다. 우리 일행은 중국, 일본, 태국의 음식을 고루 맛볼 수 있는 타이난 뷔페에서 푸켓에서의 마지막 점심식사를 했다.

골든 칸나르 뷔페 레스토랑

● 환타지쇼의 웅장하고 환상적인 서사시

점심식사를 마친 후 푸켓 여행에서의 쇼핑관광을 다니다가 저녁
식사를 하고 '번화가' 에서 자동차로 10분 거리인 카말라베이에 있
는 '테마파크인 푸켓 판타지' 로 갔다. 이곳은 '골든 칸나르 뷔페
레스토랑', '페스티벌 빌리지', '코끼리 궁전' 등 3개 주요 부분으
로 구성되어 있었는데 찬란한 루미나리에의 빛축제를 비롯한 네온
사인들이 입구에 설치되어 축제의 분위기를 만들어 놓아 나그네의
가슴을 설레게 했다. 이 중에서 골든 칸나르 뷔페 레스토랑은 4,000
여 석의 수용 시설을 갖추고 태국, 일본, 중국, 유럽 등 다양한 음
식을 제공하는 화려하기 이를데없는 거대한 음식점으로 샨데리아

의 불빛과 함께 연못 가운데 한 폭의 그림처럼 서있었었는데 연못 속에는 팔뚝만한 크기의 열대어들이 떼를 지어 몰려다니고 있었다. 그리고 페스티벌 빌리지에는 디즈니랜드풍의 상점, 아케이드, 오락시설들이 있었다.

오늘 저녁 환타지쇼가 공연되는 '코끼리 궁전'은 수코타이풍으로 설계된 3,000여 명을 수용할 수 있는 대형극장으로 매일 75분 동안 '환타지 오브 킹덤'을 공연하고 있었다. 공연하는 내용의 줄거리인 즉, 평화롭고 풍요로운 땅에 행복한 국민들이 살고 있는 축복받은 고대 왕국 '캄마라'에서 선정으로 나라를 다스리는 왕자가 있었다. 얼마 후에 이곳에 암흑시대가 다가와 태국 국민들의 민심이 혼동되어 국민들은 악과 탐욕에 빠져버렸다. 이에 나라를 보호하는 신神께서 진노하시어 캄마라 왕자와 그의 충실한 전우 코끼리에게 석상石像이 되라는 저주를 내렸다. 이 저주는 온 국민들이 몸과 마음을 함께 합쳐야만 풀 수 있다고 했다. 캄마라의 국민들은 자신들의 죄를 뉘우치고 과거를 되살리기 위해 전국적으로 한마음 한뜻이 되어 위험한 마법나라에 도전했다. 이 이야기는 자신 속의 동정심, 사랑, 용기 그리고 미덕 등 태국다운 것을 찾게 되는 이야기라고 한다.

공연은 코끼리를 탄 캄마라의 왕자와 장수들, 그리고 그 뒤를 따라 횃불을 높이 든 수많은 병사들이 극장 객석 사이의 넓은 통로를 이용해 무대로 등장하는 화려한 오프닝쇼로 시작됐는데, 일렁이며 타오르는 수많은 횃불들은 관객들을 흥분시키고 관심을 집중시켰다. 웅장한 테마쇼, 어둠속 천정에서 내리는 은빛 눈과 함께 등장

환타지쇼가 공연되는 3천 석 규모의 코끼리 궁전

한 신비한 야광복을 입은 남녀의 아름다운 그네쇼로 흥미와 상상력을 자극하고 천둥번개와 함께 쏟아지는 폭우와 특수음향은 관객들로 하여금 사실감에 빠져들도록 만들었다. 17마리의 코끼리와 닭, 염소 등 각종 동물들의 아기자기한 연기로 웃음을 준다. 또한 150여 명의 무용수들이 한꺼번에 무대에 설 수 있는 넓은 입체무대와 시시때때로 바뀌는 무대 그리고 수많은 등장인물들이 객석통로를 이용하므로써 극장전체를 무대로 삼아 관객과 일체감을 이루는 효과를 연출하면서 웅장하고도 또 다른 볼거리를 제공해 주었다.

쇼가 끝나 관객들을 따라 밖으로 나와 타오르는 횃불 세 번째 기둥 아래서 대기하고 있던 S양을 만나 함께 승합차에 올라 푸켓국제공항으로 향했다. 공항에서 출국 수속을 마친 후 며칠간이나마 정들었던 S양, 그리고 현지가이드와 아쉬운 작별인사를 하고 인천행 비행기에 올랐는데 마음 한 조각을 푸켓에 두고 온 것 같아 다시 한 번 가보고 싶은 곳이다.

쉐다곤 황금대탑

황금 불탑佛塔이 찬란한 미얀마

오전 11시 30분. 인천국제공항을 출발해서 미얀마 '양곤'의 '밍글라돈' 국제공항에 도착한 것은 현지 시간으로 저녁 9시 15분 경이였다(2시간의 시차가 있다). 실제 비행시간은 6시간 40분쯤 걸렸지만 '방콕'에서 환승을 하기 위해 5시간 30분가량을 대기했기 때문에 많은 시간이 소요된 것이다.

입국수속을 마친 후 짐을 찾아가지고 나오니 공항출구에는 입국하는 승객들을 마중 나온 많은 사람들이 늘어서서 저마다 사람들을 찾기 위해 여념이 없었다. 나는 그 사람들의 모습을 보는 순간 "아, 이곳이 미얀마구나" 하는 이국적인 정취를 금방 느낄 수 있었다. 많은 남자들이 치마를 입고 맨발에 슬리퍼를 신었으며, 머리에는 터번이나 이슬람교도들이 쓰는 특이한 모자를 쓰고 있는 모습은 TV나 신문지상에서 보던 것을 직접 보게 된 것이다.

프로펠러형 쌍발 비행기를 타고

우리는 마중 나온 여행사 가이드인 L씨의 안내로 버스에 올라 시내로 향했는데 벌써 사방은 어둠이 깔려 캄캄했다. 잠시 후 양곤 시내에 진입했으나 차창 밖으로 전개되는 풍경은 간간히 불빛들이 스치고 지나갈 뿐 어둠 속에 잠겨있는데 길거리에는 통행하는 차량도 별로 없어 한적한 것이 도시 전체가 잠들어 있는 것 같았다.

이때 L씨가 마이크를 들고 간단히 자기소개를 한 다음 "여러분 잘 오셨습니다. 이곳이 '버마'라는 국명으로 세계에 알려졌던 미얀마입니다. 지금 계신 곳은 이 나라의 수도로서 '랑군'이라고 불리워졌었지만 지금은 '양곤'이라고 명칭을 바꿨습니다."

그리고 계속해서 이곳의 실정을 다음과 같이 들려주었다. "이곳은 저녁 9시만 되면 모든 점포가 문을 닫고 가족들이 모여 저녁식사를 한 다음 일찍 잠자리에 듭니다. 한마디로 밤 문화가 없는 곳입니다. 원인은 전력사정이 나빠서 정전 사태가 잦은데다 전기요금이 아주 비싸기 때문입니다. 호텔 같은 특수 장소에서는 자가 발전을 많이 이용합니다. 그 대신 아침에 기상시간은 매우 빠릅니다. 보통 새벽 4시경이면 잠자리에서 일어나 하루 일과를 시작하게 됩니다." 그리고 나서 우리들 일행에게 질문을 했다. "여러분은 미얀마에서 가장 높은 건물이 몇 층이라고 생각 하십니까?" 이 질문에 대해 우리들 일행은 60층에서 10층까지의 다양한 답을 내놓았다. L씨는 그런 말들을 다 듣고 나서 "미얀마에서 가장 높은 건물은 22층입니다. 그 건물이 바로 오늘 저녁 여러분들이 주무실 '샹그릴라 호텔' 입니다."

● '미얀마' 라는 나라

개요

미얀마 여행의 이해를 돕기 위해 미얀마의 개요를 다음과 같이 요약해 소개한다.

미얀마는 동남아시아 인도차이나 반도에 있는 5개국 중 면적이 가장 큰 나라로서 서쪽은 인도양에 면하며, 북동쪽은 중국, 동쪽은 태국, 라오스, 북서쪽은 인도, 방글라데시와 접하고 있으며 옛날에는 중국의 운남성에서 인도의 아삼지방으로 가는 교통의 요지였다. 1885년 영국의 식민지가 되었다가 1948년 독립해서 '버마연방' 으로 지내다 1989년 '미얀마연방' 으로 국명을 바꿨다.

독립 후 민주주의를 도입했으나 1962년 네윈 장군의 쿠데타로 공산정권이 들어섰고, 현재까지 군부독재가 계속되고 있다. 2006년, 수도를 '양곤' 에서 밀림지대인 '핀나마' 로 옮기고 이름을 '나이피다우' 로 바꿨다.

미얀마의 중심민족은 버마족(70%)이고 나머지는 여러 소수민족으로 나뉘어 있는데 이 민족구성의 복잡성이 미얀마 정치의 중요한 문제가 되고 있으며 국민의 88%가 불교도이다.

동
남
아
시
아
편

네윈이 집권한 후 미얀마사회주의에 입각하여 외국인의 자본을 중심으로 국유화 조치하고 국영경제구조를 확립했으나 제대로 기능을 발휘하지 못했고, 외국원조마저 줄어 경제는 장기적인 침체 상태에 빠졌다.

풍부한 지하자원

효율적이지 못한 정부의 행정과 수시로 변하는 국가정책 때문에 세계 최빈국의 불명예를 쓰고 있지만 남한 면적의 7배에 달하는 땅에서 나오는 광활하고 풍부한 자원을 간직한 미얀마는 외국 투자자들의 관심을 끌기에 충분한 나라다.

최고의 루비 산지이고 티크원목의 보고이며 광활한 수산자원과 목재, 그리고 구리, 아연 등의 광물자원을 비롯해서 천연가스 매장량은 세계 10위이며, 그밖에 원유 추정 매장량만도 32억 배럴로 동남아의 자원부국이다.

단 하나의 걸림돌인 군부 독재 정치에서만 벗어난다면 수천 년을 이어 황금의 땅으로 불리던 영예를 되찾기에 충분한 나라인 것이다.

통신사정

"세계 각국에 나가있는 여행사 가이드들이 필수품으로 꼭 가지고 있는 물건이 무엇일까요?" 여행 도중에 L씨가 우리 일행에게 수수께끼 같은 질문을 했다. 그러자 일행들은 나름대로 생각나는 물건들을 이야기 했으나 L씨는 그때마다 고개를 저으며 정답이 아니라고 하더니 "그것은 핸드폰입니다. 저는 핸드폰을 못 가지고 있기 때문에 불편은 고사하고 어려울 때가 많습니다." 하면서 들려준 미얀마의 통신사정은 다음과 같다.

이곳에서 핸드폰을 구입하려면 5백만 원 정도 드는데다 사용요금이 턱없이 비싸서 웬만한 수입이나 신분이 보장되는 사람이 아니고서는 핸드폰을 사용한다는 것은 꿈도 꾸기 힘든 일이라고 한다. 핸드폰의 기계 값은 50만 원 정도 하지만 이곳에서는 특수한 '칩' 을 부착해야 사용을 할 수 있는데 그 '칩' 을 부착하는데 드는 비용이 450만 원 정도 한다는 것이다. 그것은 군부독재 정권체제에서 되도록이면 여론의 형성을 막아보자는 의도에서 비롯되지 않았나 생각된다는 것이다. 또한 미얀마는 지금까지도 인터넷이 불법으로 간주되어 사용을 통제하고 있다. 최근들어 e-mail만 일부 허용하여 사용되고 있으며 이것마저도 몇 개월 정도를 기다려야 선을 배정받을 수 있다. 비단 인터넷뿐만이 아니고 전화선의 공급도 매우 부족해서 신청 후 수 년을 기다려야하는 형편이다.

미얀마 여행시 거의 모든 지방은 국제전화가 불가능하고, 유명한 관광지라 해도 전화사용이 매우 불편하기 때문에 가장 좋은 방법은 미얀마로 떠나기 전에 '무소식이 희소식' 이라고 일러주는 것이다.

한류열풍

미얀마에서는 요즘 한국 사람을 만나면 "남한에서 왔느냐?" 혹은 "북한에서 왔느냐?"고 묻지를 않고 "가을동화에 나오는 '은서와 준서' 를 아느냐?" 혹은 "송승헌, 배용준을 아느냐?"고 묻는다고 한다. 그만큼 한국드라마나 영화, 가요 등에 대해 관심이 높고, 오히려 한국사람인 우리들보다 더 많은 것을 알고, 날카롭게 비평도 한다. 거기에는 그만한 이유가 있다. 마얀마의 TV방송은 정작 국민이 알고 싶어 하는 내용은 거의 다루지 않고 하루 종일 군대소식과 군인들이 사원과 승려에게 보시하는 내용만 나온다. 가끔 방송하는 드라마는 10여 년 전쯤에 일본에서 방송된 드라마를 재방영하는 정도이다. 그러나 부유층이나 호텔 등에서는 위성방송을 통해 다양한 방송을 즐기고 있다. 대부분의 한국교민들은 위성안테나를 설치하여 한국방송을 본다. 한국방송은 아리랑TV(영어로 방송하는 한국방송)가 나오고 4개에 달하는 한국쇼핑채널에서는 간간히 드라마나 영화를 상영하고 있다.

미얀마의 재미없는 방송 덕을 입고 마구 생겨나는 비디오숍에는 최신 유행하는 영화나 드라마도 많이 구비하고 있는데 최근 양곤에는 한국교민이 운영하는 비디오숍이 생겨서 교민이나 장기체류자, 그리고 현지 주민들이 많이 애용하고 있다 한다.

교통 및 자동차

일반 시민들이 많이 사용하는 교통수단은 '사이카'라고 부르는 인력거다. 자전거 옆에 사람이 앞뒤로 등을 맞대고 앉을 수 있는 좌석을 설치하여 바퀴를 달았는데 인력거꾼이 자전거 페달을 밟아 운행한다. 먼 거리를 갈 경우는 인력거를 끄는 사람이 너무 힘들어 해서 동네의 가까운 거리를 갈 때 많이 이용한다.

자동차는 우리가 상상도 못할 시대의 차들이 도로를 질주하는 곳이 바로 미얀마이다. 2차 대전 당시 일본군들이 쓰던 차를 수리

하여 지금도 시내버
스나 트럭으로 사용
하고 있다. 이들 골
동품 차량들은 오직
엔진만 남기고 거의
모든 것을 바꾸어서
사용하고 있는데 이
들 중고 차량들이 토

트럭을 개조해 만든 버스

해내는 엄청난 양의 매연은 도시의 골칫거리라고 한다. 차 값도 비
싼 편이어서 10여 년 된 티코가 1200만 원에 거래되고 있으며, 교
통규칙상 차량이 우측통행을 하고 있는데 좌측통행을 하는 나라의
중고버스를 수입해 관광버스로 사용하고 있어 관광객들이 차도 쪽
으로 버스를 타고 내려야 하는 위험천만한 일도 있다.

● 불탑佛塔들의 고도古都 '바간'

저녁식사를 하고 호텔에 도착하니 밤 11시가 넘었다. 짐을 챙기
고 간단히 샤워를 한 다음 12시가 넘어서야 잠자리에 들었다. 이국
異國땅에 와서 잠자리가 설어 한참을 뒤척이다가 마악 눈을 붙였는
가 싶었는데 새벽 3시 30분 모닝콜이 요란하게 울렸다. "아침 6시
에 불탑의 고장인 '바간'으로 출발하는 국내선 비행기에 탑승하기
위해서는 5시까지 공항에 도착해야 하니 빨리 식당으로 내려오라"
는 L씨의 음성이었다. 눈을 비비며 식당으로 내려가니 호텔 측의
특별배려로 4시부터 아침식사를 제공하고 있었다. 부랴부랴 식사

바간의 불탑佛塔들

를 하고 세수를 한 후 짐을 챙겨 호텔 로비로 내려가니 L씨가 우리를 기다리고 있었는데 그의 복장이 어제와 달라졌다. 감색 치마를 입고 흰색 셔츠 위에 가톨릭 신부들이 입는 것 같이 검은색 상의를 입었는데 맨발에 슬리퍼를 신고 있었다. "미얀마의 정통의상을 보여드리기 위해 입어 보았다"며 "치마를 입을 때는 그 안에 속옷을 입지 않는다"고 했다.

버스에 올라 공항으로 가서 L씨는 각자의 짐을 모아 화물로 탁송한 후 비행기 좌석표를 일행들에게 나누어 주었다. 공항 1층에 자리잡은 100여 평쯤 돼 보이는 공항 대합실은 양곤에서 국내 여러 도시로 출발하는 승객들이 뒤섞여 만원을 이루고 왁자지껄 떠들어서 매우 혼잡스러운 것이 한국의 버스터미널 대합실은 여기에다 대면 양반급이었다. 대합실에는 방송 설비도 안 돼 있어서 비행기가 출발할 때마다 직원 한 사람이 행선지를 적은 피켓을 들고 출입구에 나타나 "어서 탑승하라."고 큰소리를 외친 후 표를 검사하고 출입구로 내보냈다. 드디어 우리 차례가 되어 출입구로 나가니 80미터쯤 떨어진 곳에 쌍발 프로펠러 여객기가 한 대 서있어서 그곳까지 걸어가 탑승했다. 좌석이 40여 개쯤 돼 보이는 작은 비행기였는데 우리 일행 30명을 빼놓고 현지인을 포함한 외국인 7~8명이 탑승했다. 이때 L씨가 일행에게 주의를 주었다. "비행기가 1시간 정도 비행한 후 착륙하면 그곳이 '바간'입니다. 그곳에서 모두 내려야 합니다. 내리지 않으면 비행기는 다음 목적지를 향해 다시 떠나기 때문에 미아가 될 수 있습니다."

잠시 후 비행기는 서서히 움직여 활주로 앞에 서서 엔진의 출력을 높이더니 빠른 속도로 활주로 위를 질주하다가 사뿐히 공중으로 떠올랐다. 구식 프로펠러 여객기를 보고 안전을 걱정했는데 조종술은 수준급인 것 같았다. 간밤에 잠을 자지 못해서 잠깐 눈을 붙였는데 "비행기가 착륙한다."는 기내 방송이 나와 눈을 떴다. 착륙한 후 트랩을 내려 공항청사로 걸어갔다. 마치 시골 간이역 같은 '바간' 공항청사를 빠져 나오니 우리 일행이 타고 갈 버스가 대기하고 있었다. 버스가 출발하면서 L씨가 마이크를 잡고 "우리가 비행기로 한 시간 남짓 날아왔지만 버스로 오려면 16~17시간이 걸리는 곳입니다." 하고는 이곳 '바간' 상황에 대해 다음과 같이 설명했다.

"이곳 바간의 역사는 기원전 2세기 무렵 '따모다릿' 왕이 주변의 소수부족들을 통합해서 '아리망 타라프라' 왕국을 세웠습니다. 그러나 '바간' 왕조의 영화는 1044년 통일 미얀마를 건설하게 되는 42대 '아노라타' 왕이 즉위하면서부터 시작됩니다. '아노라타'는 북부의 '리카앙'을 정복하고 국토를 넓혀가다가 그때 마침 '타톤'

동
남
아
시
아
편

불탑과 낙조

에서 파견된 승려에 의해서 불교에 귀의하게 됩니다. 그후 '아노
라타'는 불교경전의 복사본을 보내달라고 '타톤'에 요청했는데 이
기적인 '타톤'의 '마누하' 왕은 이것을 거절해 버리고 말았습니
다. 이에 격분한 '아노리타'는 군대를 이끌고 쳐들어가 '타톤'을
멸망시키고 최초로 미얀마를 통일하여 화려한 바간문화를 꽃피우
게 됐습니다."

　　L씨는 마치 역사학자처럼 '바간'의 역사와 문화에 대해 강의를
하듯 거침없이 설명을 해주었다. 그는 이어서 "아노리타는 불교를
계기로 전 미얀마를 통일한 후 그 상징으로 거대한 황금 불탑을 건
설하면서 불가사의한 바간의 역사를 시작하게 되는데, 1287년 몽
골의 '쿠빌라이 칸'이 쳐들어 올 때까지 '바간'은 그 유례를 찾기
힘들 정도의 '탑불사'를 이룩했습니다. 200년에 걸쳐 5천여 개의

불탑군佛塔群을 조성했다고 하는데, 현재는 2,500~2,300개의 탑만이 남아있고, 유네스코에 의해 세계문화유산으로 지정돼 보호를 받고 있습니다."

L씨가 열강을 하는 동안 버스는 한적한 시골길을 터덜거리며 달려갔다. 얼마쯤 달렸을까? L씨가 다시 마이크를 잡더니 "관광에는 체험관광이란 것이 있습니다. 현지 사람들의 생활상을 직접 느껴보는 것입니다. 조금만 더 가면 초등학교가 하나 있는데 잠깐 들리셔서 이곳 어린이들의 공부하는 모습과 해맑은 눈동자를 한번 보고 가시는 것도 의미가 있다고 생각하는데 어떻게 생각하시는지요?" 하고 일행들의 의사를 물었다. 모두들 좋다고 해서 버스를 학교 앞에 세우고 학교로 들어갔다.

학교 정문은 나무로 만든 삽작문 같았는데 문을 열고 들어가니 자그마한 운동장이 있었고 그 한가운데에는 커다란 고목나무 한 그루가 서있었다. 조금 더 들어가니 목조로 된 자그마한 단층 건물이 있었는데 꽤 오래된 듯 낡아 보였다. 이 건물을 여러 개의 칸으로 막아 교실로 사용하고 있었는데 우리는 그중 한 교실로 안내되어 들어갔다. 교실 크기는 약 9평쯤 돼 보였고, 3~4학년 교실인 듯 10여 세 쯤 돼 보이는 20여 명의 학생들이 옛날 우동집 긴 의자처럼 생긴 야트막한 나무책상 하나에 4명씩 의자도 없이 맨 바닥에 앉아 공부를 하고 있었고 그들앞에 나무 받침대 위에 세워놓은 칠판 앞에서 선생님이 공부를 가르치고 있는 중이었다. 우리 일행이 교실 문을 열고 들어서자 학생들은 호기심어린 눈으로 이방인들을 쳐다보다가 잠시 후 아무 일 없었던 것처럼 칠판으로 눈길을 돌렸는데

바간의 어느 초등학교에서

그들의 눈은 진지했고 초롱초롱 빛나는 것 같았다.

학교를 나와 다음 목적지로 향하는 버스안에서 그 아이들의 초롱초롱하고 진지했던 눈동자가 눈 앞에 계속 어른거렸다. 지금은 비록 세계 최빈국의 가난 속에서 고생을 하지만 언젠가는 무진장한 지하자원을 기반으로 선진국으로 향해 발전해 가는데 있어 그 아이들이 중심 역활의 큰 몫을 담당할 날이 올 것이다. 이런 저런 상념 속 에 잠겨 있다가 L씨의 마이크 소리에 정신을 차렸다.

L씨는 "이제 체험관광 한 군데를 더 하겠습니다. 잠시 후 이곳 재래시장으로 가겠습니다. 옛날 우리나라 재래시장에 대한 회상도 하시고 이곳 사람들의 삶의 모습을 직접 체험해 보시기 바랍니다." 이어서 그는 "이곳은 비교적 치안상태가 잘 유지돼 있는 곳이니까 크게 걱정하실 필요는 없습니다. 그리고 슬리퍼를 안 가지고 오신분 들은 재래시장에서 하나씩 구입하시는 것이 좋겠습니다. 앞으로 사원이나 불탑에 들어갈 때에는 맨발로 다녀야 하기 때문에 신발과 양말은 버스 안에 벗어놓은 후 슬리퍼만 신고 내리셔서 슬리퍼를 사원입구에 벗어놓고 맨발로 다니며 관광을 한 후 다시 슬리퍼를 찾아 신고 버스에 오르시면 됩니다."

바간의 재래시장

잠시 후 버스는 재래시장에 도착했다. 규모는 그리 크지 않았는데 1950년대의 우리나라 재래시장과 흡사했다. 좁은 골목 좌·우로 좌판이 설치돼 있고 그 위에 각종 채소와 과일을 진열해 놓고 파는가 하면 자기 집 밭에서 가져왔는지 고추나 야채 따위를 땅바닥 비닐 위에 펴 놓고 손님을 기다리는 아낙네들, 각종잡화, 의류, 농기구나 그 밖의 생활필수품을 팔고 사고하는 모습들이 사람 사는 냄새가 물씬 풍기는 것 같았다. 나는 그곳에서 슬리퍼 2켤레를 사서 간직했다.

쉐지곤탑

현지식으로 점심식사를 한 후 우리들은 오늘의 하이라이트인 '쉐지곤' 탑으로 갔다. 쉐지곤탑은 미얀마를 최초로 통일한 '아노라타' 왕이 '타톤'을 정복하고 세운 최초의 기념탑으로 아노라타가 건립하기 시작해서 '잔샤타' 왕에 의해 완성된 파고다라고 한다. 쉐지곤탑으로 가는 버스 안에서 L씨는 다음과 같은 몇 가지 주의사항을 일러 주었다.

첫째: 맨발로 경내를 다녀야 하기 때문에 발바닥을 찔리거나 돌부리를 차지 않도록 바닥을 보며 안전에 주의할 것.(사원이나 불탑

바간의 쉐지곤 파고다

에서 맨발로 다니게 된 것은 옛날 부처님께서 탁발을 다니실 때 잘 사는 사람들보다는 신발도 못 신고 사는 사람들이 공양을 드리는 것을 보고 "저들이 신발을 못 신는데 나라고 신발을 신을 수 없다."고 하시면서 맨발로 다닌 데에서 연유했다고 한다.)

둘째: 관광지에서 간혹 옆구리를 찌르며 루비 같은 보석을 보여 주고 "싼값에 판다"면서 사라고 조르는 사람이 있는데 절대로 사지 말라고 했다.(루비는 100% 국가사업으로 취급하기 때문에 이런 것은 모두 가짜라고 한다)

셋째: 앞으로 미얀마 관광 도중에 어린이들이나 아기를 안은 여인들이 "원 달러"만 달라고 쫓아다닐 텐데 물건을 산다던지 하는 정당한 일 외에는 절대로 돈을 주어서는 안 된다. 불쌍하다고 돈을 주게 되면 오히려 그들을 망치는 일이 된다. 차라리 그들에게 주고 싶은 마음이 있으면 볼펜이나 캔디를 한 개씩 나누어 주되 못 받는

사람이 없도록 골고루 나누어 주어야 한다.

L씨의 말을 듣고 있는 동안 버스는 쉐지곤에 도착했다. 맨발에 슬리퍼만 신고 버스에서 내려 쉐지곤탑 경내 입구에 슬리퍼를 벗어놓고 긴 회랑을 지나갔다. 회랑 좌·우에는 불교용품점과 관광기념품 점포들이 길게 늘어서 있어서 두리번거리며 걸어가는데 웬 젊은 청년이 옆으로 다가와 주머니에서 무엇을 꺼내더니 사라고 했다. 슬쩍 내려다보니 가짜 루비 같았다. 나는 고개를 저으며 관심을 주지 않고 앞만 보고 부지런히 일행을 따라갔다.

조금 더 앞으로 걸어가다 보니 커다란 황금빛 대탑이 그 위용을 드러냈다. 바간에서도 시대에 따라서 탑의 형태가 다양하게 변해 갔는데 쉐지곤탑은 바간 최초의 탑으로 종鍾을 거꾸로 엎어놓은 형태였다. 이 탑의 내부에는 '퓨족'의 수도였던 '스리케뜨리아'에서 발굴된 부처님의 앞머리 뼈와 스리랑카에서 모셔온 모조 치사리가 모셔졌다고 한다. 처음에 '아노라타' 왕은 파고다의 자리를 결정할 때 부처님의 치사리를 코끼리 등에 얹고서 배회하게 한 다음 코끼리가 휴식을 취하는 자리에 쉐지곤탑을 건설했다고 한다. 이때 코끼리가 휴식을 취한 곳이 황금빛 모래 언덕이었기 때문에 '황금 모래 언덕'의 의미인 '쉐지곤'으로 불리게 되었다고 한다.

1085년에 완공된 쉐지곤탑은 160피트(약 55미터) 높이로 초기 바간 불탑의 원형으로 알려져 있다. 쉐지곤의 경내는 무척 넓은데 사방에 청동 부처님이 모셔져 있고 탑의 주변에는 갖가지 화병에 청동으로 만든 황금빛 인조 꽃이 꽂혀져 있고, 경내를 돌아 반대편 뒤뜰로 가보니, 미로가 만들어져 있었다. 다시 입구 쪽으로 돌아

나오다 보니 탑 정면 바로 아래에 이상한 물구멍이 바닥에 있는데 "왕이 참배를 오면 왕관 때문에 위를 볼 수가 없어서 아래 물구멍에 고인 물을 거울삼아 탑 꼭대기를 보고 참배했다."고 한다. 그러나 좀 더 현실적인 이야기는 파고다 건축시에 사용되였던 측량시설이었다고도 한다.

이 탑은 내부에 공간이 없이 벽돌로 건조하고 미장을 한 후 금박을 입혔는데 일정기간마다 그 위에 금박을 덧입힌다고 한다. 이 거대한 황금탑은 보기만 해도 휘황찬란한데 유명한 마르코 폴로의 『동방견문록』에도 기재되어 있다고 한다.

바간 왕조의 가장 화려한 건축물 '아난다' 사원

쉐지곤탑을 둘러 본 후 다시 상점들이 늘어서 있는 긴 회랑을 지나 슬리퍼를 찾아 신고 버스에 올라 바간 왕조의 가장 화려한 건축물이라는 '아난다' 사원으로 향했다. 가는 도중에 차창 밖으로 보이는 풍경은 현대식 빌딩은 별로 없고 황량한 붉은색 황토 벌판에 좌·우로 혹은 군群을 이루고, 혹은 외롭게 크고 작은 불탑들이 무수하게 서있는 모습들이 가히 '불탑들의 도시'라고 불릴만 하였다. 도로는 막힘이 없이 한산한데 역마차 모양으로 생긴 마차와 자전거가 간혹 지나가는 자동차들과 어울려서 이곳 교통수단의 일익을 담당하고 있는 것 같았다.

'아난다' 사원은 1091년, 바간의 3대 왕인 '짠씻타' 왕이 건립한 '몬' 양식의 사원이라고 한다. 이 사원이 건립되기까지의 일화가 전해져 오고 있는데 어느 날 8명의 인도 승려들이 '짠씻타' 왕을 찾아 왔다고 한다. 왕은 그들에게 머물 수 있는 장소와 공양을 제공해 주었는데 그들로부터 '난다몰라'라고 하는 동굴사원에 대한 이야기를 듣고 인도 벵갈지방의 사원양식을 본 딴 사원을 짓게 되었다고 한다.

당시 인도는 무슬림의 침공으로 불교가 설 자리를 잃어가면서 많은 승려들이 주변국으로 이주하게 되었는데, 이 무렵 미얀마에 일단의 승려와 인도의 건축양식이 들어왔을 것으로 추정하고 있다. '아난다'는 주변의 다른 사원에 비해 유난히 뾰족하다고 한다. 또한 '아난다' 사원은 초기 사원 중에 가장 처음으로 조성된 대형사원으로, 들어가는 입구에는 긴 회랑을 만들어 계절에 관계 없이 참배하도록 하였는데 그 안쪽에는 부처님의 전생담인 537점의 그림을 그려 놓았다.

이 회랑은 원래 본채와 붙어있지 않았는데 1948년 영국 식민지 시절에 중간 회랑을 지어 연결시켰다고 한다. 입구에 들어서면 사원을 지키는 '드와라발라' 장령이 관능적 포즈로 서있다. 사방四方에 똑같은 입구를 가진 아난다 사원에는 각 입구마다 거대한 입불立佛이 모셔져 있는데 하나의 통나무를 깎아서 만든 것이라고 한다. 한 가지 흥미로운 것은 입구에서부터 불상 바로 밑에까지 걸어가면서 부처님의 상을 관찰해 보면 거리에 따라 슬픈 표정에서 지그시 미소를 띠는 표정으로 변화하는 것을 볼 수 있다.

사원 내부를 연결하는 통로는 3단계로 나누어지는데 맨 바깥쪽 통로는 시민들의 참배 장소이고, 그 다음은 왕의 참배 통로, 마지막으로 부처님과 가장 가까운 곳의 통로가 승려용 참배 통로라고 한다.

또한 '아난다' 사원은 '아난존자' 의 이름을 따서 명명한 것이라
고 한다.

'탈로민로' 사원

1218년. 바간의 8대 왕인 '나다옹마' 에 의해 건립된 사원이다.
'탈로민로' 라는 말은 '우산의 뜻대로' 라는 의미를 가지고 있다 한
다. '나다옹마' 는 유난히 많은 부인들과 아이들을 거느리고 있었는
데 너무 많은 왕자들 때문에 후계자를 정하는데 많은 어려움을 겪
었다고 한다. '나다옹마' 는 왕위계승자를 놓고 고심하다가 왕자들
을 모두 도열 시킨 다음, 자신의 우산을 공중으로 던져서 그 꼭지
가 가리키는 왕자에게 왕권을 전하였는데 이것을 기념하기 위해
건립되었다고 한다. 주 출입구가 동 · 서 · 남 · 북 4군데로 나뉘어
져 있고 각각 한 분씩 네 분의 부처님이 모셔져 있다.

바간의 탑들 중에서 원형의 모습을 가장 많이 간직하고 있는 탈

탈로민로 사원

로민로의 건축방식은 먼저 기초를 다진 후 벽돌로 뼈대를 만들고 외벽에 석회나 시멘트 성분과 흡사한 '스투커'로 마감을 하고 그 위에 갖가지 조각과 문양을 새겨넣었다. 마지막으로 화려한 단청과 탑의 윗부분을 황금으로 도금을 하여 완성한 바간왕조 후기 시대의 대표적인 사원이라고 한다. 과거에는 바간의 모든 탑들이 상부를 황금으로 치장했다고 하는데 그 옛날 상인들이 이곳을 지날 때 5천여 개의 황금탑이 늘어선 이 도시를 보며 탄성을 지르는 모습이 눈에 선했다. 미얀마를 황금의 땅이라고 부르던 이유가 수긍이 간다.

'부파야' 파고다와 '이라와다' 강의 유람선

이라와다 강변에 있는 부파야 파고다는 바간에서 가장 오래된 탑으로 AD 300년에 조성되었다고 한다. 지금은 강변의 작은 탑에 불과하지만 옛날에는 배들의 길을 안내하는 등대 역할도 했다고 하는데, 많은 주민들이 저녁노을을 감상하기 위해 나와 있었다. 우리 일행은 사원 밑으로 강둑을 내려가 강변에 대기 중인 배에 나누어 탔다. 우리 일행을 태운 두척의 배는 앞서거니 뒤서거니 하면서 상류 쪽으로 거슬러 올라갔다. 강은 강폭이 넓은 큰 강이었는데, 이라와다강 어귀에서 1,400Km에 있는 '바모'까지 기선이 통행할 수 있고 삼각주 지대에 있는 길이 3,000Km '친드윈' 강까지 630Km를 항해 할 수 있는 수로로써 총연장이 1만 2,800Km나 되는 미얀마의 젖줄이라고 한다. 한참을 상류 쪽으로 올라가던 배가 U턴을 해서 하류 쪽으로 돌아 내려가기 시작했다. 우리가 내려가는 하류 쪽 수평선 위로 지금 막 넘어가려는 해와 그 밑에 깔린 붉

이라와다 강의 유람선을 타고

부파야 파고다

은 노을이 형언하기 어려울 만큼 아름다웠다. 한편 넘실대는 강가의 물결 위로 비쳐지는 불탑들의 그림자 또한 한 폭의 그림과 같다. 그리고 강가에서 빨래하는 아낙네와 벌거벗은 개구쟁이들이 물에 뛰어드는 모습도 눈에 들어왔다.

앞으로 낙조를 바라보며 강물을 가르고 달리는 배 위로 불어오는 바람과 탁 트인 강물 위의 시원함은 하루의 피로를 말끔하게 씻어 주는 것 같았다. 이라와디의 뱃놀이는 이렇게 끝났다.

달밤에 마차 투어를 하고

유람선 관광을 끝낸 후 저녁식사를 하러 식당으로 가기 위해 버스에 올랐다. 잠시 있으려니 L씨가 마이크를 들고 흥분한 목소리로 외쳤다. "뒤에 계신 손님! 창문을 닫으세요! 짐승에게나 먹을 것을 던져주지 어떻게 사람한테 던져 줍니까?" 깜짝 놀라 L씨를 쳐다보니 그의 눈에서 불꽃이 튀었다. 그는 매우 분노하고 있었다. 까닭을 알아보니 우리가 버스로 오는 것을 보고 따라온 남루한 옷차림의 어린이들과 아기를 안은 여인들 한 떼가 "원 달러"를 외치면서 손을 내밀었다. 우리 일행들은 모두 외면하고 뿌리치면서 버스에 올랐는데 미련을 버리지 못한 그들은 버스 창문을 두드리며 "원 달러"를 외쳤고, 젊은 아낙네는 안고 있는 아기의 입을 가리키며 먹을 것을 달라고 했다. 뒷좌석에 앉아있던 일행 중 한 사람이 창문을 열고 이들에게 캔디를 던져 주는 것을 L씨가 본 것이었다. 잠시 후 흥분을 가라 앉힌 L씨는 "캔디를 주시려면 버스에서 내려가 한 사람 한 사람 손에다 쥐어 주십시오. 그리고 모자라서 못 받

바간의 어느 모자

는 사람이 없도록 하십시오. 만약 저 애들이 우리들 아이라면 여러분 심정이 어떻겠습니까?" 하고 자기가 흥분했던 것을 사과했다. 그 일이 있은 후, 그의 행동을 유심히 지켜봤더니 관광지를 갈 때마다 모여드는 그들에게 볼펜이나 캔디를 한 개씩 손에 쥐어 주었고 여인들에게는 격려를 해주는 것 같았다. 그래서인지 어린이들은 수줍어하면서 그를 따랐고 여인들은 웃으며 반가워했다. 따뜻한 인간애가 느껴지는 아름다운 모습이었다.

식당은 이라와다 강변에 있는 아담한 레스토랑이었다. 시원한 잔디밭에 마련해 놓은 식탁 위에서 현지식으로 식사를 하면서 자기소개와 더불어 관광소감을 돌아가며 이야기하다 보니 꽤 많은 시간이 지나갔다. 식사를 마친 우리들은 도로까지 걸어갔다. 그곳에는 우리가 타고 온 버스 대신 15대의 마차가 대기하고 있었다. 서부영화에서 흔히 보던 것처럼 뒷편에 손님이 기대앉고, 마부가 앞에 앉아 마차를 모는 모양 같이 생긴 마차였다. L씨가 모두 자기 앞으로 모이라고 하더니 "이곳에서는 마차 1대에 현지 주민 6명씩 타고 다닙니다. 그러나 오늘은 특별히 1대에 두 분씩 모시고 30분간의 마차 투어를 하겠습니다. 그럼 마차에 올라 출발하겠습니다."

막상 마차에 올라보니 뒤편에 의자는 없고, 난간조차 없는 허당이었는데 6명의 주민이 탈 때 뒤로 걸터앉기 위한 것인 것 같았다. 바닥에는 담요 한 장이 깔려 있을 뿐이었다. 그래서 아내는 앞에 있는 마부 옆자리에 앉히고 나는 바닥에 앉아 마땅하게 붙잡을 것이 없어 난간을 잔뜩 움켜잡고 앉았는데 자세가 영 불안했다. 드디어 앞의 마차를 따라 우리가 탄 마차도 출발했다. "따각 따각" 하며 말이 마차를 끌기 시작하자 비포장도로여서 덜컹거리며 마차가 흔들리는데 떨어질 것만 같아 팔에다 힘을 잔뜩 주었다. 마차가 달리기 시작하면서 앞에 가는 마차에서 일으키는 먼지가 날아와 견디기가 힘들었다. 그러나 참을 수밖에…… 그렇게 잠시 가다가 아스팔트 포장도로로 접어들어 그 길을 따라가자 한결 살 것 같았다. 여유를 찾은 나는 그제야 좌우를 돌아보니 키가 큰 나무숲을 지나고, 조그만 마을을 지나고, 낮에 보았던 불탑 사이를 지나가는데 밤에 보는 불탑들과는 또 다른 느낌으로 전해져 왔다. 아스팔트 포장도로는 자동차와 자전거, 오토바이들이 함께 다니고 있어 그 가운데 끼어 곡예를 하는 느낌이었다.

그때 마부가 영어로 물어왔다. "내일은 양곤으로 가시나요?" 나는 "헤호로 간다"고 말했다. 그랬더니 그는 "헤호? 좋은 곳이죠." 하면서 마차의 흔들림에 몸을 맡기고 무척 기분이 좋은 것 같았다. 그렇게 한참 가다가 그는 하늘을 가리키며 "저기 달을 좀 보세요. 무척 밝죠?" 하고 말을 걸었다. 하늘을 쳐다보니 보름달 같은 둥근 달이 구름 한 점 없는 맑은 하늘을 환하게 밝히고 있었다. 아름다운 바간의 밤이었다.

'따각 따각' '따가닥 따가닥' 15대의 마차 행렬은 휘영청 밝은 바간의 달밤을 누비다가 오늘의 숙소로 정해진 '미얀마트리슈레' 리조트 정문 앞에서 끝이 났다. '미얀마트리슈레' 리조트는 미얀마 군부 실력자의 소유로 바간에서 가장 좋은 호텔이라고 하는데, 사원처럼 붉은색 벽돌로 지은 리조트였다. 시설은 떨어졌지만 피곤한 몸을 누이니 스르르 잠속으로 끌려들어 가면서 바간의 밤은 깊어만 갔다.

● '인레' 호수의 수상마을

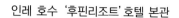

호텔에서 아침식사를 한 후 '헤호'로 출발하는 비행기를 타기 위해 바간공항으로 향했다. 역시 프로펠러 쌍발기였는데 좌석 번호가 없이 아무데나 마음에 드는 좌석에 앉도록 돼 있었다.

비행시간은 30분. '헤호'에 도착한 것은 아침 9시였다. 우리 일행은 소수민족들이 살고 있는 '인레' 호수의 풍속 여행을 위해 마중나온 버스에 올라 인레 호수로 향했다. 인레 호수로 가는 길은 고산

인레 호수 '후핀리조트' 호텔 본관

지대를 넘어 구절양장, 굽이 굽이 돌아가는 2차선 아스팔트길을 따라 1시간 30여 분을 달렸는데, 3월 중에 오게 되면 펑퍼짐하게 이루어진 산자락 전체가 노란색 해바라기로 뒤덮여 일대 장관을 이룬다고 했다. 버스는 포장도로가 끝나는 곳에 멈춰 섰는데 그곳이 바로 오늘의 숙소인 '후핀리조트' 호텔 앞이었다. 버스에서 우리가 내리자 호텔에서 준비한 음악대가 우리 일행을 환영해 주었다.

우리는 잠시 리조트 로비에서 기다리다가 L씨로부터 객실 키를 받아들자 그는 "각자 방에 돌아가셔서 짐을 두시고, 간편복차림으로 저기 둑 아래로 보이는 선착장으로 앞으로 20분 안에 모여 주시기 바란다."고 말했다. 객실은 둑 아래 호수에 말뚝을 박아 기둥을 세우고 집을 지은 것이 L자字형으로 길게 연결돼 있었는데 객실을 연결하는 길道도 수면 위에 나무다리 형식으로 만들어져 있었다. 키를 열고 객실로 들어서니 거실이 하나 있고, 호수에 면한 베란다로 나가는 유리문이 있는데 베란다에는 의자 2개가 놓여 있었다. 또한 거실에는 화장실과 샤워실이 조그맣게 자리 잡았고, 거실 침대 위

객실은 수면 위에 있었다.

에는 오래간만에 보는 모기장이 쳐져 있었다. 이색적인 감정과 아울러 어설픈 마음을 함께 느꼈다. 이곳 리조트는 자가 발전에 의해 저녁부터 이튿날 아침까지 전기가 공급된다고 한다.

'인레' 호수

인레 호수는 미얀마에서 가장 아름다운 곳으로 중국 계림의 산수가 부럽지 않은 곳이라고 한다. 이 호수는 그동안 일반인에게 개방되지 않다가 최근에야 모습을 공개된 곳으로 원시적 자연환경에서 문명에 물들지 않은 소수민족들이 살고 있는 곳이다.

인레 호수의 길이는 22Km, 넓은 곳의 폭은 11Km나 되는 광활한 호수로 고도가 875m의 고산지대에 위치하고 있어 여름 한 때를 제외하고는 늘 선선한 기후를 가진 천혜의 지리적 조건을 가지고 있다. 이곳의 주민들은 태어나면서부터 일생을 배와 함께 생활하는데 호수 위에서 자고 먹고 농사까지 짓는다고 한다.

선착장에 모인 우리 일행 30명은 카누같이 생긴 긴 모터보트 1척에 5명씩 6척에 나누어 타고 열을 지어서 호심을 향해 물살을 가르며 달려 나갔다. 물은 맑았고 호수의 폭이 넓은 지점이어서 그런지 망망대해 같았는데 "깊이는 그렇게 깊지 않아서 중심부분이 6미터 정도 된다."고 L씨는 설명해 주었다. 호심으로 나아간 배들은 오른쪽으로 방향을 꺾어 올라가기 시작했다. 그렇게 얼마쯤 올라갔을까? 꽤 시간이 지났다고 생각되는데 물길이 점점 좁아지면서 양쪽에 마치 섬처럼 생긴 땅이 나타났고, 하나, 둘 나무와 대나무 같은 것으로 엮어서 지은 집들이 보이기 시작했다. 그리고 호수 주변

인레 호수의 수경 경작지

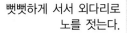

뻣뻣하게 서서 외다리로
노를 젓는다.

에는 대나무들을 물 위에 촘촘하게 꽂아놓았는데 그 사이에는 채
소 같은 작물들이 자라고 있었다.

　인레 호수 주변에 주로 사는 '인따' 족은 어업 이외에 농사도 짓
고 사는데 대나무를 밭고랑만큼 엮어 부력으로 물 위에 띄운 후 그
위에 흙을 올려 수경재배를 하는 것이다. 토마토같이 수분을 많이
필요로 하는 작물을 경작하는데 끝없이 펼쳐지는 호수 위 농경지가
물결에 출렁이는 모습을 보면 처음에는 고개를 갸우뚱하지만 곧 수
상족들의 지혜로운 농사법에 감탄을 하게 된다. 한편 대나무들을
물 위에 촘촘하게 꽂아놓은 것은 재배작물이 떠내려가는 것을 방지
하기위해서라고 한다. 수경재배지를 지나자 호수의 폭이 점차 넓어
지면서 보트의 속력도 빨라졌다. 수면을 가르고 나가는 보트에 의
해 물보라가 튀어올랐다.

　보트가 호수 위를 달리는 동안 호수에는 고기를 잡는 배인지 몇

289
• • •
동
남
아
시
아
편

수상마을의 파웅다우 사원

척의 배가 떠있는데 이상한 것은 하나같이 노를 젓는 사공이 두 손
으로 젓는 것이 아니라 뻣뻣이 외다리로 서서 나머지 한 다리와 손
으로 노를 젓고 있는 모습이었다. L씨의 설명에 의하면 "인레 호
수의 사람들은 선 채로 노를 발로 젓는 특이한 풍습을 가지고 있는
데 이것은 가로걸리는 지형지물이 없이 넓게 펼쳐진 호수 때문에
방향을 확인하며 가기 위해서"라고 했다.

수상마을의 삶

○ 파웅다우 사원 : 인레 수상시장 부근에 있는 사원으로 현대식
건물이다. 이 사원에는 봉안된 다섯 분의 부처님이 매년 9월 말부
터 10월 20일까지 인레의 17개 마을을 방문하는데 마지막 3일은
전 마을이 참가하는 조정대회를 한다고 한다. 어느 날 마을을 방문
하던 한 분의 부처님을 모신 배가 난파돼 가라앉았다. 할 수 없이

수상마을의 섬유공장

직물을 짜는 여인(89세)

네 분의 부처님만 모셨는데 그렇게 찾던 한 분의 부처님이 호수바
닥에서 나타났다. 그로부터 사람들은 부처님의 영험을 느끼고 금박
으로 도금을 했는데 수많은 참배객들이 보시한 금박 때문에 부처님
의 모습이 지금은 마치 축구공처럼 둥글게 되어버렸다고 한다.

　○ 수상에 세워진 직물공장 : 인레 호수에는 다양한 형태의 가내
산업들이 있는데 이곳들은 관광객들이 그들의 삶을 직접 보고 체
험할 수 있는 단골코스라고 한다. 보트로 한곳에 이르니 물 위에
지은 건물로 이루어진 꽤나 규모가 큰 마을이 나타났다. 그곳에서
보트를 내려 3층 목조건물인 직물공장으로 올라갔는데, 보트를 내
리고 탈 때마다 선착장에서 안전을 위해 세심하게 배려를 해주어
서 그날 하루종일 수없이 보트를 내리고 탔지만 불편하거나 불안
감은 조금도 없었다. 안으로 들어서니 이곳에서는 실크와 면을 짜
고 있었다. 50~60년대 우리나라에서 흔히 보던 소창을 짜던 직조

기와 베틀 같은 틀 앞에서 수공업으로 작업을 하고 있었다. 또 한 곳에서는 연꽃줄기에서 연사를 빼내는 섬세한 작업을 하고 있었는데 이 실로는 스님들이 입는 특수한 가사장삼을 만든다고 한다.

특히 인상적이였던 것은 89세의 할머니가 베틀 같은 직조기에 단정하게 앉아서 작업을 하고 있었는데, 먼 이국땅에 와 있는 것이 아니라 타임머신을 타고 100여 년을 거슬러 올라가 우리 이웃의 어느 할머니를 보고 있는 것 같았다. 이곳에서 생산되는 실크는 천이 질기고 값이 싸서 미얀마 전역에 특산품으로 보낸다고 한다.

우산공장 마을

직물공장 마을을 떠나 우산공장 마을로 갔다. 이곳은 미얀마 전통 우산을 만드는 곳이다. 신기神技에 가까운 손놀림으로 만들어지는 우산과 우산 위에 씌우는 '닥종이'를 원시적인 방법으로 만드는 모습을 직접 볼 수 있었다. 이 우산은 장식용이나 조명용으로 쓸 수는 있지만 비오는 날 쓰기는 좀 그럴 것 같았다. 더구나 이 우산에서는 아주 고약한 냄새가 나는데 이것은 접착력을 높이기 위해서 삭인 풀을 쓰기 때문이라고 한다. 강한 햇볕에 잘 말리면 냄새를 없앨 수 있다고 했다.

목이 긴 카렌족 여인

우산공장 마을을 떠난 보트는 잠시 후 어느 수상 건물 앞에 정박하고 보트에서 내려 나무 계단을 올라갔다. 그곳에는 미얀마의 일반 잡화를 파는 곳으로 나무 바닥으로 된 10여 평의 공간이 있었고

앞에는 판자로 된 조그만 건물이
있었다. L씨는 그 집 안으로 들어
가더니 목이 긴 여인 1명과 같이
나왔다. 그 여인의 목은 매우 길
어서 약 30센티가 넘어 보였는데
목에는 여러 개의 황금색 링이 어
깨 위에서부터 턱 밑에까지 채워
져 있었다.

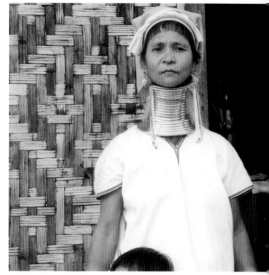
목이 긴 카렌족 여인

L씨는 그 여인을 옆에 세우고
설명을 했다. "이분은 소수민족인
카렌족 여인인데 이 민족은 목이

길수록 미인으로 인정받는다고 합니다. 그렇기 때문에 어려서부터
링을 하나씩 채워주는데 최고 미인으로 꼽히는 사람은 목 길이가
40cm를 넘는다고 합니다" 그리고 나서 "우리가 생각하기에는 무
거운 링을 차고 다니면 목이 길어지는 게 아니라 어깨뼈가 내려 앉
아 상대적으로 목이 길게 보이지 않나 생각됩니다." 또 카렌족 여
인에게 벌을 줄 때에는 목에 낀 링을 제거하는데 이때 목뼈가 부러
져 죽게 되는 수도 있다고 한다. 이들이 하루 종일 하는 일은 관광
객들이 오면 포즈를 취하고 몇 가지 기념품을 팔거나 약간의 돈을
받는 것이었다. 나는 카렌족 여인에 대한 연민의 정과 서글픔을 안
고 그 자리를 떠났다.

그 사이에 하늘에 높이 떠있던 해는 어느덧 수평선 위로 기울어
지고 저녁이 다가온 것을 느끼게 했다. 우리들은 재래식 대장간과

은銀세공 공장들을 둘러보며 그들이 인레 호수에서 살아가는 삶의 현장을 체험하고 서둘러 리조트로 돌아가기위해 보트를 달렸다. 인레 호수의 날씨는 우리나라 가을 날씨처럼 선선했는데 저녁나절 달리는 보트 위로 불어오는 바람은 점퍼를 입어야만 했다. 덧붙여 이곳 미얀마 여행은 건기인 11월부터 2월까지가 적기라고 한다.

● 찬란한 황금대탑이 빛나는 '양곤'

이튿날 아침 7시. 공항으로 가기 위해 호텔을 떠나 10여 분쯤 지났을 때, 마침 지역마다 돌아가며 열리는 5일장이 열리고 있었다. "이 5일장은 좀처럼 보기 어려운 것이니 잠깐 보시고 가는 것이 좋겠다." 는 L씨의 말에 버스를 세우고 장터로 들어갔다. 그곳에는 인근주민들과 고산지대에 사는 고산족까지 몰려들어 북적대고 있었다. 싱싱한 야채, 고산족들이 채취해온 산나물, 수상재배한 토마토를 비롯해 곡물류와 각종 의류, 농기구, 집안에 간직해 두었던 불상, 조각품, 그리고 전통음식과 잊혀진 대장장이의 풀무질 등 진열해놓고 파는 모습은 지난날 우리의 5일장을 다시 보는 느낌이었고, 팔고 살 물건이 없으면서도 분위기에 끌려, 혹 무슨 정보라도 얻어듣기 위해 장터에 나와 음식점에 둘러앉아 술잔을 기울이는 사나이들의 모습들에서 소수민족들의 소박한 삶을 느낄 수 있었다. 이 5일장은 아침 6시에 시작해서 오전 11시에 파장한다고 한다. 다시 버스에 올라 헤호공항에 도착한 우리들은 1시간 10여 분을 비행해서 미얀마의 수도 '랑군' 으로 더 잘 알려진 '양곤' 에 도착해 관광을 시작했다.

'로카찬다' 파고다

1,000톤의 옥을 깎아 단일 옥으로는 세계 최대라는 600톤의 부처님을 만들어 모신 곳이다. 그 옥을 양곤까지 옮기면서 여러 마을을 돌았는데 그 마을마다 환자들이 완치되는 기적이 일어났다고 한다. 또한 옮기는 시기가 우기雨氣였으나 15일 동안 비가 한 번도 안 왔다고 하는데 그것도 기적이라고 미얀마인들은 믿고 있다. 우리가 '로카찬다' 파고다를 찾았을때, 마침 미얀마 군부 실력자가 가내 행사로 3일 동안 불공을 드리면서 일체 잡인의 출입을 금하고, 경비 병력이 정문을 차단하고 있어 아쉽지만 버스에 탄 채로 설명을 듣고 겉모양만 본 뒤 돌아설 수밖에 없었다.

'까바에' 파고다

근대에 조성된 까바에 파고다는 양곤 시내중심지에 위치하고 있다. 미얀마의 모든 종교 행정을 담당하는 종교성宗敎省이 자리하고 있으며 미얀마 불교의 중심지 역할을 하고 있는 곳이기도 하다. 무엇보다 이 사원이 사람들의 주목을 받는 이유는 인도의 '아쇼카' 대왕에 의해서 조성된 '산치' 대탑에서 영국인 고고학자가 발굴한 부처님과 '목련존자' 그리고 '사리불' 존자의 사리가 모셔져있기 때문이라고 한다. '까바에' 파고다 주변에는 많은 건물들이 있는데 1만 명을 수용할 수 있는 커다란 홀이 있었다. 이곳을 '마하빠자니'라고 부르는데 7개의 출입구가 있고, 국가 위기를 타개하기 위한 제6차 결집 대회를 치뤄서 '세계평화의 탑'으로 불린다고 한다.

와불의 상반신

와불의 발바닥

'차옥타지' 파고다

양곤에서 초대형 와불臥佛을 볼 수 있는 곳이 바로 '차옥타지' 사원이다. 약 2천 년의 역사를 가진 67미터 크기의 이 와불은 벽돌로 만들었는데 살아있는 사람에 좀 더 가깝게 표현하기 위해 눈동자와 입술에 포인트를 주다보니 여성처럼 보이기도 한다.

처음에는 비스듬히 앉은 자세였는데 1930년 보수할 때 지금처럼 누워계신 부처님으로 만들었다고 한다. 이 '차옥타지' 와불을 오른쪽으로 돌아 부처님의 발 부분에 이르면 거대한 발바닥에 갖가지 문양이 새겨져있다. 이것은 108가지의 문양으로 되어 있는데 욕계, 색계, 무색계를 나타낸다고 하며 이것은 다시 여러 가지로 분류되는데, 궁극적으로 최상의 극락으로 비상해 올라갈 수 있음을 의미하는바 이런 불교 세계관의 영향으로 미얀마인들은 언제나 좀 더 나은 세상에 태어나기 위해서 선행을 베풀어야 하는 것으로 굳게 믿고 있다.

쉐다곤 황금대탑

어제와 오늘 오전 내내 사원과 불탑을 맨발로 순회하며 이곳 미얀마인들의 생활을 이해할 수 있을 것 같았다. '차옥타지' 파고다의 관광을 끝낸 후 미얀마의 특식이라는 11가지 종류의 현지식으로 점심식사를 하고 우리들은 미얀마 역사와 문화의 상징이라는 황금대탑 '쉐다곤 파고다'로 향했다. 입구에 슬리퍼를 벗어 놓고 엘리베이터로 대탑이 있는 곳까지 올라가 거대한 보리수나무 옆에 내렸다. 부처님께서 보리수나무 밑에 앉아 득도하신 그 나무의 증

쉐다곤 보리수

손자쯤 되는 혈통을 가진 나무라고 한다. 그곳에서 바라보니 황금
빛으로 찬란하게 빛나는 거대한 대탑이 우뚝 서있고 그 넓은 광장
을 빈틈없이 메운 온갖 조각들과 장식물들은 모두가 황금빛으로
장식돼 있어 어느 황금의 도시에 와 서있는 것 같았다.

　그때 L씨가 자기 옆으로 일행들을 모은 후 "이곳은 넓이가
10,000평이나 되는 넓은 곳으로 매우 복잡합니다. 이제부터 시계
방향으로 돌아가면서 설명을 해드릴 텐데, 사진촬영이나 그 외 사
정으로 인해 일행을 잃어버리게 되면 다른 곳으로 가지 마시고 이
보리수나무 밑으로 와서 기다려 주십시오." 하고 당부를 한 후 걸
어가면서, 혹은 특별한 곳에 서서, 이 탑의 유래와 탑에 대한 이야
기를 해주었는데 대략 다음과 같이 요약할 수 있다.

쉐다곤 황금대탑

쉐다곤 대탑의 부분들

　'양곤시내의 어디에서나 보이는 쉐다곤 대탑은 양곤 시내의 밤 하늘을 온통 황금빛으로 물들이는 거대한 황금탑이다. 이 황금탑 은 그 기원이 무려 2,500년을 거슬러 올라가는데, 부처님 생존 당 시에 세워진 지구상에 유일한 불발(부처님 머리카락)을 모신 사리 탑이다. 미얀마의 정신적 지주이기도 한 쉐다곤은 그 높이가 98 미터에 이르고 전체 사원의 면적이 1만 평에 달한다. 탑의 전신金 身을 금박으로 덮어 조성한 불가사의한 탑으로 이곳에 기증된 금 의 양이 무려 60톤이나 되고 금박으로 9천여 장에 달한다고 고한 다. 그러나 3년마다 금박을 덧입히는 개금불사를 하기 때문에 정 확한 양은 확인할 수가 없다. 또한 탑의 꼭대기 부분에는 수많은 보석들로 치장되어 있는데 총 1,800캐럿의 다이야몬드 2,317개의

◀ 쉐다곤 대탑의 부속건물
▼ 쉐다곤 대탑 전경

루비, 1,065개의 금종, 420개의 은종 등 수많은 보석으로 장식되어 있다. 하지만 이보다 더 소중한 유물은 모두 이 대탑의 지하에 묻혀있다고 하는데 '부다가야'에서 부처님이 미얀마의 두 상인에게 봉밀을 공양 받은 후 뽑아준 8개의 머리카락이 바로 그것이라고 한다.

이 세상의 모든 불사리탑은 부처님이 '쿠시나가르'에서 열반하신 후에 조성되었지만 이 쉐다곤 대탑만이 부처님 재세在世시에 지

깐도시 호수에 있는 아름다운 호텔

어진 유일한 불탑이다. '상구타라' 언덕은 예전에도 양곤에서 조금 높은 지역이었지만 만년불사의 안목으로 '깐도시 호수'라 불리는 곳에서 흙을 파다가 58미터의 반인공적 언덕을 조성한 후 탑을 세운 것이다. 이 거대한 '상구타라' 언덕의 남쪽을 주 출입구로 하여 사방으로 입구를 만든 다음, 탑이 있는 상부까지 온갖 조각으로 장엄한 회랑을 지어 사시사철 날씨에 관계 없이 출입하도록 배려를 했다'고 한다.

L씨의 설명을 들으며 3시간을 걸어다닌 우리들은 출발했던 보리수 밑으로 다시 돌아왔다. 그 어마어마한 규모, 찬란한 황금의 도시, 섬세한 조각들, 이 모든 것이 천상天上에 있는 어느 왕궁을 다녀온 것 같이 취한 듯한 착각 속에 빠져들게 했다.

사이카 퍼레이드

사이카를 타고 퍼레이드

미얀마 여행의 마지막 날이다. 여행을 시작한 후 처음으로 느긋
하게 늦잠을 자고 일어났다. 호텔에서 아침식사를 마친 후 버스에
올라 양곤 시내관광길에 나섰다. 오늘은 양곤강江을 건너 시골마
을과 재래시장을 사이카(자전거가 끄는 인력거)를 타고 이동하면
서 현지인들의 생활 모습을 보러간다고 했다. 양곤 시내를 한참 달
리던 버스는 양곤강 여객선터미널 앞 주차장에 차를 세웠다. 터미
널을 통과해 부두로 나가니 바로 앞에 너비가 2킬로미터는 돼 보
임직한 넓은 강에 황토빛 강물이 하나 가득 넘실대며 흘러가고 있
었고. 부두에는 강을 건너려는 사람들이 여객선이 오기만을 기다
리고 있었다. 한편 강변에는 각종 과일을 비롯해서 미얀마 토종 음
식들을 팔고있는 노점상들이 늘어 앉아 손님들을 부르고 있었다.

드디어 배가 도착해서 그들과 함께 승선했는데 2층으로 돼있는

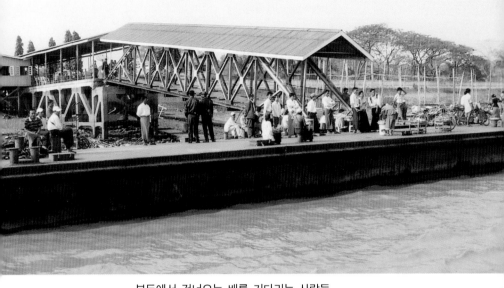

부두에서 건너오는 배를 기다리는 사람들

여객선이 300여 명의 승객으로 가득 찬 배 안은 모처럼 나들이길
에 만나 서로간의 근황과 그간 겪은 일에 대해 이야기하느라고 시
끄러웠다. 그러나 그들의 얼굴에는 미소가 가득 차 있었고 사람 사
는 냄새가 물씬 풍겨오는 것 같았다. 그러는 사이에 배는 건너편
부두에 닿았다. 사람들이 저마다 배에서 내려 부지런히 제 갈 길로
헤어져 갔다. 우리 일행도 인원을 점검한 후 터미널을 통과해서 밖
으로 나갔다. 터미널 앞에는 꽤 넓은 광장이 있었고, 좌·우에 상
가들이 늘어서 있는데 대부분이 목조로 된 단층 건물이었다. 그 상
가 앞에는 화물자동차를 비롯한 승합차들이 늘어서서 손님을 기다
리는데, 수많은 사람들이 북적이고 있었다.

  L씨를 따라 조금 걸어가니 사이카가 일렬로 늘어서서 손님을 기
다리고 있는 모습이 보였다. L씨가 그들과 잠시 이야기 하더니 "본
래 이 사이카는 자전거 패달을 밟는 사람 옆에 앞·뒤로 두 사람씩
타도록 돼있지만, 오늘 여러분은 앞좌석에 한 분씩만 모시도록 하

양곤강을 건너오는 여객선

겠습니다. 그리고 이 근처 시골 마을과 재래시장을 약 30분에 걸쳐 이동하면서 이분들이 살아가는 현장을 체험해 보시겠습니다. 그러면 사이카에 한 분씩 올라주시기 바랍니다."

그러자 사이카들은 활기를 띠면서 우리 일행을 태우고 30대의 사이카가 일렬로 서서히 움직이기 시작했다. 비포장도로 위를 천천히 페달을 밟으며 나아가는 좌·우의 풍경은 강 건너 양곤 중심가와는 달리 빌딩은 하나도 없고 대개가 목조로 된 단층집들이 마을을 이루고 있었다. 재래시장은 채소나 곡물이 주종을 이루는 가운데 드문드문 의류나 농기구들을 팔고 있었는데, 이곳은 저소득층이 사는 곳인 듯, 강江 하나를 경계로 해서 생활 모습이 그렇게 다를 수가 없었다. 30분간의 사이카 관광을 끝으로 다시 강을 건너와 "깐도시" 호수 옆에 있는 어느 일식집에서 점심식사를 한 후 미얀마를 떠나 귀국 준비에 들어갔다. 미얀마는 "이름은 있어도 성姓이 없는 나라"라고 한다. 비록 지금은 가난하게 살지만 긍정적이고 자신이 행복하다고 믿고 사는 그들 앞에 머지않아 행운의 여신이 다가올 것이다.

끝으로 이 여행기를 집필함에 있어 개산스님이 쓰신 『미얀마 가는 길』을 참고로 했음을 밝혀둔다.